Yazar Hakkında

Esra Ezmeci, İstanbul'da dünyaya geldi. 2008'de İstanbul Bilgi Üniversitesi İletişim Fakültesi'nin Halkla İlişkiler bölümünde lisans öğrenimini tamamladı. 2011 yılında ise İstanbul Haliç Üniversitesi'nde Psikoloji alanında yeniden lisans öğrenimi gördü. Bölümünü birincilikle tamamlayan Ezmeci, ardından aynı kurumda Klinik Psikoloji üzerine yüksek lisansa başladı. Yüksek lisansın ardından öğrenimine, Adli Bilimler alanında doktora yapmak üzere devam etti.

Kariyerine İstanbul Çapa Devlet Hastanesi'nin Psikiyatri bölümünde staj yaparak başlangıç yapan Ezmeci, sonrasında uzun yıllar boyunca İstanbul Zeytinburnu Balıklı Rum Hastanesi'nde Klinik Psikolog olarak çalıştı. Ardından kendi terapi merkezini kurarak, danışanlarına profesyonel destek vermeyi sürdürdü. Bireysel danışmanlık, aile-ilişki-evlilik danışmanlıkları, ergen psikolojisi, bağımlılık tedavisi vb. alanlarda klinik hizmeti vermenin yanında özellikle "Geçmiş Temizleme Terapisi" ve konuya yönelik kaleme aldığı makaleler ve kitaplarıyla farklı kitlelere danışmanlık vermeye devam ediyor. Uzman Klinik Psikolog Esra Ezmeci, *Süt Lekesi, Düştüğünde Kalkarsan Hayat Güzeldir, Kararı Ben Veririm, Kadınlar Sıcak Erkekler Soğuk Sever* ve *İz Bıraktığın Kadar Varsın* adlı çok satan kitapların yazarıdır.

DESTEK yayınları

DESTEK YAYINLARI: 1660
PSİKOLOJİ: 30

ESRA EZMECİ / VAZGEÇİLMEZ OLMANIN SIRRI

İmtiyaz Sahibi: Destek Yapım Prodüksiyon Dış Tic. A.Ş.
Genel Yayın Yönetmeni: Ertürk Akşun
Yayın Koordinatörü: Özlem Esmergül
Üretim Koordinatörü: Semran Karaçayır
Editör: Özlem Küskü
Son Okuma: Devrim Yalkut
Kapak Tasarım: İlknur Muştu
Sayfa Düzeni: Cansu Poroy
Sosyal Medya-Grafik: Tuğçe Budak - Mesud Topal

Destek Yayınları: Ekim 2022
Yayıncı Sertifika No. 13226

ISBN 978-625-441-776-4

Abdi İpekçi Caddesi No. 31/5 Nişantaşı/İstanbul
Tel. (0) 212 252 22 42 – Faks: (0) 212 252 22 43
www.destekdukkan.com
info@destekyayinlari.com
facebook.com/DestekYayinevi
twitter.com/destekyayinlari
instagram.com/destekyayinlari
www.destekmedyagrubu.com

Destek Dukkan

Deniz Ofset – Çetin Koçak
Sertifika No. 48625
Maltepe Mahallesi
Hastane Yolu Sokak No. 1/6
Zeytinburnu / İstanbul
Tel. (0) 212 613 30 06

DESTEK yayınları KARAKARGA BEYAZ BAYKUŞ genç DESTEK

Uzman Psikolog

ESRA EZMECİ

Vazgeçilmez Olmanın Sırrı

İlişkilerde bağ kurmanın, ışığınızı yükseltmenin ve fark yaratmanın yolları

DESTEK yayınları

İÇİNDEKİLER

ÖNSÖZ

Hayatta pek çok şeyi kazanabiliriz. Hayal ettiğimiz kariyeri, yaşamak istediğimiz evi, binmek istediğimiz arabayı...

Ancak içsel bir tatmin ve dayanak noktası bulamazsak bizim için ıssız bir adada yaşam başlar. Güneşin alnında bulabileceğimiz tek bir ağacın gölgesine sığınmak için çabalar dururuz. Ne fırtınadan ne de güneşin yakıcılığından korunabiliriz. İçimizde yaslanacak bir yer bulmak işte bu denli önemlidir, aksi halde korunaksız kalırız, içimizde var olan doldurulmaz boşluk yaşamda elde ettiğimiz her şeyi geçersiz kılar, tıpkı rüzgâra kapılmış bir avuç kum gibi dağılır gideriz...

Yaşamda sürekli birileriyle temas halindeyizdir, herkes bir aynadır bize, her aynada aslında kişiliğimizin başka bir parçasını görürüz. Rollerimiz vardır, anne ya da babayızdır, sevgiliyizdir, evladızdır, patron ya da işçiyizdir... Mutlu, kaygılı, üzgün, karamsar, pozitif ya da kızgınızdır...

Duygularımız, düşüncelerimiz vardır...

Başka insanların bize dair yargıları, değerlendirmeleri, suçlamaları vardır...

Her ilişkide kendimizden bir parça buluruz. Bazısını memnuniyetle alır tıpkı bir vitrine yerleştirir gibi en değerli köşemize koyarız, bazılarını görmek istemez, reddederiz.

Güçlü ve zayıf yanlarımızla biz bizizdir oysa...

Bu kitapla birlikte yine derinlere doğru bir yolculuğa çıkacağız. Kendimizi daha iyi tanımak, anlamak, zayıflıklarımıza daha şefkatli olmak, güçlü yanlarımıza daha çok sarılmak, hem kendimize hem de dünyaya karşı daha iyileştirici olmak adına çıkacağımız bir yolculuk bu...

Bu kitapta yaşamınızın her alanında vazgeçilmez olmanın sırlarını anlatacağım.

İlk bölümde çocukluk yaşantısındaki bağlanmanın yaşamımızın sonraki evrelerinde bizi nasıl etkilediğini, eş seçiminden iş seçimine kadar pek çok farklı alanda bizi gizlice nasıl yönettiğini anlayacağız. Üç tip bağlanma modeli üzerinden yaşadığınız ilişkinin sorunlarına başka bir gözle bakmanızı sağlayacağım, amacımız daha sağlıklı ilişkiler geliştirebilmek adına bakışınızı netleştirmek ve daha berrak bir görüş elde etmenizi sağlamak olacak. Farkında olmadığınız içsel motivasyonlarınızın derinlerine inerek, aslında ilişkilerdeki çıkmazlarınızın temel sebeplerini ve cazibenizi yitirdiğiniz en temel nedenleri irdeleyeceğiz. Kaygılı ya da kaçıngan bağlanma modellerinin güvenli bağlanmaya nasıl evrilebileceğinin yollarından bahsedeceğiz.

Sonraki bölümümüz şemalarla ilgili. Bu bölümde de yine çocukluk yaşantısında edinilen zihinsel çerçevelerin bugünümüzü nasıl etkilediğini göreceğiz. "Başka türlü davranmam mümkün değil" dediğiniz ve sizi yoran, bazen hasta edecek kadar yıpratan davranışlarınızın geri planında çalışan dinamikleri gözden geçireceğiz ve dönüşmenin, daha iyi hissetmenin, başkaları için cazip biri haline gelmenin ve vazgeçilmez olmanın her zaman mümkün olduğunu bir kez daha hatırlayacağız.

Geçmiş yaşamınızdan bugüne uzanan iyi hissetme, güçlenme ve vazgeçilmez olma yolculuğunda bir sonraki adımımız iyi hissetmek için beden ve zihin dengesini sağlamak olacak. Bu bölümde odaklanacağımız konu başlıklarımız pozitif psikolojiyle güçlü yanlarınıza odaklanmak, iyilik halini çok boyutlu olarak inşa etmek, sağlıklı içsel diyalog geliştirmek, öz değerinizi yükseltmek olacak.

Kitabın son iki bölümü ise ışığınızı yükseltmenin, fark yaratmanın ve vazgeçilmez olmanın son adımı ve altın kurallarla dolu bir yol haritası niteliğinde... Fark edilir olmanın ve vazgeçilmezliğin gizli sırrı auradan söz edeceğim. Auranızı yükseltmenin yollarını, afrodizyak yağlarla, kristallerle, bitkilerle ve özel sırlarla hem bedeninizin hem de yaşam alanlarınızın aurasını nasıl yükselteceğinizi anlatacağım. Başarıdan berekete, cinsel çekimden dişil güce kadar yaşamınızda ihtiyacınız olan her konuda kullanabileceğiz, başucunuzda tutacağınız bazı özel metotları paylaşacağım.

Fark yaratmak ve vazgeçilmezlik hayal değildir...

Gerçek benliğinizle ve ilişki kurduğunuz her şeyle daha derin bir bağ kurmak imkânsız değildir...

Bu kitap kendi içsel ışığınızı fark etmeniz ve yükseltmeniz için sizin rehberiniz olacak.

İyi okumalar...

Başlamadan önce ufak bir not:

Kitabı okumaya başlamadan önce dilek defterinizi yanınızda bulundurun. Bu defter ilerleyen bölümlerde size çokça lazım olacak. Kısaca nasıl kullanacağınıza gelince:

- Defterinizin en başına şimdiye dek başardıklarınızı ve sahip olduklarınızı

- Devamında güçlü yanlarınızı ve olumlu özelliklerinizi
- Sonrasında ise kısa vadeliden uzun vadeliye doğru hedeflerinizi yazmanızı istiyorum.

Hedeflerinizi yazarken dikkat etmeniz gereken birkaç önemli şey var. Uzun bir vadeli adıma ulaşmak adım adım olur, bu nedenle uzun vadede planlayacağınız bir hedefi not ederken ona yaklaşacağınız diğer noktaları daha kısa vadeli hedeflerinizin arasına yerleştirmelisiniz.

Örneğin henüz evlenmediyseniz ilk hedefiniz çocuk dünyaya getirmek olmamalı. Önce doğru insanla bir araya gelmeli, sonra evlilik yoluna girmeli, en son da çocuk planları yapmalısınız.

Hedeflerinizi yazarken dikkat etmeniz gereken bir diğer nokta bunları sanki olmuş, gerçekleşmiş gibi yazmanız. Örneğin "Çocuk istiyorum" demek yerine "Çocuğum oldu" şeklinde yazmalısınız.

Hedef belirlemenin bir diğer önemli adımı yetenek ve kazanımlarınıza uygun hedefler belirlemektir. Örneğin ev eşyaları ile ilgili herhangi bir tasarımda iyisinizdir ve bu sizin yeteneğinizdir. Siz bunun yerine piyano virtüözü olmayı hedeflerinizin arasına koyduğunuzda yeteneğinizin belki de hiç olmadığı farklı bir alanda bir iddia ortaya koymuş olursunuz. Gerçekleşmesi mümkün olmayan her iddia da sizi karamsarlığa sürükler. Bu nedenle gerçekçi hedefler belirlemek, güçlü özelliklerinizle bağdaşan planlar yapmak hem hızlıca yol almanızı sağlar hem de sizi iyi hissettirir.

Defterinize sizden istediklerimi yazdıktan sonra her gün ilk maddedeki kazanımlarınızı ve başarılarınızı okuyarak güne başlamanızı istiyorum. Bu ilerleyen bölümlerde bahsedeceğim günlük sabah ritüelinizde yapacağınız bir eylem olacak.

Her gün size iyi hissettirecek bu maddeleri okuduktan sonra ilgili bölümdeki başarı çapasını mutlaka yapın.

Son olarak şimdi, altta gördüğünüz dairenin içine birer damla lavanta ve biberiye yağı damlatın.

Işığınızı yükseltmenin, fark yaratmanın ve vazgeçilmez olmanın gizli sırlarına dair yolculuğumuza artık başlayabiliriz.

1. BÖLÜM

İLİŞKİLERDE GÜVENLİ BAĞLANMA

İlişkilerde Cenneti Yaratmak Mümkün mü?

Yaşamda ilişki kurmanın ne kadar hayati bir önemde olduğunu bundan önceki kitaplarımda sıklıkla dile getirmiştim. Tüm canlılar neslini sürdürmek için başkalarına ihtiyaç duyar. Hem sosyalleşmek hem de ihtiyaçlarımızı karşılayabilmek için doğada tek başımıza mücadele vermemiz imkânsız. İnsan özellikle her zaman bir başka insana muhtaçtır. Sevmek, sevilmek, değer görmek, değerli hissettirmek, yardımlaşmak, paylaşmak, sarılmak, temas etmek bizi insan yapan en değerli özelliklerimiz, üstelik hayatı da yaşanılır ve tatmin edici hale getiren en değerli şeyler...

En çok ihtiyaç duyduğumuz duyguların başında güven ihtiyacı gelir. Bu kitapta bahsedeceğim güven duygusunun insan ve hatta diğer tüm canlılar için ne denli önemli olduğunu okuduğunuzda siz de bana hak vereceksiniz. Yaşamda cennet güven duygusuyla mümkündür. Güvenmek çıktığınız yolda kendinizi emniyete alan tek duygudur. Güven, korku, çekinme ve endişe duymadan inanma ve bağlanma duygusudur. Tohumları ise bebeklik ve çocukluk döneminde atılır.

Neden bazı insanlara güveniriz de bazılarına güvenmeyiz? Neden kimi insanlarla yeni tanışmamıza rağmen sıcak ilişkiler kurabilirken bazıları bizi buz gibi yapar?

Bu soruların yanıtlarını önceki kitaplarımda pek çok açıdan ele almıştım. İnsan derin bir varlık olunca elbette soruların da yanıtlarını derinlerde aramak gerekiyor, bu nedenle çoğu sorunun tek bir yanıtı yok. Kadın ve erkek doğasının getirdiği farklılıklar, içinde yaşadığımız kültür, ekonomik nedenler, aile yaşantıları, hayatımızdaki diğer insanların bize yüklediği roller, seçimlerimiz, travmalarımız...

Bu farklı alanların tümü işin içine karışınca ilişkilerimizin de karmaşık hale gelmesi kaçınılmaz oluyor elbette. Bu nedenle ilişkilerimiz şişede durduğu gibi durmuyor... Herkes için tek tip reçeteler de çoğu zaman işe yaramıyor, daha derinimize inmek, kendimizi anlamak, farkında olmadığımız bilinçdışı eğilimlerimizi, çocukluk yaşantılarımızı ve bugünümüzü anlama ihtiyacı doğuyor.

Bu nedenle bu tek kişilik bir yolculuk olacak...

Tüm bunların temelindeyse ilişkilerdeki bağlanma konusu çok merkezde bir yere oturuyor. Bu nedenle detaylıca açacağım bağlanma teorisi ve güvenli bağlanmanın elde edilmesi bu kitabın ana konularından biri olacak.

İlişkilerdeki temel beklentilerden biri sevilme ihtiyacıdır. Sevme ve sevgiye karşılık verebilme, sahip olduğumuz en önemli yeteneğimizdir. Sevmek ve sevilmek yaşam için vazgeçilmezdir. Pek çok kişi geçmişinde ya da çocukluk döneminde deneyimledikleri acı ve korku yüzünden sevgilerini göstermekte güçlük çeker. Kalbini birine kaptırmaktan, flörtten, flört sonrası işlerin biraz ciddiye binmesinden ve ilişki içindeki türlü iniş çıkışlardan çok daha fazla etkilenirler. Kimileri için korkunç senaryolar gerçekleşmek için daima pusuda bekler, kendilerini bir türlü sakin sulara bırakamazlar. Kimileri aşırı tedirgin ve kaygılıdır, zihinlerinden geçen karamsar düşüncelere bir türlü engel olamazlar. Kimisi insanlara bağımlıdır, kimisi yetersizlik kaygılarının sularında yüzer, bazısı da sınır çizemez. İşte tüm bu problemlerin ortasında olan ve konuşacağımız konulardan biri bu olacak: İlk çocukluk yaşantıları, bu yaşantıların şekillendirdiği ilişkilerde bağlanma ve bağlanma stilleri.

Kadın erkek ilişkilerinin kurulma nedeni, aslında o ilişkiden beklentimiz olmasıdır. Kendimizi değerli hissetmek, bu dünyada birileri tarafından zorunlu olduğu için değil, sırf kendimiz olduğumuz için istenmek, talep edilmek ve yalnızlığımızı paylaşmak hayati ihtiyaçlarımız arasında yer alır. Bunun için kendimizi karşımızdakine açmamız, bağlanmamız, güvenmemiz, hayatımızın tüm zayıflıklarını ortaya koyabilmemiz gerekir.

Çıkacağımız bu tek kişilik yolculukta kendimize sormamız gereken hayati sorular vardır.

Biriyle bağlanma sorunu yaşıyorsak, yakınlaştığımızda kaygı ve korku bizi sarıyorsa, bir şekilde bilinçsizce ilişkilerimizi sabote ediyorsak ya da ilişkimizi daha güçlü hale getirmek için problemlerin ana nedenini göremiyorsak ne yapmamız gerekir?

Karakterimizi neler şekillendirir? Duygu ve düşüncelerimizin gelişimi nelere bağlıdır?

Yetişkin yaşantımızda yakındığımız pek çok problemin nedeni bebeklik ve çocuklukta yaşadığımız hangi deneyimler olabilir?

Bugün bizi biz yapan şeyler hiç farkında olmadan yaptığımız "seçimlerimiz" olabilir mi? Peki o zaman gerçek "ben" dediğimiz şeyden haberimiz var mı?

Farkında olmadığımız, doğru kabul ettiğimiz yanlış "zihinsel çerçeveleri" tanımak mümkün mü?

Bu sorulara verilebilecek yanıtlardan birkaçı içine doğduğumuz aile, travmalar, sonrasında edindiğimiz arkadaşlarımız, öğretmenlerimiz, tanıştığımız ve bizi derinden etkileyen insanlar olarak sayılabilir.

Çocuk psikolojisi ve psikanalizi üzerine uzmanlaşmış John Bowlby bu soruların peşine düşmüş ödüllü bir bilim insanıydı. 1940 yılında çocukluk dönemindeki erken evrede, çevresel şartların karakter gelişimine nasıl katkıda bulunduğu üzerine yazdığı ilk makalesinden sonra çalışmalarını geliştirerek "Bağlanma Teorisi'ni" ortaya attı.

Bağlanma teorisi geçmişin geleceğe müdahale ederek bugünümüzü şekillendiren gizil bir etkileme süreciydi.

İsterseniz şimdi bu teorinin nasıl ortaya konduğunu ve neler anlattığını inceleyelim.

İlişkilerin Bilinmeyen Doğası: Bağlanma Teorisi

İlişkilerimizin ya da kişisel maceramızın sadece aydınlık tarafına bakmak ve orayı olabildiğince aydınlık tutmak isteriz. Aradığımız huzur, tatmin ve mutluluğun sadece aydınlıkla bağlantılı olduğunu düşünürüz. Oysa hem doğada hem de her türlü ilişkide, süreçte zıtlıklar üzerine kurulu bir düzen vardır. Aksi olsaydı hedeflediğimiz bir noktaya ulaşmamız imkânsız olurdu, doluluk için boşluğun olması şarttır, aydınlığın algılanabilmesi için karanlık deneyimlenmelidir, kötüyü iyinin varlığında tanırız.

Yin Yang sembolünü bilirsiniz, yarısı siyah yarısı beyaz iki yarım daire şeklindeki bir semboldür. Siyah dalganın içinde minik bir beyaz nokta, beyaz dalganın içinde de siyah minik bir nokta vardır. Bu sembol zıtlıkların içinde akıp giden yaşamın, hareketin, aydınlıktaki karanlığın ya da karanlıktaki aydınlığın potansiyelinin ve dengesinin olağanüstü bir ifadesidir.

Psikolojimizde de durum bundan farklı değildir. Bilincimiz ve bilinçdışımızda tümüyle çelişkilerle, zıtlıklarla, siyah ve beyazla doluyuzdur. Sadece aydınlığa odaklanıp karanlık tarafımızı yok saymak ya da tam tersini yapmak tek kürekle kayık çekmeye benzer. Ne kadar çabalarsanız çabalayın ileriye doğru yol alamazsınız. Ya kendi etrafınızda döner durur ya da hareket edemezsiniz. Hareket ve ilerleme gri alanda bulunmayı da gerektirir.

Günümüzün kimi psikolojik tavsiyeleri sadece olumlu tarafa bakmayı, diğer şeyleri önemsememeyi öğütler. Ancak tamamlanmak ve iyileşmek tıpkı Yin Yang sembolündeki gibi karanlığın da aydınlığın da iç içe geçtiği, bir dengenin sağlandığı büyük bir farkındalık gerektirir. Sadece ruhsal olarak değil, bedenimizle, yaşadığımız çevreyle, iş hayatımızla, doğayla, içinde bulunduğumuz mekânla kurduğumuz ilişkilerde de böyledir.

Aşırı gergin bir bedeni rahatlatmanın yollarından biri çıplak ayakla toprağa basmaktır. Böylelikle bedenimiz aşırı elektrik yükünden kurtularak rahatlar. Söz konusu psikolojimiz olunca da durum böyledir, yok sayılan ya da bastırılan her olumsuz durum ve yaşantı çıkmak için yer arar ve kendini eninde sonunda topraklamak için dışarıya salar. Bu dışarı salmalar çoğu zaman ilişkilerimize ya kendi benliğimize zarar verir. Artı ve eksiler birbirini nötrler, yapılması gereken hem aydınlık hem de karanlık tarafa bakarak, iki tarafı da ele alarak kendimizi tanımaya çalışmaktır.

Bu kitapta sözünü ettiğimiz bağlanma teorisinin merkezinde yatan temel motivasyon da budur. Bağlanma üzerine yazdığı üç ciltlik, ayrıntılı ve derin yapılmış çalışmasına Bowlby, bebeklikten ölüme dek ilişkilerimizi yöneten gizli dinamiğe, bizi biz yapan ve karakterimizi oluşturan, belki de şimdiye dek hiç fark etmediğimiz ya da üzerine çok kafa yormadığımız etkilere dikkatimizi çeker.

John Bowlby (1907-1990) bir psikanalistti. Freud gibi zihinsel sağlık ve davranış sorunlarının erken çocukluk dönemiyle ilgili olabileceğine inanıyordu. Bowlby'nin evrimsel bağlanma teorisi, çocukların dünyaya biyolojik olarak önceden programlanmış biçimde başkalarıyla bağlanmak üzere geldiklerini ileri sürer, çünkü bu onların hayatta kalmalarına yardımcı olacaktır.

Bağlanma, başka bir kişiyle kurulan duygusal bir bağdır. Bowlby, çocukların bakıcılarıyla kurdukları en eski bağların, yaşamları boyunca devam eden muazzam bir etkiye sahip olduğuna inanır. Bağlanma teorisinin ana teması, bebeğin ihtiyaçlarına cevap veren birincil bakıcıların, çocuğun bir güvenlik duygusu geliştirmesine izin vermesidir. Bebek, bakıcının güvenilir olduğunu öğrenir ve bu da çocuğun dünyayı keşfetmesi için güvenli bir temel oluşturur.

Bowlby'ye göre gelişimimiz hem çevrenin hem de genetik özelliklerimizin yani biyolojimizin ürünüdür, bir çocuğun sosyal, biyolojik ve psikolojik kapasitesi (belki de bir anlamda karakteri) anneden ya da anne ikamesi olarak bakım veren birinden bağımsız değildir. Daha da çarpıcı olansa çocukken anneyle ya da bize bakım verenle kurduğumuz ilişkinin şeklinin, yetişkinlikteki ilişkilerimizi yönetmede de etkili olduğudur. Bugün dünyada pek çok psikolog Bowlby'nin ortaya attığı bağlanma teorisini; gelişme, kişilik ve sosyal psikoloji alanlarının genel çerçevesini oluşturan bir mihenk taşı olarak kabul ederler.

Bowlby'nin ortaya koyduğu bağlanma teorisinin temelinde yer alan diğer düşünce de ilginçtir: Bir bebeğin başka bir insana bağlanmasına neden olan olaylar, sonrasında da bu olayların yaşamın ilerleyen dönemlerinde gelişmesine etki eden psikobiyolojik mekanizmalardır.

Bowlby psikolojik dinamikleri açıklarken Charles Darwin ve Freud'u çarpıştırır – ki zaten Freud da kendi psikanaliz ekolünü oluştururken Charles Darwin'den beslenmiş ve çalışmalarını bilimsel olarak temellendirmeye çalışmıştır. Özetle Bowlby, psikoloji ve biyolojiyi bir araya getirerek bizi biz yapan içsel ve dışsal dünyayı nasıl tanımladığımızın zengin bir açıklamasını sunmaya çalışır.

Yaklaşık olarak 40 yıldır, bilim insanlarınca incelenen bağlanma kuramının mimarı Bowlby'ye göre bağlanma teorisi insanların kendileri için önemli gördükleri kişilere karşı geliştirdikleri güçlü duygusal bağları ifade eder. Bu teori, ilk bakım verenle kurulan bağla başlayarak sonrasında gelen tüm sosyal ilişkilere odaklanır. John Bowlby'ye göre bağlanma tıpkı bir domino taşının diğerine değerek hareketlendirmesi gibi insanlar arasında devamlılık gösteren psikolojik bir bağlılıktır.

Bağlanma tıpkı bir
domino taşının diğerini
hareketlendirmesi gibi
yaşamımızdaki insanlar
arasında devamlılık gösteren
psikolojik bir bağlılıktır.

Bir bebek dünyaya geldiğinde beslenmeye ihtiyaç duyar, sonrasında tuvaletini yapar, bebeğin gazı çıkarılır, sırada annesinin kollarında şefkatle sarılma, huzursuzluğunda yatıştırılması, pışpışlanması ve oynanması vardır. Bu aşamada anne ve bebek arasında karşılıklı bağlanma gelişir. Bu aşama hayatidir, kimi araştırmalara göre bu süreç sekteye uğradığında gelişimde durma, gerileme hatta ölüm bile olabilmektedir. Bu bağlanma eğilimi, insan tabiatının en temel ve tamamlayıcı unsurudur. Yetişkin yaşamımızı etkileyen bağlanma bu nedenle hayati bir önemdedir.

O ve onun gibi aynı konuya odaklanan pek çok psikolog ve araştırmacı insan psikolojisini aydınlatmak için karanlık bir yolculuğa çıkarlar. Onların gittiği topraklar bebeklik ve erken çocukluk dönemidir. Henüz pek bir şeyin farkına varamadığımız, anne bakımına ve sütüne muhtaç olduğumuz, sürekli ağladığımız ve kucağa alınıp pışpışlanmak için can attığımız günler...

Peki Bowlby bizi neden bebeklik yaşantısına götürür?

Doğumdan ölüme dek bizi takip eden şeylerin bebekliğimizle ilgisi nedir?

Eş seçimimizden tuttuğumuz takıma, yaşamdaki her türlü seçimimizden hobilerimize kadar bizi etkisi altına bu güçler nasıl olur da çalışmaya başlar?

Dahası bizi etkisi altına bu güçler yönetilebilir mi, değiştirebilir mi, kendimizden yeni bir ben yaratmak mümkün mü?

İşte bu soruların yanıtlarını arayan pek çok bilim insanı kişiliğimizin en derinindekileri bulmak için yıllarca uğraştılar ve bakın neler buldular?

Bağlanma Güvenli Bir Sığınaktır

Bowlby, 1950 yılında Dünya Sağlık Örgütü için bir çalışma raporu hazırladı. Raporunun konusu evsiz çocukların ruh sağlığıydı. Yıllarca süren bu çalışmanın sonunda raporuna bebeklerin ve küçük çocukların haz kaynağı olan annesiyle sıcak, yakın ve sürekli ilişki kurmasının ruh sağlığı için gerekli olduğunu yazdı.

Bowlby teorisini inşa ederken kendisine erken dönem çocukluk evresini seçti. Aslında Freudyen temellerle inşa edilen bağlanma teorisinde olduğu gibi Freud da erken dönem çocukluk evrelerini ele alarak yetişkin insanın yaşadığı sorunların nedenlerini anlamaya çalıştı ancak bunu yetişkinler üzerinde çalışarak yaptı. Freud'un aksine Bowlby direkt olarak çocuklara yöneldi, hatta bu konuda Freud'u da eleştirdi.

Küçük çocukların annelerinin varlığında ya da yokluğunda nasıl davrandıklarını inceleyen Bowlby, bu şekilde kişilik gelişiminin nasıl şekillendiğinin peşine düştü. Yaptığı gözlemler neticesinde "Bir çocuk annesinden uzaklaştırıldığında şiddetli bir tepki verir, sonrasında bir araya geldiklerinde ise ayrılma anksiyetesi ya da olağandışı bağlanma gösterir" der.

Bowlby'nin çalışmalarından çıkan çarpıcı sonuçlardan biri de şudur: "Erken dönem çocukluk travmaları gelecekte çalışır." İşte belki de bu bilim insanının yıllar süren çalışmalarla ortaya koyduğu en çarpıcı nokta da budur. Yetişkin yaşamında çözmeye çalıştığımız problemlerin ana kaynağına götürür bizi...

Bizi biz yapan çoğu şey,
farkına bile varmadan
çalışan çocukluk yaşantımızın
bir projeksiyonudur, hep
aynı filmi izliyorum, sürekli
aynı döngüleri yaşıyorum
dememizin sebebi işte budur...

Burada kısa bir ara verip bağlanma teorisinin zeminini oluşturan psikanalizin babası olarak bildiğimiz Freud'un "ruhsal enerji modeli"nden söz edelim.

Freud insan psikolojisi üzerine çalışmaya başladığı ilk zamanlarda ruhsal yaşantımızda bazı enerji türlerinin faaliyette olduğunu söylemişti. Ancak bu enerji bedensel faaliyetlerimizde harcadığımız enerjiden farklı bir enerji türüydü. Örneğin yemek yediğimizde sindirilenlerden elde edilen enerji bizi tüm gün ayakta tutar, bu enerjiyle işlerimizi yaparız. Acıktığımızda elimiz ayağımız titrer ve bedenimiz depoyu doldurmamız gerektiğinin sinyalini verir.

Freud'un sözünü ettiği "ruhsal enerji" ise az önce anlattığımız fiziksel enerji gibi tahmin edilebilir değildir, bu nedenle de ayrı bir şekilde ele alınır. Ona göre bu enerji artar, azalır, yer değiştirir ve boşalır. Eros dediği bu yaşam enerjisiyle insan gelişimini gerçekleştirir. Freud'un Eros olarak tarif ettiği şey arzularımız, içgüdülerimiz ve hayatta kalarak neslimizi sürdürmeye doğal olarak iten yaşam enerjisidir. Yeme, cinsellik, sevme, isteme kısaca haz elde etmeye yönlendiren her şey Eros'la ilgilidir.

Freud'a göre benliğimiz oral, anal, fallik, gizil ve jenital olmak üzere 5 psikoseksüel aşamada gerçekleşir. Basitçe ifade etmeye çalışırsak Freud'a göre bu evrelerin herhangi birinde gereken doyumun sağlanamaması bu evrede takılı kalmaya ve gerilemeye sebep olur. Örneğin oral dönemdeki bir bebeğin ihtiyacı ağız yoluyla annesinin memesini emmesi ve beslenmesidir. Buna ulaşamadığındaysa mahrumiyet ortaya çıkar. Bu mahrumiyet tatminsizlik yaratır ve kişi bu mahrumiyete neden olan engellemelerden dolayı sürekli bir şekilde bir şeyleri ister, böylelikle enerjisini harcamış olur.

Bowlby, Freud'un enerji modelinde ortaya koyduğu mahrumiyet kavramını alarak bebeklik ya da çocukluğun erken dönemindeki anne mahrumiyetine dönüştürmüştür. Böylece bir çocuk büyürken ona bakacak birinin olmaması durumunda bağlanma ilişkisi sekteye uğrayacak ve olumlu duygular geliştirmesini etkileyecektir.

Bağlanmanın var olması önemlidir çünkü böylece bebek bakım verene kurduğu yakınlıkla kendini dışarıdan gelebilecek tehlikelere karşı korur. İnsandaki bağlanma davranışına dair en güçlü kanıtlar hayvanlar üzerinde yapılan çalışmalardan elde edilmiştir. Doğaya baktığımızda hayvanların da toplu yaşama eğiliminde olduğunu görürüz. Yeni doğmuş yavru ve anneyi inceleyen bilimadamları doğada bağlanmanın nasıl gerçekleştiğine dair ilginç gözlemler keşfetmişlerdir.

Hayvanlarda bağlanma davranışının iki önemli özelliği vardır, birincisi yakınlığı sürdürme ve bozulduğunda onarma, ikincisi ise özgün olması, kimseye benzememesi ve diğerlerinden ayrılmasıdır. Yeni doğmuş bir yavrunun anneyi takip ettiğini görürüz, benzer şekilde anne de yavrusunu takip eder hatta kalabalığın içindeyken bile kendi yavrusunu seçerek tanır.

İnsandaki bağlanma davranışına dair en yakın bilgiler maymunlar ve büyük insansı maymunlar üzerinde yapılan gözlemlerle başlar. Maymunlar doğum sonrasında anneye yapışık olarak hayata başlarlar. Dünyaya geldikten sonra çocukluğun ilk dönemi boyunca anneyle doğrudan fiziksel temas halindedir. Yavru büyüdükçe bu fiziksel temas azalır, gezinmelerde anne ve yavru arasındaki mesafe aralanmaya başlar ancak anne yine çocukla uyur ve yanında olmadığında da gözü hep yavrunun üzerindedir. Herhangi bir çağrıda hemen yavrusunun yanına gider. Yavru böylelikle hem güvendedir hem de dış dünyayı keşfetmek için kendisine alan açar.

Tüm bu anlatılanlardan çıkan özet, tüm primat olmayan insan türlerinde annelerin yavrularının onlara yakın kalmasını sağlamada büyük rol oynadığıdır. Yavru annesine tutunmakta zorlanırsa anne yavrusuna sarılır, eğer ondan uzaklaşmışsa yanına çeker, özetle yavruyu yakınında tutar ve onu güvenle sarar. Ancak burada asıl önemli olan şey yavrunun anneden çok da uzaklaşmak istememesidir. Bakıcı ile kurulan yakınlığın korunması bağlanma sistemi içindeki en temel hedeftir ve bu sayede anne bebeğe güven içinde gelişebileceği bir alan sağlar.

Yakınlık bebeğin hem çevresini keşfetmede kullanabileceği hem de tehlike anında güvenle kendini koruyabileceği bir sığınak işlevi görür.

Bağlanma Neden Hayatidir?

Bebeklikten itibaren diğer insanlarla bağ kurma ve sosyalleşme sadece psikolojik açıdan değil bedensel gelişim için de çok önemlidir, dil, iletişim kurma gibi becerilerin gelişmesi çevre ile mümkündür.

Vahşi ortamda hayvanlar tarafından büyütülen insanların hikâyelerini duymuşsunuzdur. İnsanla temas etmeden sadece hayvanlarla büyüyen çocuklar incelendiğinde onların normal bir insan davranışı sergileyemedikleri, konuşamadıkları, insanlarla bağ kuramadıkları gözlenmiştir. Hatta pek çoğu bedensel olarak da gelişememiş, zayıf düşmüş ve hastalanarak ölmüşlerdir. İşte diğer insanlarla kurduğumuz bağlantılar pek çok açıdan önemlidir. Bebeklik ve çocukluk döneminde anne bakımı almadan vahşi doğada büyüyen insanların ne yazık ki kendi doğal dünyalarına adapte olmaları imkânsızdır. Bağlanma ile sadece kendimiz için gerekli besini, hijyeni temin etmeyiz, sevgi ve güven duygusu geliştirir, bakım verenleri rol model olarak benimser, konuşmayı, algılamayı, keşfetmeyi öğreniriz. Kişilik gelişimimiz için birileriyle bağ kurmamız gereklidir ve bu bağlanma sekteye uğrarsa karşılaşacağımız pek çok sorun ortaya çıkar.

Anne ya da anne yerine geçen bakım veren kişiden ayrılmanın yarattığı mahrumiyet bağlanmayı sekteye uğratır ya da yok eder. İnsanlarda ya da hayvanlarda karşılaşılan annelik mahrumiyeti beden ve ruh sağlığını olumsuz etkiler, temelde ihtiyaç duyduğumuz güvende hissetme duygusunu sarsar, kabul görme, onaylanma, ait hissetme duygularını ortadan kaldırır ve sosyal bir canlı olan insanın diğer insanlarla bağ kurmasını da engeller. Bağlanma arzusu evrimsel olarak içimizde vardır ve bu tüm canlılar için evrensel bir ihtiyaçtır. Bağlanma sağlıklı bir şekilde gerçekleşemediğinde ise uyum sağlamakta zorlanırız ve psikolojik pek çok problem bu nedenle ortaya çıkar.

Bağlanma arzusu evrimsel olarak içimizde vardır ve bu tüm canlılar için evrensel bir ihtiyaçtır.

Rene Spitz ve Wolf isimli iki bilimadamı 40'lı yıllarda yazdıkları bir makalede bakımevi ve hapishanelerde kalan çocukların davranışlarını özetlemişler ve mahrumiyetin ne denli hayati olduğunun altını çizmişlerdir.

Yuvalarda büyüyen çocukları izleyen bilim insanlarında ilk göze çarpan şey çocukların genel bir ilgisizlik ve umursamazlık içinde olduklarıdır. İnsanlara sokulmaktan kaçınan, kolay arkadaşlık kuramayan bu çocukların merak dürtüleri ve girişkenlikleri de azalmıştır. Pek çoğunun okul başarısı düşüktür, öğrenme zorlukları yaşarlar. Düşünme ve kavrama becerileri gelişmemiştir, duygusal tepkileri donuktur. Her ne kadar sevgiye ihtiyaç duydukları bariz olsa da sevgi gösterilince kuşkulu ve tepkisiz davranırlar. Pek çoğu saldırgan ve kavgacıdır, suça eğilimlidir.

Bakım verenden mahrum olmak pek çok olumsuz davranışın ana nedeni gibi görülür. Endişe, aşırı sevgi beklentisi, suçluluk gibi duyguları da beraberinde getirir bu mahrumiyet. Çevreye kayıtsızlık, donuk bakışlar, parmak emme, yerinde sallanma ve içedönük olma gibi davranışların ortaya çıkmasına neden olur.

Spitz, çalışmalarında anaklitik depresyon diye bir kavramdan da söz eder. Anaklitik depresyon genellikle bir bebek annesinden veya birincil bakıcısından uzun süre ayrı kaldığında meydana gelebilecek sosyal-duygusal, fiziksel ve entelektüel bozulmayı ifade eder. Buna göre anaklitik depresyon yetimhane ya da buna benzer yerlerde kalan çocukların bakıcılarına bağlanamamaları sebebiyle gittikçe artan depresif durumunu açıklamak için kullanılır.

Bowlby, bu kavrama sevgisizlik psikopatisi der. Sevgi ve heyecan gösterme yeteneğinin kaybolduğu sevgisizlik psikopatisine sevgiyi kabul etme yeteneğinin kaybolması, hayvanlara kötü davranma, yalan söyleme, hırsızlık, kalıcı ilişkiler kuramama, aşırı kontrollü olma durumlarını da ekler ve genel bir tanım yaparak bu durumu reaktif bağlanma bozukluğu şeklinde adlandırır. Sevgisizlik psikopatisine sahip olan kimseler ayrıca utanma ve sorumluluk alma duygularından da yoksundurlar.

Sevgiden mahrum kalmak sevgiyi vermede de yolumuzda bir engel olur.

İçsel Rehberlik Sistemi Nasıl Oluşur?

İnsanda bağlanmaya geri döndüğümüzde Bowlby çalışmalarının önemli bir ayrımını da bize şu şekilde özetler:

Çocuk ve bakıcı ile sürdürülen günlük yaşantılar çocukta bakıcının içsel temsillerini oluşturur. Bakıcının verdiği tüm tepkileri ve davranışları kodlayan çocuk bu kodlamayı bakıcının ona gösterdiği ilgi ve alakaya göre yapar. Çocuk ihtiyaç duyduğunda anne ona gereken desteği ve olumlu ilgiyi verirse çocuk bakıcısının ulaşılabilir, güvenilebilir ve destekleyici olduğuna dair bilişsel şemalar geliştirir.

Tam tersine çocuk bakıcısına gereksinim duyup da bakıcı kayıtsız davrandığında ya da beklediği ilgiyi alamadığında, bakıcıyı reddedici, kendisini de sevilmeye ve desteklenmeye layık olmayan biri gibi görür. Bu temsiller ta küçük yaşlardan ergenliğe kadar pekiştirilir ve gitgide güçlenirler. Öyle ki ergenlikten sonra bu temsilleri değiştirmek zorlaşır. Dahası bu temsiller ya da şemalar yaşamda karşımıza çıkan her türlü ilişkiye yön verirler.

İçsel temsiller yani bir anlamda şemalar çocuğun bakıcının davranışını nasıl yorumladığı ve tepki verdiğiyle oluşur. Çocuk bir beklenti oluşturur ve bunu başkalarıyla eylemlerini planlamak ve karar vermek için kullanır. İçsel çalışma modelleri, bir çocuğun gelişiminde önemlidir çünkü gelecekteki davranışlar için bir içsel rehberlik sistemi oluştururlar. Bireyin duygularını, davranışlarını, başkalarıyla etkileşimini ve ilişkilerde başkalarının beklentilerini etkilerler. Bu modeller bilinçli farkındalığın dışında çalışır. İlişkilerde kişinin dikkatini ve davranışlarını bilinçsizce yönlendirirler.

Oluşan içsel temsiller (şemalar), kurduğumuz her ilişkide çalışan mekanizmalar haline gelirler. Arzular, korkular, içsel çatışmalar, psikolojik savunmalar ve zihinsel şablonlarla birlikte kendilerini gösterirler. Bu kendini gösterme Freud'un bahsettiği mahrumiyetin bir şekilde dışarıya sızmasıdır.

Tatmin edilemeyen her duygu doyurulmak ister, bunun sonuçları kan revan olsa bile...

Pek çok davranışımız yıkımla sonuçlanabilir, yola çıkma nedenimiz tatmin ve mutluluk elde etmek olsa da, bunu elde etmenin yolları kimi zaman çetrefillidir ve yapmayacağımız şeyleri yapmamıza da neden olabilir.

Kişi çevresindekilerle etkileşime girdikçe, kendiliğinden içsel bir çalışma modeli ortaya çıkar. Bir çocuk, ne kadar duyarlı olup olmadıklarına bakarak, bakıcılarının gözünde benliğin ne kadar kabul edilebilir olduğuna dair inançlar türetebilir.

Bakıcısından güvenilir bir şekilde yanıt alan bir çocuk, benliğin kabul edilebilir ve değerli bir temsilini geliştirir. "Ben değerliyim" inancı bu şekilde gelişir. Bu, çocukta olumlu bir benlik imajı yaratır. Bağlanma figürlerini güvenlik için dönebilecekleri güvenli bir üs olarak görürler.

Tutarsız veya kayıtsız bir bağlanma figürüne sahip olan bir çocuk, benliğin kabul edilemez ve değersiz olduğuna dair inanç geliştirir, bu da olumsuz bir benlik imajı ve düşük benlik saygısı ile sonuçlanır. Bağlanma güvenliğinin olmaması, bakıcılarının güvenlik ve rahatlık için erişilebilir olduğuna inanmadıkları anlamına gelir.

Bu içsel temsiller yaşamın dümenini yönetecek pek çok etkinin sebebidirler. Bağlanma stillerinden şemalara kadar hepsini detaylı olarak inceleyeceğiz. Ama ilk olarak savunma mekanizmalarına değinmek istiyorum...

İçsel temsillerle birlikte çalışan en önemli gizil mekanizmalardan biri de savunma mekanizmalarıdır. Bağlanma şeklinizi belirlemede ve fark etmediğiniz gizlenmiş süreçleri anlamada işinize yarayacak olan bu mekanizmalar aslında dış dünyaya uyum sağlamak adına çalışırlar.

Freud'a göre bu mekanizmalar kendi "ben"imizi, varlığımızı korumak için kullandığımız kalkanlardır. Zorluklarla karşılaştığımızda onlarla daha kolay başa çıkabilmemizi ve "acı"dan kurtulmamızı sağlarlar. Hazza ulaşmak isteyen ilkel yanımızla, onu bastırmaya çalışan ahlaki ve vicdani tarafımız arasında kalan EGO bir trafik polisi gibi durumu dengelemeye çalışırken ortaya savunma mekanizmaları çıkar.

Savunma Mekanizmaları Nasıl Çalışır?

Savunma mekanizmaları, insanları kaygı duygularından, benlik saygısına yönelik tehditlerden ve düşünmek ya da uğraşmak istemedikleri şeylerden koruyan bilinçsiz psikolojik tepkilerdir. İlk kez Sigmund Freud'un psikanalitik kuramında tanımlanan savunma mekanizmaları bizleri kaygıya karşı korumak için devrededir.

Savunma mekanizmaları, olumsuz duygular uyandıran durumlara tepki vermenin yollarıdır. Stresli bir durum yaşadığınızda, bilinçaltı önce durumu izleyerek size zarar verip vermeyeceğini tespit eder. Bilinçaltı, durumun duygusal zarara yol açabileceğine inanıyorsa, sizi korumak için bir savunma mekanizması ile tepki verebilir. Bu davranış çevrenizdekilere tuhaf gelse de genellikle savunma mekanizmasının farkında değilsinizdir.

Uzun vadede, olgun savunma mekanizmaları duygusal veya zihinsel sağlığınıza özellikle zarar vermeyebilir. Daha olgun mekanizmalar kullanmak, normalde strese ve duygusal baskıya neden olabilecek endişeler ve durumlarla yüzleşmenize yardımcı olabilir.

Bununla birlikte, bazı savunma mekanizmaları o kadar da yardımcı olmazlar. Bu savunmaların uzun süreli kullanımı kalıcı sorunlara yol açabilir. Aslında, problemlerin temel nedenini görmenizi engelledikleri için duygusal sorunlar veya endişelerle yüzleşmenizi engelleyebilirler.

Savunma mekanizmalarının günlük yaşamınızın ve ruh sağlığınızın önüne geçtiğine dair bazı işaretler şunlardır:

- Uzun süre üzgün veya depresif hissetmek
- Yataktan çıkmakta zorluk çekmek
- Bir zamanlar sizi mutlu eden olağan günlük aktivitelerden veya insanlardan kaçınmak
- Sağlıklı ilişkiler kurmakta veya sürdürmekte zorluk çekmek
- Mesleki veya kişisel yaşamınızı engelleyen iletişim sorunları yaşamak

Savunma mekanizmalarını anlamak her tür ilişkide anlam veremediğiniz ya da anlamakta zorlandığınız davranışları okumak adına size bir fırsat verebilir. Kendinizde de var olan mekanizmaları bilmek ilişkilerinize daha kolay uyum sağlamanızda yardımcı olabilir. Elbette her zaman dediğim gibi sizi üzen, kıran ve yoran her davranış sineye çekilmemelidir ancak insan psikolojisinin karmaşık yapısını biraz olsun kavrayabilmek, sizi incinmekten ve üzülmekten alıkoyabilir.

Gereksiz çaba yerine bazen vazgeçebilir ya da sevdiğiniz bir insana yardımcı olmak adına onu yönlendirmeyi deneyebilirsiniz.

Pek çok savunma mekanizması vardır, başlıcalarına gelecek olursak...

İnkâr: İnkâr, muhtemelen en iyi bilinen savunma mekanizmalarından biridir ve insanların gerçekle yüzleşemediği veya bariz bir gerçeği kabul edemediği durumları tanımlamak için sıklıkla kullanılır. İnkâr, bir şeyin meydana geldiğini veya şu anda meydana geldiğini kabul etmeyi veya tanımayı açıkça reddetmektir.

Uyuşturucu veya alkol bağımlılığı ile yaşayan insanlar genellikle bir sorunları olduğunu inkâr ederken, travmatik olayların mağdurları yaşanan acı olayın meydana geldiğini inkâr edebilir. Örneğin şiddete maruz kalan bir kadın eşinin ona kötü davrandığını inkâr etme yoluna gidebilir. Çoğu durumda, bir şeyin doğru olduğuna dair çok güçlü kanıtlar olabilir, ancak kişi için yüzleşmek çok rahatsız edici olduğundan, varlığını veya gerçekliğini inkâr etmeye devam edebilir.

İnkâr, kişinin başa çıkamayacağı şeylerden egoyu koruma işlevi görür. Sizi geçici olarak endişe veya acıdan koruyabilse de inkâr aynı zamanda önemli bir enerji yatırımı gerektirir. Bu nedenle, bu kabul edilemez duyguları bilinçli farkındalıktan uzak tutmak için başka savunmalar da kullanılır.

İnkâr bazen de bir şeyin doğru olduğunu kabul etmeyi, ancak önemini en aza indirmeyi de içerebilir. Bazen insanlar gerçeği ve gerçeğin ciddiyetini kabul ederler, ancak kendi sorumluluklarını inkâr ederler ve bunun yerine diğer insanları veya dış güçleri suçlarlar.

Bastırma: Egoyu rahatsız eden tüm dürtü, duygu ve deneyimlerin bilinçdışına itilmesi ve orada tutulmasıdır. Tatsız düşünceler, acı veren anılar veya mantıksız inançlar sizi üzebilir. Bu düşüncelerle yüzleşmek yerine, bilinçsizce onları tamamen unutmak umuduyla saklamayı seçebilirsiniz. Çocukluğunuzla ilgili hatırlayamadığınız çoğu şey bastırma nedeniyledir. Oldukça fazla zihinsel enerji tüketen bir savunmadır. Bastırmak anıların tamamen ortadan kalktığı anlamına gelmez. Siz farkında olmasanız da davranışlarınızı ve gelecekteki ilişkilerinizi etkileyebilirler.

Yüceltme: Yüceltme, başa çıkılamayan durumlarda kabul edilemez dürtüleri daha kabul edilebilir bir forma dönüştürerek harekete geçirmemizi sağlayan bir savunma mekanizmasıdır. Örneğin, aşırı öfke yaşayan bir kişi, hayal kırıklığını dışa vurmanın bir yolu olarak kick-boks yapabilir. Ya da üzüntüsünü şiir yazarak, şarkı besteleyerek ifade edebilir. Freud'a göre bu savunma mekanizması olgunluk işaretidir ve insanların sosyal açıdan uygun davranmasını sağlar.

Yansıtma: Yansıtma diğer adıyla projeksiyon kendi kabul edilemez niteliklerinizi veya duygularınızı tıpkı bir ayna gibi yansıtarak diğer insanlara atfetmeyi içeren bir savunma mekanizmasıdır. Örneğin, birine karşı güçlü bir nefretiniz varsa, bu nefreti kabullenmek yerine onun sizden hoşlanmadığına inanabilirsiniz. Yansıtma, egonun tanıyamayacağı bir şekilde arzunun veya dürtünün ifade edilmesine izin vererek çalışır, burada da amaç kaygıyı azaltmaktır.

Yer değiştirme: Bu savunma mekanizması egonun kabullenemediği, tehlike oluşturabilecek bir dürtü veya duygunun farklı bir nesneye yöneltilmesidir. Örneğin işte kötü bir gün geçirdiniz, akşam eve geldiğinizde tüm öfkenizi ve hayal kırıklığınızı annenize ya da size karşı bir tehdit oluşturmayan bir aile üyesine yönlendirmeniz yer değiştirmedir. Benzer şekilde annesine kızgınlık duyan bir erkek çocuğun tüm kadınlara öfke duyması bir başka örnektir. Aslında bu insanların hiçbiri güçlü duygularınızın hedefi değildir, ancak bilinçdışınızda onlara tepki vermenin patronunuza ya da gerçek kişiye tepki vermekten daha az sorunlu olduğuna inanabilirsiniz. Yer değiştirme sıklıkla rüyalarda da ortaya çıkar. Uyanıkken tatmin edemediğimiz arzularımızı rüyalarımızda sembollerle ya da nesnelerle değiştirerek doyum elde etmeye çalışırız.

Regresyon: Kendini tehdit altında veya endişeli hisseden bazı insanlar, bilinçsizce gelişimin daha erken bir aşamasına "kaçabilir". Yetişkinlikte de olduğu gibi bu tür savunma mekanizması en çok küçük çocuklarda görülür. Örneğin, yeni bir kardeşin dünyaya gelişiyle kendisine gösterilen ilginin azaldığını fark eden çocuk, daha çok ilgi gördüğü dönemlere dönerek parmağını emebilir, bebeksi konuşmaya başlayabilir veya altını ıslatabilir.

Travma ya da başa çıkılması zor bir kaybın yaşanması sonucunda olgun yaşta bir kişi aniden yeniden gençmiş gibi davranabilir. Olaylar veya davranışlarla başa çıkmakta zorlanan yetişkinler, sevdikleri bir oyuncak hayvanla uyumaya geri dönebilir, rahatlatıcı buldukları yiyecekleri aşırı yiyebilir veya zincirleme sigara içmeye, çeşitli şeyleri çiğnemeye başlayabilirler. Ayrıca kendilerini bunalmış hissettikleri için günlük aktivitelerden kaçınabilirler. Kimi yetişkinler sevgiden yoksun kaldığında ya da zorlamalı bir durumda aşırı yemek yemeye başlayabilir. Yaşlı insanlarda ise bu savunma mekanizması sık sık geçmişten söz etme ve anılarda yaşama biçiminde görülür.

Rasyonelleştirme: Bazı insanlar istenmeyen davranışları kendi "gerçekler" dizisiyle açıklamaya çalışabilirler. Bu, başka bir düzeyde doğru olmadığını bilseniz bile, yaptığınız seçim konusunda kendinizi rahat hissetmenizi sağlar.

Rasyonelleştirme, kabul edilemez bir davranışı veya duyguyu rasyonel veya mantıklı bir şekilde açıklamayı, davranışın gerçek nedenlerinden kaçınarak bir yere konumlandırmayı içeren bir savunma mekanizmasıdır. Örneğin, bir randevu için geri çevrilen bir kişi, diğer kişiye zaten bunun için çok da istekli olmadığını söyleyerek durumu rasyonelleştirebilir. Bir öğrenci, kendi hazırlık eksikliğinden ziyade, zayıf bir sınav puanı için eğitmeni suçlayabilir. Rasyonelleştirme yani akılcılaştırma sadece kaygıyı önlemekle kalmaz, aynı zamanda benlik saygısını ve benlik kavramını da korur.

Karşıt tepki oluşturma: Bu savunma mekanizmasını kullanan insanlar nasıl hissettiklerinin farkındadırlar, ancak içgüdülerinin tam tersi şekilde davranmayı seçerler. Suçluluk duygusu yaratan tehlikeli istekler çok yoğun olduğunda bunların baskı altında tutulması daha da güçleşir. Bu durumda kişi başa çıkamadığı bu dürtülerin tam karşıtı davranışlar geliştirerek kaygıyla başa çıkmaya çalışır.

Örneğin aşırı cinsellik düşünen biri ahlak savunuculuğuna, düşmanca duygular aşırı sevecenliğe, saldırganlık abartılmış sevgi gösterilerine yönelebilir. Bu şekilde tepki veren biri, öfke veya hayal kırıklığı gibi olumsuz duyguları ifade etmemesi gerektiğini hissedebilir. Bunun yerine aşırı olumlu bir şekilde tepki vermeyi seçer. Burada amaç bu olumsuz düşünceleri bilinçten uzaklaştırmaktır.

Fedakârlık: Özgecil davranış olarak bilinen başka bir kişiye karşı abartılmış iyi niyet gösterileri ya da aşırı fedakârlık potansiyel olarak endişeli bir durumu engellemenin bir yolu olarak kullanılabilir. Örneğin, bizden hoşlanmayabileceğini düşündüğümüz bir kişiye özellikle yardımcı olmak, bir tartışmayı nazik sözler ve pozitiflikle etkisiz hale getirmek, terk edilmemek için kendinden vazgeçmek bir savunma mekanizması olarak kullanılabilir.

Kaçınma: Var olan bir durum endişe yarattığında, bazen uygun seçenek bundan kaçınmaktır. Kaçınma, belirli bir olaydan kaçışı sağlasa da kaygının nedeni ile ilgilenmeyi engellemez. Örneğin, bir kişi işteki meslektaşlarına stresli bir sunum yapması gerektiğini biliyor olabilir ve kaçınmak için hastalanabilir. Ancak, sunum başka bir güne ertelenirse, bu durumda kaçınma yalnızca kısa vadeli bir seçenek olabilir. Birisi ayrıca endişeye neden olan bir şey hakkında düşünmekten kaçınabilir, onunla yüzleşmek yerine onu çözümsüz bırakmayı tercih edebilir.

Dönüştürme: Dönüştürme, bastırılmış dürtülerin ve duyguların neden olduğu kaygının, öksürük veya felç hissi gibi fiziksel bir şikâyete "dönüştürüldüğü" bir savunma mekanizmasıdır. Dönüştürme, anksiyeteye sebep olan bilinçdışı duyguların bilinç düzeyine erişmesini engellemek amacıyla, gerçek bir nedeni olmayan bedensel hastalık belirtileri düzeyinde ortaya çıkan bir savunma mekanizmasıdır. Örneğin nefes sıkışması, kalp çarpıntısı, bedende geçmeyen ağrılar gibi.

İdealleştirme: İdealleştirme, olumlu niteliklerini vurgulayarak ve olumsuz olanları ihmal ederek bir kişi, yer veya nesne hakkında ideal bir izlenim yaratmayı içerir. İdealleştirme, etrafımızdaki dünyayı algılama şeklimizi ayarlar ve idealize edilmiş kavramlarımızı destekleyen yargılarda bulunmamıza yol açabilir. İdealleştirmeye en iyi örnek oldukça çatışmalı ve yorucu bir ilişkiyi bitirdikten sonra, berbat günleri bile çok güzel bir şekilde hatırlamak ve ilişkiyi yeniden onarmayı düşünmeye başlamaktır. Ya da şiddet uygulayan birinin aslında öyle biri olmadığını, bunun haklı nedenlerinin olabileceğini düşünmek de idealleştirmedir. Akrabalar, ortaklar veya ünlüler gibi hayran olduğumuz insanların imajını sık sık idealize eder, başarısızlıkları için mazeretler yaratır ve daha takdire şayan niteliklerini vurgularız.

Pasif saldırganlık: Saldırganlık gösterileri birçok toplumda sosyal olmayan ve istenmeyen davranışlar olarak kabul edilir, bu nedenle saldırgan veya şiddetli dürtüler yaşandığında, insanlar onlardan mümkün olduğunca kaçınma eğilimindedir ya da daha az enerji gerektiren pasif saldırganlığa yönelebilir. Pasif agresif bir kişi, görevlerini yerine getirirken işbirliği yapmayabilir, kendisiyle konuşulduğunda kasıtlı olarak görmezden gelebilir, işleri ve etrafındakiler (örneğin meslektaşları) hakkında olumsuz bir görüş benimseyebilir.

Bölme: Bölünme yaşayan bir kişi, nesneler, durumlar ve insanlar dahil olmak üzere çevrelerindeki dünya hakkında değerlendirmeler yaparken "Ya o ya da bu" yaklaşımını benimseyebilir. Yani dünya siyah ve beyazdan ibarettir. Fikirleri, orta yol veya uzlaşma olmaksızın doğru veya yanlış olarak görme eğilimindedirler. Benzer şekilde, ilişkilerde "iyiye karşı kötü" bir yaklaşım benimseyebilirler, bir grup insana hayran kalırken, beklentilerini karşılamayanları tamamen reddedebilirler.

Entelektüelleştirme: Bir durumun duygusal sonuçlarından çok entelektüel sonuçlarına odaklanmaktır. Örneğin bir yakınına kanser teşhisi konan birinin, duygularına yoğunlaşmaktan kaçınmak için kanser hastalığı ile ilgili araştırmalar yapmaya başlaması gibi.

Mizah: Gergin veya stresli durumlarla başa çıkmamıza yardımcı olmak için kullanılan mizah, olgun savunma mekanizmalarından biridir. Kontrolümüzün olmadığı bir ortamda komik bir yön aramak buna dayanmamıza yardımcı olabilir ve hatta başkalarının daha iyi başa çıkmasına yardımcı olmak için özgecil bir davranış da sayılır.

İlerleyen sayfalarda ele alacağımız şemalar bölümünde bunların nasıl aktif olarak çalıştığını, bize neler anlattığını ve nasıl değiştirilebileceğinizi daha detaylı göreceğiz.

2. BÖLÜM

BAĞLANMA STİLLERİ

Bağlanma teorisini ilk olarak ortaya atan Bowlby ile birlikte çalışan bir başka bilim insanı Mary Ainsworth bağlanma stillerini ortaya koymuştur.

1970'lerdeki araştırmasında Psikolog Mary Ainsworth, Bowlby'nin orijinal çalışmasını ele alarak büyük ölçüde genişletti. "Garip Durum Deneyi" adını verdiği çığır açan çalışmada, bağlanmanın davranış üzerindeki derin etkilerine odaklandı. Araştırmacılar, 12 ile 18 ay arasındaki çocukların, kısa bir süre yalnız kaldıkları ve sonra anneleriyle tekrar bir araya geldikleri bir duruma nasıl tepki verdiklerini gözlemlediler.

Anne bebek ilişkilerini gözlemleyen Ainsworth, bebeklerin anneleriyle 3 belirgin bağlanma şekli geliştirdiğini ortaya koydu.

1. Güvenli Bağlanma
2. Kaygılı Bağlanma
3. Kaçıngan Bağlanma

Bu ortaya konan 3 bağlanma modeli, yetişkinlikte kurduğumuz romantik ilişkilerimizdeki yakınlığı da oluşturur. Güvenli bağlanmada kişi rahattır ve sevgi doludur. Kaygılı bağlanmada kişi sevdiği insanla yakınlık kurmak ister ama partnerinin ona karşılık verip veremeyeceğine dair endişe duyar, zihni hep ilişkisinin sürüncemelerinde takılıdır. Kaçıngan kişi ise yakınlıktan kaçar, ona göre yakınlık özgürlüğün kaybedilmesidir ve aradaki mesafeyi korumak ister, mesafenin aşılması tehlikenin çanlarının çalması demektir.

Bu üç durum tüm ilişkilerimizin doğasını etkiler. İletişim kurma şeklimizden cinselliğe, sorunları çözme biçimlerimizden çekiciliğe, hayata bakışımızdan hayal ve beklentilerimize kadar...

Özetle bağlanma şeklimiz ilişkilerimize derinliği veren şeydir.

Bundan önceki kitaplarımda özellikle *Kadınlar Sıcak Erkekler Soğuk Sever*'de kişilik tiplerinden ve mizaç farklılıklarından bahsetmiştim. Bazılarımız içedönük, bazılarımız da dışadönük tiplerdir demiştik. Esasında bağlanma teorisiyle anlıyoruz ki bizim tüm sosyal ilişkilerimizde, romantik ilişkilerimizde belirleyici olan faktör sonuçlarını gözlemlediğimiz ve deneyimlediğimiz bağlanmadır.

Kısaca bebekken nasıl bağlanırsak büyük oranda ilişkilerimizde de ona programlanırız. Fakat bağlanma tek bir aktör değildir unutmamak lazım, genetik aktarımlar, hayat deneyimlerimiz, içinde yaşadığımız kültür ve sosyal çevre, tümü bağlanma şeklimizi etkiler. Örneğin güvenli bağlanma sağlanmış bir aile ortamında büyümüş olabilirsiniz ama ilişkilerinizde yaşadığınız olumsuz deneyimler sizi bir süre sonra kaçıngan bağlanan biri haline getirebilir ya da ilerleyen yaşınızda yaşadığınız bir travma sizi kaybetme korkusuna sürükleyip kaygılı bağlanan birine dönüştürebilir. Ancak her ne olursa olsun en temeldeki bağlanma sitilinizi bulmak sizin sonraki yaşam deneyiminizi de gözden geçirip değerlendirmenize olanak sağlar.

Hatta gücünüzü toparlayıp bağlanma sitilinizi değiştirme şansını dahi yaratabilirsiniz.

Bağlanma şeklimiz ilişkilerimize derinliğini veren şeydir.

Bağlanma stillerini kavramak sadece kendiniz için değil çevrenizdeki insanları anlamak ve onların ilişki kurma biçimlerini kavramak için de önemlidir. Örneğin çok yakınlık kurmak istediğiniz birinin kaçıngan bağlanan birisi olduğunu biraz olsun fark etmek sizi esir eden sorgulayıcı ya da yargılayıcı düşüncelerden özgürleştirir.

Kendi içsel temsillerimizi bir başkasıyla temas ettiğimizde tetikleriz. Bu tetiklenme kimileri için aşırı enerji harcamaya neden olur. "Neden beni aramadı, beni sevmiyor mu, bana değer vermiyor mu, zaten her işte başarısızım, ben zaten güzel bir şeyi hak etmiyorum, bana hata yapılmasına asla izin veremem, ben kendi başımın çaresine bakabilirim..." gibi içsel diyaloglar bu tetiklenmelerden doğar.

Sorun sadece karşı tarafta mıdır peki?

Çoğumuz romantik ilişkilerimizde daha kırılgan hale geliriz, cazibemizi yitirmekten, sevilmemekten, reddedilmekten korkarız. Bu sadece romantik ilişkilerde değil arkadaşlarımızda, iş hayatındaki insanlarda da böyledir. İster uzak isterse özel olsun ilişki kurma biçimlerimizde hoşlanmadığımız şeylerle karşılaşmak kimi zaman inciticidir. Ancak insan çeşit çeşit ve hepimizin ruhsal ihtiyaçları, bunları ifade etme şekilleri birbirinden farklı.

Ayrıca bu saydığım bağlanma stilleri bir bozukluk ya da patolojik bir durum gibi görülmemeli. En başta da ifade ettiğim gibi evrimsel olarak türümüz devam etme eğilimindedir ve doğada çeşitlilik hâkimdir. Bu çeşitlilik her tür için önemlidir ve koşullar değiştiğinde türün hayatta kalmasını sağlarlar.

Örneğin bir kıtlık durumunda obezler kendi türlerinin devamını sağlayacaktır ya da kutup iklimi tüm dünyayı sardığında o ortama yatkın tür yaşamına devam edecektir. Bağlanma stilleri de genetik olarak insan ve hayvan türünün devamlılığı için hayati önem taşır. Eğer bağlanma olmasaydı ne hayvanlar ne de insanlar türünü devam ettirebilirdi. Anne ya da bakım verene karşı geliştirilen evrimsel bağ kurma yönelimi bizim genlerimize işlemiştir. Bunun çeşitliliği de bize koşullar değiştiğinde devam edebilme gücünü verir.

Bahsettiğim kişilik tipleri ve bağlanma stilleri üzerinden ilişkileri okumak sizi özgürleştirir. Kendi kafanızda kurduğunuz senaryoları boşa çıkarır, "Neden beni sevmedi, neden beni istemedi, neden beni terk etti, neden benden kaçtı?" sorularının yanıtlarının sadece sizinle ilgili olmadığını anlarsınız.

Bağlanma stilleri pek çok zaman dalgalanan bir deniz gibi de olabilir. Araştırmacılara göre örneğin kişilik bozukluğu var olanlar ya da aile geçmişinde ciddi bir psikopatoloji bulunduranlar farklı bağlanma stillerinde gezinebilirler. Aynı zamanda yaşamda karşılaşılan ciddi kırılmalar da bağlanma tarzında ani değişikliklere yol açabilir. Örneğin birinin ani ölümü, yaşam tarzında ciddi ve önemli bir değişiklik (iflas, kariyerde zirveye çıkma vs.) yine bağlanma tarzında değişmeye neden olabilir.

Hep söylüyorum, ilişkiler komplekstir. Hiç kimse sizi tek bir nedenden dolayı terk etmez, tıpkı tek bir nedenden dolayı âşık olmadığı ya da sizinle evlenmek istemediği gibi... Derin sularda o kadar çok neden ve olay cereyan etmektedir ki tek bir neden ortaya koyamayız.

Bizler yani insanlar bugün çok hızlı akan bir hayatın içinde kaybolsak da tepkilerimiz ve davranışlarımız halen mağarada yaşayan atalarımız gibidir. İçsel mekanizmalarımız çok da değişmedi kısacası sadece yaşadığımız dünya değişti ama verdiğimiz tepkiler hâlâ aynı, sistemimiz aynı şekilde değişiyor. Bunu keşfetmek aslında çok rahatlatıcıdır.

Bağlanma stilleri üzerinden ilişkinizi okumak sizi özgürleştirir.

Bağlanma stillerini anlamak sizi girişeceğiniz anlamsız savaşlardan da kurtarır. Kendinizi ve partnerinizin eğilimlerini anladığınızda daha stratejik hamleler yapabilirsiniz. Örneğin kaçıngan bağlanmaya sahip partneriniz bir anda ortalıktan yok olduğunda bunun nedenlerini görebilirsiniz.

Bağlanma stillerini kavramak demek her şeyi sineye çekmeniz anlamına gelmez, elbette ilişkiler pek çok sorunla mücadele ettiğiniz bir alandır. Aldatılma, affedilmemesi gereken hatalar gibi gerçekleri sadece bağlanma tipine yüklemek ve affedici olmak saflık olur.

Hep dediğim gibi eğer amacınız yenisine değil elinizdeki ilişkiye odaklanmak ve onu iyileştirmekse, halihazırda bir aileniz, yuvanız, çocuklarınız varsa, o kişinin gerçekten de sizin için doğru kişi olduğundan eminseniz ve onu kazanmak istiyorsanız kavrayışınız yerini bulacaktır.

Bağlanma stillerini kavramak ne işinize yarar?

- Kendi ve partnerinizin bağlanma stilini kavramak ilişkilerinizdeki sorunların altında yatan temel nedenlerden birini anlamanızı sağlar.
- Daha güvenilir bir bağlanma süreci inşa edersiniz.
- Romantik ilişkilerinizde hapsolduğunuz aşırı kaygı ve korkunun nedenlerini anlar ve bununla daha kolay başa çıkarsınız.
- Ayrılık süreçlerini daha rahat atlatırsınız.
- Yeni kuracağınız ilişkilerde kendi bağlanma stilinize uyan birine odaklanırsınız.
- Halihazırda yaşadığınız ilişkinizi gözden geçirir ve iyileştirmek için adım atarsınız.
- Çevrenizdeki diğer insanlarla daha sağlıklı iletişim kurar ve olası iletişim sorunlarında kendinizi suçlamazsınız.
- Bağlanma stillerini anlamak size özgüven kazandırır, reddedilmek, insanların sizden uzak durması gibi durumlar sizin için daha kolay aşılabilir şeyler haline gelir.
- Kendinizi daha cesur ve özgür hissedersiniz.

Çocuklardaki gibi bizler de kendimizi güvenli bir alanda hissetmek isteriz. Güvenli bağlanma deneyimi bizim hayatta diğer şeylere konsantre olmamızı kolaylaştırır ve bize güç verir. Annesi ve babası tarafından onaylanan, teşvik edilen her çocuk daha mutludur, özgüven kazanır ve yetişkin olduğunda da bu özelliklerini koruyabilir.

Yetişkin olduğumuzda güven ihtiyacımız sona ermez, hâlâ bize inanan, bizi seven ve destekleyen insanlara ihtiyaç duyarız. Hepimiz güvenli bir limana çapa atmak isteriz. *İz Bıraktığın Kadar Varsın* kitabımda uzunca anlattığım çapalamanın altında çalışan temel mekanizma da budur. Güven duyacağımız o kişi anımsatmak ve derine hapsetmek...

Güvenli Bağlanma

Güvenli bağlanma stili, ebeveynleriyle olan ilişkilerinde kendilerini güvende ve korunaklı hisseden ama kendi alanını keşfetmek için sınırlarını genişleten ve dış dünyayı da gözlemlemiş kişilerde gelişen bağlanmadır. Güvenli bağlanan çocuk annesiyle ya da bakım verenle geliştirdiği bu özgür bağı yetişkinliğinde de sürdürebilir, partnerini boğmadan, herkesin kendi sınırlarını tanımlayabildiği, güvende hissettiği, dürüst, samimi ve destekleyici ilişkiler arar ve kendini de böyle ilişkilerde mutlu hisseder.

Güvenli bağlanmaya sahipseniz, ilişkilerdeki kusurları ya da bir takım eksikleri anlayışla karşılama ve empati kurmada da başarılısınızdır. Özsaygınız ve özgüveniniz gelişmiş olduğundan ilişkilerde oyuna ihtiyaç duymazsınız ve karşınızdakileri manipüle etmezsiniz. Tartışmalarda daha soğukkanlı bir şekilde kalırsınız, çatışmaktan ziyade çözüme odaklanırsınız. Partnerinizin ihtiyaçlarını anlamak sizin için önemlidir, onu önemser, taleplerini anlamaya çalışır, kendinizi de tartarsınız, suçlayıcı değilsinizdir. Bu özellikleriniz nedeniyle de kavga ve suçlama döngüsüne kapılmazsınız. Tüm bunlar da sizin cazibenizi artırır.

En sağlıklı ve uzun ilişkiler güvenli bağlanma stiline sahip insanlar arasındadır. Gerçekten de saydığımız şeylere bakacak olursak, bunların dostlukla ve özenle beslenen her ilişkinin dinamikleri olduğunu söyleyebiliriz. Ancak her ilişkinin elbette inişleri çıkışları vardır, güvenli bağlanmanın olduğu ilişkilerde sorun yoktur diyemeyiz. Üstelik aşk, sevgi bizi kimi zaman farklı kutuplardaki insanlarla bir araya getirebilir.

Güvenli bağlanmada bakım vereninizle kurduğunuz ilişki sizin anlaşılmış, değerli ve rahatlamış hissetmenizi sağladığından ilişkilerinizde de sakin bir tutum geliştirirsiniz. Yapılan çalışmalara göre güvenli bağlanma modeline sahip kişiler bu özelliklere sahip anne-babalarla büyükleri için bu özellikleri onlardan alır ve taklit ederler.

Güvenli Bağlanmanın İşaretleri

Peki kendinizde ya da partnerinizde güvenli bağlanma stilinin var olup olmadığını nasıl anlayabilirsiniz?

Güvenli bağlanma modeline sahip olmanın işaretleri şunlardır:

- Duygusal zekâları yüksektir. Duyguları fark etmede ve düzenlemede daha kabiliyetlidirler. Aşırı uçlarda gezinmezler -kimi zaman olabilir elbette- ancak duyguları gözlemleme ve kontrol altına almada daha yeteneklidirler.
- İnsanlara kolayca güvenirler, bu saflık gibi algılanmamalı, iletişimlerinde açık oldukları için daha samimi ve güven verici davranırlar.
- İletişim becerileri hem gelişmiş hem de etkilidir. Beden dili, sözsel ifadeleriyle insanları etkilerler.

- Duygusal olarak herhangi bir şeye ihtiyaç duyduklarında bunu dile getirebilir, yardım isteyebilirler.
- Yalnız kalmak onları korkutmaz, hatta çoğunlukla buna ihtiyaç da duyarlar.
- Özel ilişkilerde yakınlaşmak onları korkutmaz, ilişkinin ciddiye binmesi durumunda, geleceğe yönelik plan ve programlarda paniklemezler. Hem kendi yakınlık duyma ihtiyacını rahatlıkla dile getirebilir hem de karşıdan gelen yakınlaşma talebini alabilirler.
- Her türlü yakın ilişkide kendileri neyse onu ortaya koyarlar. Taktik yapmaz, manipülasyona ihtiyaç duymazlar ve dürüsttürler.
- Çatışma yönetmede ustadırlar, benlik saygıları ve empatileri gelişmiş olduğu için soğukkanlılıkla tartışmaları yönetebilirler. Kişiler arası zorluklarla adım adım başa çıkma kabiliyetleri vardır, saldırmak yerine sorunları çözmek için tartışırlar.
- Özgüvenleri, cazibeleri yüksektir ve bunu çevrelerindeki insanlara hissettirirler. Çuvallamak ya da dalga geçilmesi onları etkilemez, kendileriyle dalga geçmeyi de bilirler.
- Sınır çizmeyi bilirler. Her ne kadar güvenli bağlanmaya yatkın olsalar da ihtiyaç duyduklarında kendi alanlarına çekilmek için sağlıklı ve makul sınırları belirleyebilirler. Bunu ifade etmek onlar için zor olmaz.
- Kişiler ve ilişkilere dair önyargıları yoktur, daha ziyade olumlu düşünceler hâkimdir.
- Ruhsal dayanıklılıkları gelişmiştir. Zorlayıcı durumlarla daha kolay başa çıkabilirler. Kolayca pes etmez, mücadeleci tutumla kazanmak için devam ederler. Bu da onlara her alanda başarı getirir.

Güvenli bağlanma stiline sahip kişiler de duygusal iniş çıkışlar yaşayabilirler elbette, onlar da üzülür, beklentilerine yanıt alamadıklarında hayal kırıklıkları yaşarlar. Ancak diğer bağlanma stillerine göre daha sağlıklı stratejiler geliştirirler. Sonuç olarak, güvenli bağlanma stillerine sahip kişiler, ilişkileri iyi yönetme eğilimindedir. Genelde pozitiftirler, güvenirler ve partnerlerine karşı sevgi doludurlar. Kendilerini değerli ve yeterli hissederler, sevildiklerinde sevilmeye layık olduklarını düşünürler. Onlar için bağımlılık değil bağlılık esastır, niyetlere güvenirler ve sadıktırlar.

Güvenli Bağlanma Nasıl Geliştirilebilir?

Bağlanma stilini değiştirmek kolay bir iş değildir. Sabır ve irade, bunun gerçekleşmesi için temel gereksinimlerdir. İlişkilerde ideal dengenin mevcut olduğu güvenli bağlanmaya geçişte en önemli nokta farkındalıktır.

- **Kendinizi gözlemleyin:** İyi bir gözlemci olmak söz konusu siz olduğunuzda zordur. İğneyi kendinize çuvaldızı başkasına batırmak kolaydır. İlişkiniz üzerinde aktif gözlem yapmak, karşı tarafı suçlamak yerine kendinize odaklanmakla işe başlayın. Güvensiz bağlanmanızın ve etkilerinin farkına varın.
- **Toksik ilişkileri hayatınızdan çıkarın:** Farkında olmadığınız bağımlılıklar sizi toksik insanlara itiyor olabilir. İçinden çıkamadığımız toksik bir döngü dengeye gelmenizi zorlaştıracaktır. Kendinize önce alan açın, tıpkı havasız bir odayı havalandırmak gibi sizi yoran ve aşağı

çeken insanlardan uzaklaşın, en azından zihinsel dinginliğe kavuşacak ve sağlıklı kararlar alabilecek kadar...

- **Güvenli bağlanma için özsaygınızı geliştirin:** Sınırlarınızı koruyun, kendinizi sevin ve kendi alanınızdaki değerlere sahip çıkın.
- **Hayır demeyi öğrenin:** Maruz kaldığınız olumsuz davranışlarda sınırlarınızı çizin ve duygularınızı ifade edin.
- **Sevdiklerinizin yanınızda olduğunu anımsayın:** Güven duygusunu size koşulsuz sunacak insanlar daima vardır. Ailenizde, yakın dostlarınızda yaslanabileceğiniz insanlarla daha güçlü bağlar kurmaya çalışın. Hayattan elinizi çekmeyin.
- **Duygusal kalıplarınızı ve savunma mekanizmalarınızı tespit edin:** İlerleyen bölümde detaylı olarak anlattığım şemalar başlığını okuyun.
- **Sizi zorlayan ve altından kalkamadığınız travmatik deneyimler için bir uzmandan yardım almaktan korkmayın:** Güven duygunuz sarsılmış olsa da bunu yeniden inşa edebilmenin elinizde olduğunu unutmayın ve kendinizi hapsettiğiniz duvarları yıkın. Sizi bu istenmeyen yola sokan yaraları iyileştirmeye çalışın.

Çocuğunuzla Güvenli Bağlanma

Çocuğunuzla geliştireceğiniz güvenli bağlanma, onun güvenlik ve sevgi ihtiyacını karşılamanızla mümkündür. Çocuğunuzla güvenli bir bağ kurduğunuzda onda sağlıklı bir öz farkındalık geliştirir, empati duygusunu, öğrenme isteğini ve güven hissini yükseltirsiniz.

Yapılan çalışmalara göre güvenli bağ kurulmuş bebekler diğer insanlara güvenme konusunda da rahattırlar. Olumsuz durumlarda stresle karşılaştıklarında daha kolay başa çıkabilirler. Yeni şeyleri deneyimleme noktasında daha özgür ve cesur olurlar. Empatileri geliştiği için içsel olarak daha derin ilişkiler kurma kabiliyeti kazanırlar. Yaşamdaki zorlukların daha kolaylıkla üstesinden gelebilirler.

Güvensiz bağlanma bir bebeğin zihinsel, fiziksel ve duygusal gelişimini engelleyebilir. Öğrenme güçlükleri ve iletişim kurmada sorunlar yaşamasına neden olabilir. Güvensiz bağlanmaya sahip bir çocuk şu özellikleri barındırabilir:

- Diğer insanlardan kaçmak, iletişim kurmaktan sakınmak
- Başka insanlarla etkileşimi reddetmek
- Kaygı, öfke ve korku gibi bariz olumsuz duygu durumlarında sıkça kalmak
- Yaşadığı stresi ve sıkıntıyı abartma eğiliminde olmak

Bu sayılanların kesin yargılar olmadığını unutmayın. Pek çok çocuk bu davranışları zaman zaman sergiler ancak sıkça tekrarlanan durumlarda daha sevgi dolu bir iletişime yönelmeniz konusunda birer işaret olarak alınabilir.

Bebeğinizle güvenli bir bağ kurmak için:

- Jest ve mimiklerinizle sözsüz iletişim kurun.
- Ses tonunuzla ilginizi ve sevginizi belli edin.
- Bebeğinizin sizi taklit ettiğini unutmayın, yüz ifadenizi sakin ve sevecen bir halde tutun.
- Sarılırken ve dokunurken daima güven verici olun.

Mükemmel bir ebeveyn olmaya çalışmayın. Güvenli bağlanma içgüdüsel bir süreçtir aynı zamanda, kendiniz için de zaman ayırın. Bebeğinizin her ihtiyaç talebine karşılık verememeniz çok normaldir ancak bunu telafi etmek güvenli bağlanma için yeterlidir. Aşırı endişe ve stresin olumsuz olacağını unutmayın.

Kaygılı Bağlanma

Kaygılı bağlanma, üç güvensiz bağlanma stilinden biridir. Erken çocukluk döneminde gelişen bu model çoğu zaman, uyumsuz ve tutarsız ebeveynlerden kaynaklanır.

Kaygılı bağlanma modelinde olan insanlar genellikle kendilerini başkalarına muhtaç hissederler. Endişelidirler ve özgüvenleri düşüktür. Başkalarıyla yakın olmak isteseler de insanların onlarla birlikte olmak istemeyeceğinden korkarlar. Düşük benlik saygısı, güçlü reddedilme veya terk edilme korkusu ve ilişkilerde yapışkanlık bu bağlanma stilinin ortak belirtileridir.

Kaygılı bağlanan bir yetişkin ilişkiler konusunda kıskançlığa veya diğer güvensizliklere eğilimli olabilir. İkircikli bağlanma olarak da adlandırılan bu modele sahip bireyler çaba gerektirse de, zamanla güvenli bir bağlanma stili geliştirebilirler.

Kaygılı Bağlanma Modeli Nasıl Çalışır?

Kaygılı bağlanma, terk edilme korkusundan ve takdir edilmeme güvensizliğinden kaynaklanan bir tür güvensiz bağlanma tarzıdır. Saplantılı bağlanma bozukluğu olarak da adlandırılan kaygılı bağlanma stiline sahip kişiler, genellikle eşlerinden ayrılma konusunda gerginlik hissederler. Araştırmalara göre insanların yaklaşık %19'u kaygılı bağlanma stiline sahiptir.

Kaygılı bağlanma, öngörülemeyen veya duygusal olarak duyarsız bir ebeveyni olan çocuklarda oluşur. Ebeveyn bir süre ilgi ve sevgi gösterirken bir süre kayıtsız ve temel ihtiyaçları karşılamayacak bir durumdadır. Bu tutarsızlık hali de çocukta ne yapacağını bilmez, ne bekleyeceğini tahmin edemez bir durum yaratır. Çocuğun, davranışları karışık sinyaller gönderen bakıcılarla olan ilişkisi konusunda kafası karışır.

Aşağıdaki durumlar kaygılı kaçınmaya zemin hazırlayabilir:

- Çocuğun duygusal ihtiyaçlarına karşı tutarsız tepki verme
- Bakım veren ve çocuk arasındaki uyumsuzluk
- Bakım veren ve çocuk arasındaki duygusal mesafe
- Çocuğun yaşamıyla aşırı meşgul olma
- Fazla müdahaleci olma
- Fiziksel veya psikolojik taciz
- Bakıcıdan erken ayrılma

Kaygılı Bağlanmanın İşaretleri

Bu modeli benimsemiş çocuklar yetişkin yaşamlarında ilişkilerinde şu özellikleri sergilerler:

- Başkalarına güvenmede zorluk çekerler. Yakınlık kurma isteğine rağmen arada bir güven bariyeri vardır.
- Düşük öz değer ve düşük özgüvene sahiptirler. Çoğu kez yapmak istedikleri şeyler için gereken cesareti kendilerinde bulamazlar ve yüksek kaygı nedeniyle olumsuz düşüncelere sahiptirler.

- Cevap alana kadar partnerlerini tekrar tekrar arar veya mesaj atarlar.
- İlişkide oldukları kişilerin sosyal medyalarını sık sık kontrol edebilirler.
- Başkalarının ve partnerlerinin ihtiyaçlarına karşı duyarlı ve uyumludurlar ancak genellikle kendi değerleri konusunda güvensiz ve endişelidirler.
- İlişkilerde aşırı bağımlı ya da yapışkan olabilirler.
- İnsanlar tarafından önemsendiğine dair daima bir sinyal ararlar. Bu sinyali göremediklerinde kaygıları artar.
- Terk edileceğine dair güçlü bir inanç geliştirdiklerinden genellikle kıskanç ve şüpheci davranırlar.
- Yalnız kalmaktan korkarlar, hatta bununla baş edemezler.
- Sürekli yakınlık ve samimiyet ararlar, bu da onları başkalarına muhtaç ve bağımlı hale getirir.
- Diğer insanları memnun etmek için istemedikleri şeyleri yaparlar.
- Hayır demekte zorlanırlar, sağlıklı sınırlar çizemezler.
- Mutsuz bir ilişkideyken bile ayrılmaktan kaçınırlar.
- Karamsar ve dürtüsel davranabilirler.
- Reddedildiklerinde ya da beklentilerine karşılık bulamadıklarında kendilerini değersizlikle etiketleyebilirler.

Kaygılı Bir Partnere Sahipseniz Ne Yapmalısınız?

Kaygılı bağlanma stiline sahip biriyle ilişkiniz varsa, kendilerini daha güvende hissetmelerine yardımcı olmak için yapabileceğiniz birkaç şey vardır:

1. **Güvende hissettirin:** Bu modele sahip bir partner daima endişeli düşünceler içindedir ve yakınlık kurmaya çalıştıkları kişilerden sürekli olumlu mesajlar beklerler. Bu beklentinin yatıştırılmadığı durumlar onlar için kaotik olabilir. Bu nedenle onlara yanında olduğunuza dair güvence verin.

2. **Tutarlı olun:** Kaygılı bağlanan biri bakım verenin tutarsız davranışlarına maruz kaldığında ilişkilerinde karşılaştıkları tutarsız davranışlarla başa çıkmakta zorluk çekerler. Mümkün mertebe dengeli ve tutarlı bir iletişim kurmaya yönelin.

3. **Sözlerinizi tutun:** Partnerinize bir konuda söz verdiğinizde olabildiğince sözünüze sadık kalmaya çalışın. Bu basit bir şey olsa dahi, sizin yapmayı taahhüt ettiğiniz şeyi yapmamanız onlarda derin bir endişeye yol açacaktır. En ufak bir hayal kırıklığı veya reddedilme işaretinin, zaten düşük olan benlik saygısına zarar verebileceğini unutmayın.

4. **Sevginizi gösterin:** Sevgi her şeyin ilacıdır. Onu gerçekten sevdiğinizi ifade edin, bunu yaparken ondaki muhtaçlık duygusunu tetiklemeden gerçekten ona değer verdiğiniz için yanında olduğunuzu hissettirin

5. **Tepkisiz davranmayın:** Bu stili taşıyan partnerinizle iletişiminizde kayıtsız, tepkisiz kalmamaya özen gösterin. Sizden bir mesaj alabilmek gayretiyle bazen çoğu zaman alakasız gibi görünen isteklerle size gelebilirler. Bu endişelerini bastırmak için yapılan bir hamle olabilir.

6. **Arkadaşlarınızla birlikte vakit geçirin:** Kaygılı bağlanma modeline sahip bir partner terk edileceğine dair

güçlü bir inanca sahip olduğundan, zaman zaman sosyal çevrenize dahil etmeye özen gösterin. Yeni bir arkadaş edindiğinizde örneğin tanıştırın ya da bazı aktivitelere birlikte gidin. Çoğu zaman ondan uzak bir şeylerle meşgul olmanız onda tercih edilmediği, sevilmediği algısını tetikleyebilir.

Kaygılı Bağlanma Modeline Sahip Olan Sizseniz Ne Yapmalısınız?

Kaygılı bağlanma stili çabayla değiştirilebilir, en azından üzerinde çalışarak farkındalığınızı artırmanız mümkün.

İşte atabileceğiniz bazı adımlar:

- Değerlerinizin ve ihtiyaçlarınızın farkında olun.
- Partnerinizle ihtiyaçlarınız konusunda açık ve net bir şekilde iletişimde olun.
- Partnerinize iletişim halinde kalmanın sizin için önemli olduğunu ifade edin, yanıtsız kalan çağrıların sizde uyandırdığı endişeyi bilmelerini sağlayın.
- Rol modeliniz gibi davranın. Çocukluktan itibaren benimsediğimiz rol modellerini farkında olmadan taklit ederek büyürüz. Sizin için güvenli bağlandığınız bir rol modeli gözünüzün önüne getirin ve kaygılı hissettiğiniz anlarda "Benim rol modelim böyle bir durumda nasıl davranırdı?" sorusunu kendinize sorun.
- İltifat ve onayın sizin için önemli olduğunu ifade edin. Zaman zaman bunu duymaya ihtiyacınızın olduğunu söylemek güvenli bir bağlanma modeli için zemin hazırlar.

- Güvenli bağlandığınız ve sizi güvende hissettiren insanlarla vakit geçirin.
- Size gerçekten değer veren yeni insanları hayatınıza dahil etmeye çalışın.
- Endişeli anlarınızda hissettiklerinizi ve düşüncelerinizi gözden geçirin, bu zihinsel şablona dair sizi tetikleyen mekanizmaları fark ettiğinizde kaygıyla daha kolay başa çıkabilirsiniz. Bunları defterinize yazarak da çalışabilirsiniz.
- Duygularınızı daha kolay düzenleyebilmek adına sizi rahatlatıcı aktiviteleri hayatınıza dahil edin.
- Öz bakımınızla daha çok ilgilenin. Size iyi gelecek her türlü şey, özgüveninizi artıracak aktivitelere katılmak sizi daha iyi hissettirir.
- Partnerinizde iletişiminizde bir sorun olduğunda dürtüsel davranmamaya çalışın. Aniden terk etmek, sessizliğe gömülmek, küsmek, tehdit etmek, aşırı şüpheci ve kıskanç davranmak bir tetikleyici ile ortaya çıkabilen davranışlardır. Bu gibi anlar duygusal ihtiyaçlarınızı hemen tatmin etmenin yollarıdır. Bunun yerine daha sakin ve net bir iletişim kurma yolunu tercih edin.
- Sen dilinden ben diline geçin. Aşırı endişe genellikle partnerinizi suçlayıcı konuşmalar yapmaya itebilir, bu da ortada hiç sorun yokken bile ilişkinize zarar verir. "Sen beni aramadın" demek yerine "Ben sen aramadığında kendimi endişeli düşünceler içinde buluyorum ve buna engel olamıyorum" diyerek karşı tarafın sizi daha iyi anlamasını sağlayabilirsiniz.
- Çok zorlandığınız bir durum söz konusuysa bir uzmandan yardım almaktan çekinmeyin.

Kaçıngan Bağlanma

Sonunda beklediğiniz zaman geldi çattı... Ne zamandır mesajlaştığınız ve ufaktan flörte başladığınız o kişiyle akşam yemeği yiyeceksiniz. Ayaklarınız yerden kesilmiş, ilk baş başa buluşma için rezervasyonun yapıldığı mekâna giderken siz çoktan zihninizde ilişkinizin seyri hakkında planlar yapmaya başladınız bile...

Her şey harika, yemek güzel, koyu bir sohbet başlamış. Birbirinizi tanımak için sorular soruyor, dikkatle cevaplarını dinliyor ve tavırlarını gözlemliyorsunuz. Hali, bakışları sizinle ilgilendiğini belli edecek cinsten ama siz yine de ağırdan alıyorsunuz, beğeninizi ve yakınlık kurma isteğinizi de esirgemiyorsunuz. İlk buluşmanın gerçekleştiği geceyi tatlı bir şekilde noktalayıp sizi evinize bırakmasına izin veriyorsunuz. Uyumadan önce tatlı birkaç mesajla günü bitiriyor, birbirinize iyi geceler diliyorsunuz. Zaman içinde birkaç kez daha buluşuyorsunuz, her şey normal bir flört seyrinde devam ediyor.

Fakat o da ne?

Çok geçmeden havada değişik bir rüzgâr esmeye başlıyor. Artık mesajlarınıza geç dönüyor ve öncekilere göre daha soğuk yanıtlar alıyorsunuz. İltifat beklediğiniz bir anda konuyla ilgisiz şok edici bir tepkiyle karşılaşıyorsunuz. Ya da mesafe kurmaya yönelik bazı taktikler seziyorsunuz...

Kafanız karışıyor, bir şeyler ters gidiyor belli. Acaba neler oluyor?

Bu sahneler kimilerinize tanıdık gelecektir. İlk tanışmalarda hızlı bir şekilde bazen de çok geçmeden sıcaklığın kaybolduğu, başta yakın gibi görünen iletişimin gitgide soğuklaştığı flörtler yaşamış olabilirsiniz. Bu ani soğuma ilk başlarda anlamsız gelir size, hatta öfkelenmenize ve şiddetle eleştirmenize de neden olabilir.

Hızlı başlayıp çabuk sönen ilişkilerde sorunlardan biri taraflardan birinin kaçıngan bağlanma modeline sahip olmasıdır.

Kaçıngan bağlanma modeli genellikle bakım verenin çocuğa yeteri kadar ilgili davranmadığı, gerektiğinde gereken cevabı vermediği bir ilişkinin neticesinde gelişir. Böyle bir durumda çocuk bakıcısına ulaşamaz ve her şeye rağmen ona yakın durmak için kendi ihtiyaçlarını göz ardı eder ya da bastırır. Bunu yaparken de kendilerini üzgün ve endişeli hissederler, yalnız olmalarına rağmen bu olumsuz duygularını da inkâr ederler. Yapılan çalışmalara göre insanların %25-30 kadarı bu modele sahiptir.

Kaçıngan Bağlanma Modeli Nasıl Çalışır?

Bu modele sahip kişiler yakın ilişki kurmakta zorlanırlar. Başkalarıyla iletişime geçme ve diğer insanlarla kendilerini ilişkilendirme biçimleri çocukluk döneminde yerleşik hale gelen kalıplara göre dizayn edilir. Genellikle yeteri kadar ilgi ve alaka görmeyen, yüksek derecede ihmal edilmiş ya da dikkatsizce büyümüş çocuklar kaçıngan bağlanma modeline sahip olurlar.

Kaçıngan bağlanma modeline sahip kişiler bir savunma mekanizması olarak aşırı bağımsızlık ihtiyacı içindeymiş gibi görünürler ancak aşikâr olan gerçekten de yakınlık aramalarıdır. Ancak bu istek ne kadar içten içe arzulansa da genelde bu yakınlık kurulamaz...

Bir çocuk annesinden ya da bakım verenden yardım istediğinde kimi zaman görmezden gelinebilir. Bu tutum da çocukta kaçıngan bağlanmaya sebep olur.

Kaçıngan bağlanmaya zemin oluşturan bazı ihmaller şunlar olabilir:

- Çocuğa ağlarken veya endişelenirken bakmamak, ona yanıt vermemek
- Çocukla alay etmek, sorunlarını küçümsemek
- Ağlamayı cezalandırmak
- Çocuğa yeterince zaman ve ilgi göstermemek
- Çocuğun beslenme veya tıbbi ihtiyaçlarına bakmamak
- Çocuğa karşı çok eleştirel olmak
- Başarılarını takdir etmemek
- Sorun yaşayan çocuğa zorluk çıkarmak
- Dokunma, sarılma, öpme ya da fiziksel temastan kaçınmak

Genellikle genç yaşta evlenmiş, deneyimsiz ya da psikolojik açıdan anneliğin sorumluluğunu alamayacak durumda olan kişilerin ya da anne yerine bakımı üstlenmiş ancak çocukla bağ kurmaktan kaçınan bakım verenlerin bu davranışları sergileme ihtimalleri yüksektir. Hem kültürel hem de ekonomik yetersizlikler de kaçıngan bağlanma modeline zemin hazırlar, kalabalık ve geçim derdinin mevcut olduğu ailelerde kimi zaman çocuklar ne yazık ki yeteri kadar ilgi ve alaka göremezler. Çocuklar ayrıca evlat edinme, ebeveynlerden birinin hasta olması, boşanması veya ölümü nedeniyle kaçıngan bağlanma stili geliştirebilirler.

Kaçıngan bağlanma stiline sahip her yaştaki kişide depresyon ve anksiyete belirtileri görülebilir. Çekingen anne babaların ya da bakıcıların çocukları, şefkat ya da ilgiye duydukları ihtiyacı dışa vuramazlar. Çünkü anne baba davranışları çocuk tarafından taklit edilerek içselleştirilir.

Kaçıngan Bağlanmanın İşaretleri

Kaçıngan bağlanma modeli geliştirmiş çocuklar büyüdükçe ve daha sonraki ilişkilerinde aşağıdakiler gibi belirtiler gösterebilirler:

- Karmaşık sinyaller yollarlar. Aslında herkes gibi kaçıngan bağlanma modeline sahip kişiler de sevilmek ve yakınlık kurmak isterler ancak bu ilişkinin derinleştiği anlar, onların kaygılarının artmasına, bu nedenle de adeta "Beni uzaktan sev" demelerine neden olur. Onlar için aşırı yakınlık tehlike çanlarının çalması anlamına gelir, bu nedenle aniden mesafe koyma ihtiyacı hissederler. Bu mesafeye yanıt verdiğinizde de işler tam tersine dönebilir, kendilerini affettirmek için size yakın durmak isterler. Kaçıngan bağlanma modeli ilişkilerde gelgit yaratır. Bu bağlanma modelini bilmediğinizde de sizde endişe ve üzüntü gibi olumsuz duyguların çıkmasına neden olurlar.
- Olumsuz duygularınızdan haberdar olmak istemezler. Onlardan kaynaklanan bir can sıkıntınızın olduğunu duymaktan kaçarlar. Suçlanma ve eleştirilme korkusu nedeniyle sorunların üzerini örtbas etmek isteyebilirler. Çoğu zaman bunun sebebi çocuklukta benimsedikleri modelle birlikte önceki ilişkilerinde yaşadıkları tatsız deneyimler olabilir.
- Fiziksel temastan kaçınırlar, sarılmak, temas etmek onlar için endişe yaratır. Benzer şekilde göz teması kurmaktan da kaçınırlar.
- Herhangi bir konuda yardım istemek onlar için çok zordur ve bu çok nadirdir. Başkalarının yardım tekliflerini ve duygusal desteklerini de sıklıkla reddederler. Çocukluk

yaşantılarında ilkyardım istedikleri kişiden gereken yardımı alamadıklarından ve bununla baş edebilmek için kendi savunma mekanizmalarını ya da şemaları kurduklarından yardım istemek onlar için zayıflık göstergesi haline gelmiştir.

- Yeme bozukluğu gibi sorunlar yaşamlarında tekrarlanabilir.
- Duygularını göstermede ve tanımlamada sorun yaşarlar.
- Flört ettiği kişileri ya da partnerini aşırı yapışkan ve bağımlı olmakla suçlarlar. Aslında istedikleri kendi mesafelerini ayarlamaktır.
- Biriyle yakınlık kurmanın kendisini inciteceğine dair olumsuz düşünceler ve önyargı geliştirirler.
- Biriyle ilişki kurmaktan ziyade kişisel bağımsızlık ve özgürlüklerini vurgularlar.
- Stresli anlarda ve bir problemle karşılaştıklarında partnerlerine güvenmezler ve aynı şekilde partnerlerinin kendilerine karşı güven duygusu beslemelerini de engellerler. Bunu açıktan ya da ima ederek yapabilirler, örneğin flört halinde olduğunuz kaçıngan bağlanma modeline sahip biri, kendisinin sizin her ihtiyaç duyduğunuzda yanınızda olamayacağına dair mesajlar verebilir ya da herhangi bir yardım talebinizi direkt reddedebilir.
- Sadece özel ilişkilerinde değil sosyal ilişkilerinde de genellikle yalnız olmayı tercih ederler. Çok fazla arkadaşları yoktur, aile ilişkileri mesafeli olabilir.
- Eleştiriden ve reddedilmekten korktukları için kolaylıkla iletişime geçemezler, bu nedenle kendi başlarına yeterli duruma gelmek için aşırı çalışan, aşırı hırslı kişiler haline gelebilirler.

- Duygularını kolaylıkla açmazlar, geri planda çalışan şeyi çoğu zaman anlamak zordur. Kendi gizli gündemleri ve planları olabilir.
- Kaçıngan bağlanma modeline sahip insanlar kendi duygularını anlamak ve yatıştırmak için diğer insanlara göre daha fazla zamana ihtiyaç duyarlar. Bu nedenle sıklıkla ortadan kaybolur ve yalnız kalmak istediklerini söyleyebilirler. Onlar için duygularla başa çıkmak mücadele gerektirir, hassas yapılarından dolayı duygu türbülanslarından kolaylıkla çıkamazlar, hele ki olumsuz bir durumla karşı karşıya kaldıklarında mağaralarına kapanırlar. Her şey yolunda gidiyorken bir anda kapı duvar olan kişilerde görülen bu durum kaçıngan bağlanmaya işaret edebilir.
- Kendi planları ve gündemleri her şeyden önce gelir. Etrafındaki kişilerden önce kendi ihtiyaçlarına odaklanırlar.
- Duygusal anlarda kayıtsız görünürler, örneğin herhangi birini ağlatmaya yetecek duygusal bir an onların tepkisizliğiyle taçlanabilir.
- Kariyer, eğitim ya da farklı alanlarla ilgili tavsiye almaktan, yönlendirilmekten hoşlanmazlar. Onların kendi yol haritaları vardır ve kararlarını kendi başlarına almayı tercih ederler.
- İlişkilerine yatırım yapmazlar. Geleceğe yönelik mesajlar vermekten sakınırlar, bu anlamda biraz cimri davranabilirler.

Issız Adamlar Yalnız Kadınlar

Issız Adam filmini izleyenler için bu model daha tanıdıktır, hatta belki de hayatınızdaki sevgiliniz ya da belki siz bu modele sahip olabilirsiniz. Issız adam sendromu olarak da nitelenen kaçıngan bağlanmanın özellikle iyi anlatıldığı bir filmdir bu.

Hatırlarsanız filmin karakteri Alper, Ada ile tanışıp flörte başladıktan sonra ani bir değişimden geçiyordu. Peki bu değişime kadar Alper bize kaçıngan bağlanma modeline sahip olduğunun sinyallerini nasıl veriyordu, isterseniz gelin önce bunları hatırlayalım...

Filmin başında bize tanıtılan Alper karakteri oldukça hovarda yaşayan, tek gecelik ilişkilerle günü sonlandıran genç bir adamdı. Evine misafir ettiği ve birlikte olduğu kadınlarla gece birlikte uyumayan, yarın toplantım var diyerek geceden yollayan biriydi özetle...

Alper aynı zamanda ailesiyle arasına da mesafe koymuş bir ıssızlıktaydı... Annesiyle yaptığı telefon görüşmesinde onunla da pek sık görüşmediğini anlarız. Hatta çoğu zaman annesinin telefonlarına cevap bile vermez... Annesiyle telefonda konuştuğu sahne onun ailesiyle olan ilişkisini ve yalnızlığını da daha çok vurgular. Annesi çoluklu çocuklu halde, muhtemelen torunları ve diğer çocuklarıyla vakit geçirirken Alper bu kalabalıktan uzakta, gecenin bir vakti tek başına plağını dinlemektedir...

Annesinin geleneksel bir tarza sahip olmasıyla Alper'in İtalyan makarnalarıyla meşguliyeti de bu aradaki uçurumu vurgular nitelikte... Oldukça ünlü bir restoranda şef olarak çalışan Alper kariyerinin zirvesinde, hatta ünlü gurmelerin onun hakkında yazdığı değerlendirmeler gazete sayfalarını süslemekte... Başarılı, zengin, ünlü... Ama gelin görün ki o içinde devasa bir boşlukla boğuşmakta...

Ancak tüm bu gelip geçici ilişkilerin arasında bile bağ kurmaya ihtiyaç duyan biri, bunu da bir gün evine gelen hayat kadınına biraz daha kalmasını hatta biraz müzik dinlemeyi teklif etmesinden anlıyoruz. Temas kurmak ve bağlanmak istiyor, çünkü ıssızlığının soğuk rüzgârı üşütüyor Alper'i...

Böyle bir zeminde Alper bir gün sahafta Ada'yla karşılaşır. Uzun bir kovalamacanın ardından onu bir gün kendi evinde birlikte yemek yemeye ikna eder. Alper elleriyle hazırlar yemeği, güzel bir şarapla ikram eder Ada'ya. Bir yandan da onu etkilemek için cebinden birkaç numara çıkarır. Örneğin birini yemek yemesinden tanıdığını söyler, mesela Ada "tek tekçidir" yani karmaşık malzemelerden oluşan bir yemeğin içinden tek bir sebzeyi seçip yer. Oysa Alper karmaşıklıktaki bütünlüğü sever. Çatalına doladığı makarnada tabakta olan her malzeme vardır. Bu mesaj Alper'in ilişki dünyasına da bir gönderme gibidir... "Ben tek bir malzemeyle idare edemem, tabağım da çatalım da zengin olmalı, tek bir kişiye bağlanamam, böylesi benim için daha güvenli" der özetle.

Yemeğin finalinde Ada'nın Alper'e getirdiği plakta çalan şarkı "Yalnızım Ben Yalnızım" şarkısıdır... İkisinin de yalnızlığına vurgu yapan bir şekilde çalmaya başlar ve Ada evine gitmek için kapıya yönelir, o da yakınlaşmaktan kaçmaya çalışır, Ada da kaygılı bağlanma sitiline sahiptir ama yine de yakınlaşmaya engel olamazlar. Alper aşırı heyecanlandığı için beklediği muhteşem seksi yapamazlar ama belki de uzun zaman sonra Alper ilk kez bir kadınla birlikte uyur.

Ve işte her şey burada kırılmaya başlar...

Gece yatağından kalkan Alper bir sigara yakar... Endişelidir ve sanki nefes alamaz bir haldedir. Bakışlarını Ada'ya çevirir, Ada derin bir uykudadır...

Sabah Ada uyandığında neyse ki Alper'i yanında bulur. Kalkar ve mutfağı toparlar, kahve makinesinde bir kahve yapar, neşelidir, bu sırada Alper uyanır. Tedirgin ve kaygılıdır Alper, Ada halini fark eder. Ada'ya biriyle beraber uyumaya alışkın olmadığını, bu yüzden sık sık uyandığını hatta ilk kez bir kadınla birlikte uyuduğunu söyler. Geceki Alper gitmiş yerine başka biri gelmiştir sanki. Alper'in mesafeli tavrı üzerine sinirlenen Ada söylenmeye başlar ve Alper ağzından baklayı çıkarır:

Ada benim biraz kafam karıştı...

Hikâye akar... Filmin son sahnesine kadar Alper kaçıngan bağlanma ve terk edilme korkusu yaşadığına dair pek çok sinyal verir. Kendisini Ada'ya yakın tutmak istese de kendisiyle ilgili çok fazla bilgi vermek istememesi, neredeyse hiç arkadaşının olmaması, birisiyle fiziksel temas dahi kurmaktan kaçınması film boyunca sıklıkla vurgulanır. Ada da kendi ilişkilerinden ve ailesinden aldığı kaygılı bağlanma modeline sahiptir. Hatta bir sabah uyandığında yanında Alper'i bulamadığında endişelidir, Alper'in bir gün onu terk edeceği kaygısını taşımaktadır derinlerde...

Bir gün kendini gerçekleştiren kehanet ikisini de bulur...

"Ada ben ayrılmak istiyorum."

Alper finalde bekleneni ilan eder. Ada'nın cevabı ironiktir:

"Neden hiç şaşırmadım? Seni korkutmamak için çok uğraştım ama..."

Alper ve Ada bizlere çok uzak karakterler değil...

İkisinin geçmişleriyle ördüğü karakterler şehrin içinde kaybolmuş ve tamamlanmayı bekleyen iki yalnız insanı anlatır bize. İstese de gerçek sevgiye erişemeyen, mutluluğu hak etmediğini düşünen, zaman zaman değersizlik duygularını tadan, tedirgin yaşayan, farklı hayatlara savrulsalar da yaraları nedeniyle duygusal olarak gerçekten ayrılmayı başaramayan ve kısırdöngüye hapsolmuş iki insanı...

Güvenli bağlanmanın yoksunluğu kendini sadece ilişki esnasında göstermez, ilişki sonrası ayrılıklar da sürece dahildir...

Yıllar sonra tesadüfen karşılaştıklarında bunu anlarız. İkisi de kendisine farklı bir yol çizse de hâlâ yapbozun eksik kalan parçasını aramaktadırlar.

Hâlâ ıssızdırlar.

Kaçıngan Bir Partnere Sahipseniz Ne Yapmalısınız?

Kaçıngan bir partner sıklıkla mağarasına kapanma eğiliminde olacaktır. Kendini izole etmese de asık bir yüz, yüzeysel ve kestirme yanıtlar onun bu ihtiyacına yönelik sinyaller olarak alınabilir. Kendini tehdit altında hissetmelerine neden olan tetikleyicilerle karşılaştıklarında kendi güvenli alanlarına çekilip, duygularını kapatabilirler. Tüm bunlar başta da söylediğim gibi sizi sevmedikleri anlamına da gelmez, çocukken edindikleri duyguları ifade etmenin yanlış olduğu ve yardım istemenin kayıtsızlıkla karşılanabileceğine dair inançları onların bu şekilde davranmasına neden olabilir.

Fark ederseniz sıklıkla olabilir ya da yapabilirler gibi ifadeler kullanıyorum. Her kayıtsız ya da kaba davranışın farklı bir bağlanma modeliyle ilişkili olabileceği yanılgısına kapılmamanız için... Çünkü hiçbir kaba ve saygısız davranış ya da size zarar verecek bir tavır sizin fazlasıyla hassas ve anlayışlı olmanız gerektiği anlamına gelmemeli. Bu konuda dikkatli olmalı, eğer partneriniz bu konuda yardıma açıksa ve sizin davranışlarınıza yakınlıkla ve olumlu bir yapıcılıkla yaklaşıyorsa siz de ilişkinizi düzenlemek için adımlar atmaya devam edebilirsiniz. Aksi durumda kendinizi ilişkiniz için feda etmemeli, sınırlarınızı çiğnetmemelisiniz. İlişkinizi iyileştirmek için elbette birazdan sayacağım adımları uygulayabilirsiniz ancak partnerinizin de sağlıklı bir ilişkiyi sürdürmek için kendisini sağlıklı bir şekilde düzenlemesi gerektiği açıktır.

Kaçıngan bağlanmadan güvenli bağlanmaya adım adım geçmek mümkündür. Bunun için yapabilecekleriniz:

1. **İletişime açık olun:** Kaçıngan bağlanma modeline sahip kişiler güçlü duygularını ifade etmeye yöneldiklerinde kontrollerini kaybedecekleri duygusuna kapılabilirler, bu da çoğunlukla onları konuşmaktan ve duygularını açıkça ifade etmekten alıkoyar. Endişe ve korkuları dile getirmek kim olursak olalım çoğumuz için zordur, çıplak görünmek istemeyiz. Hele ki bu modele sahip kişiler bu tip endişelerini ifade etmekte çok daha hassastırlar ve bu onlar için zayıflıkla eşdeğerdir. Güvenli bir iletişim için net bir iletişim modeli benimsemeye çalışın, duygu ve düşüncelerini yargılamayın, anlamaya çalıştığınızı, bunun için açık bir iletişim kurmaya ihtiyacınız olduğunu belli edin ama bunu zorlamadan yapın. Duygularını ifadeye soyunup da büyük tepkilerle karşılaşmadıklarında onlar da daha açık iletişim kurmaya gönüllü olacaklardır.

2. **İhtiyaç duyduğu kişisel alanı yaratın:** Kaçıngan modele sahip biri için hayati olan şeylerden biri kendi kişisel alanıdır, bu tartışmasız bir gerçek. Özellikle çatışma anlarında kendi bahçesine dönmek isteyen biri için yapacağınız en iyi şey buna saygı duymak ve bu anlarda ona ihtiyaç duyduğu güvenli mesafeyi yaratmaktır. Bir tartışma anında kuracağınız cümleler şunlar olabilir:

   "Evet biraz tartışmamız hararetlendi, dilersen sen biraz kendi kendine kal, sonrasında olanları hazır olduğunda konuşabiliriz."

   "İstersen bu konuyu biraz kendimize alan açarak tekrar değerlendirelim."

"Senin biraz kendinle vakit geçirmeye ihtiyacın olduğunu anlıyorum, istersen bunu sonraya bırakalım."

3. **Ona yardım etmekten hoşlandığınızı ifade edin:** Kaçıngan kişiler çoğunlukla kendi içlerinde mücadele ettikleri eleştirmen sesten sizin duygu ve düşüncelerinizi okuyamazlar. Kendilerine yönelik olumsuz düşünceler ve ilişkiye yönelik endişe ve kaygı sıklıkla ilişkinin seyrini gölgeler, hatta sizi yorduklarını düşünebilirler. Bir çeşit muhtaçlık duygusuna kapıldıklarında sizin onlar için yaptığınız nazik jestler onları huzursuz edip, kaçıngan davranmalarına neden olabilir. Ona bir iyilik yaptığınızda ya da sevgi gösterisinde bulunduğunuzda bunu hoşlanarak yaptığınızı ve zevk aldığınızı söyleyin.

4. **Yargılamadan dinleyin:** Eğer partnerinizle yakınlaşmaya başladıysanız onun endişelerini yargılamadan dinlemeye kendinizi hazırlayın. Korkularını tetikleyecek ifadelerden ve sözlerden sakının. Yorum yapmadan dinlemek bile onlarla yakınlaşmak için etkili bir yoldur.

5. **Sevginizi belli edin:** Sevginin çözemeyeceği sorun yoktur. Kaçıngan biriyle ilişki sürdürmek zorlu bir şekilde başlayabilir, ancak koşulsuz sevgi ve güven için yanında olduğunuzu hissettirmeniz onun da ilişki modelinin güvenli bağlanmaya evrilmesine yardımcı olacaktır. Unutmayın, nasıl bağlanırsak bağlanalım hepimizin aradığı tek şey sevgi ve koşulsuz güven... Her zaman ondan beklediğiniz tepkiyi alamayabilirsiniz, ketum olmaları nedeniyle sizin açık bir şekilde söylediğiniz "Seni seviyorum" cümlesini söylemek onlar için kolay olmayabilir, ancak yine de geminin güvenli sularda seyretmesi için çok işinize yarayacaktır.

6. **Kendinizi gözlemleyin ve geliştirin:** Kaçıngan modelli ilişki sizin için de kimi zaman yorucu ve yıpratıcı olabilir. Tıpkı partneriniz gibi kendi alanınıza dönmeniz gereken alanları belirleyin ve kendinizle ilgilenin. Sadece ona odaklı bir yaşam benimsemekten kaçının ve kendi ihtiyaçlarınızın da farkında olun. Böylelikle hem onu hem de kendinizi boğmamış olursunuz. Hayatınız partnerinizden ibaret olmamalı, üstelik bu ilişki modelinde bu yaklaşımınız tamamen ters tepecektir. Kendi kariyeriniz, eğitiminiz, hobileriniz daima akışında sürmeli.

7. **Kendi bağımsızlığınızı koruyun:** Kaçıngan bir partnerle birlikte olmak demek sizin için de edinmeniz gereken bir özelliği vurgular: Bağımsızlık. Kaçıngan bir partner için en ufak sevgi gösterisi bile sizin yapışkan olarak ilan edilmenize neden olabilir. Bağımlılıksa bu modele sahip biriyle olan ilişkinizi dinamitle patlatmak gibi olacaktır. Kendi özgüveninizi ve bağımsızlığınızı kazanmak ve korumak için çalışın. Unutmayın bu ilişki sizin için asla bir bağımlılık haline gelmemeli, çünkü bunu hissettirmeniz ilişkisinin bitmesine sizin de hayli yıpranmanıza neden olur. Doğru bir okuma yaparak partnerinizin ihtiyaçlarını ve beklentilerini uzak bir mesafeden, bazen daha yakından kollamaya odaklanın ama bunu yaparken bağımsız bir imaj sergilemeye gayret edin. Sizin kendinizi muhtaç duruma düşürmeniz partnerinize çok da sempatik görünmeyecektir. Ne olursa olsun onun sizi kazanması için gereken mesafeyi korumaya çalışın, ilişkinizi düzeltmek adına kendinizi paralamayın.

Unutmayın sıraladığımız maddeler aslında çoğu ilişki için gereken şeylerdir ancak bazı durumlarda daha hassas olmanız gereken kişiler vardır. Her insan romantik ilişkiye hazırdır ancak ilişkinin seyri geçmiş deneyimlerle birleştiğinde, ortaya kontrol edemediğimiz tetikleyiciler eklendiğinde istemediğimiz bir senaryonun başrol oyuncusu oluruz. Burada en büyük sorumluluk değişime aday olan partnerinizdedir, siz sadece duygusal olarak onu destekleyebilirsiniz.

Kaçıngan Bağlanma Modeline Sahip Olan Sizseniz Ne Yapmalısınız?

- Kaçınma davranışına sizi iten duygunuzu tespit edin. Duygunuzu bastırmayın, öfke, kaygı ya da korku sizi partnerinizden uzak tutmaya ittiğinde duygunuzla yüzleşin ve üzerine gidin.
- Sevdiğiniz insanlara ihtiyaç ve isteklerinizi ifade etme konusunda daha açık ve net olun. İnsanları kırmaktan ya da kaybetmekten endişelenmeden isteklerinizi söyleyin, önemli olan ne dediğiniz kadar nasıl söylediğinizdir de aynı zamanda. Yumuşak bir üslup ve doğru kelimelerle kendinizi ifade etmeye çalışın. Tatlı dilin büyüsünden faydalanın.
- Sınırları çizmek kadar bazen onları genişletmek de gerekir. Hayatınızda başkalarına güvenmek için kendinize izin verin.
- Eğer ilişkinizde alana ihtiyaç duyuyorsanız bunu gerilimi tırmandırmadan yapmaya çalışın. "Daima yanımda olduğun için minnettarım ve kendimi hazır hissettiğimde bunu seninle konuşmaya söz veriyorum" diyebilir, buna ihtiyaç duyduğunuzu ifade edebilirsiniz. Ya da "Biraz

zihnimi boşaltmak için birkaç dakika izin verir misin, gerçekten sonra bunu seninle konuşacağım" veya "Pek çok konuda çok uyumlu bir çiftiz, biraz duralım ve bunları konuşmak için tekrar bir araya gelelim" diyebilirsiniz.

- İçsesinizi kısın. Eleştirmen bir içses kaygı ve korkularınızı harlar. Örneğin bu içses duygularınızı ifade ederseniz sevilmeyeceğinizi, düşüncenizden dolayı eleştirileceğinizi söyler. Eleştirel içses sürekli endişelidir, her etkileşim ona göre olumsuz sonuçlar doğuracaktır. Olumsuz otomatik düşünceler, çekirdek inançlar ve şemalar eleştirel içsesin nedenleridir. Onları iyi tanımladığınızda etkilerini kaybederler.
- Terapi desteği almaktan kaçınmayın. Kaçınma davranışınızı tetikleyen tetikleyicileri tespit etmek için bir uzmandan yardım alabilirsiniz. İlişkinize zarar vermeyecek sağlıklı duygu durumlarını öğrenmek ve anlamak, yaralarınızı iyileştirmek için size iyi gelebilir. Terapiye erişiminizin mümkün olmadığı durumlarda duygularınızı tanıma ve anlama üzerine pratikler yapabilir, endişeli ruh halinizi yatıştırmak için meditasyon, egzersiz ve kişisel bakımınızla ilgilenebilirsiniz.

3. BÖLÜM

ŞEMALARI ANLAMAK VE DÖNÜŞTÜRMEK

Şema Nedir?

"Yaşadığım her türlü duygusal ilişkiyi sürdürmek benim için çok zor, ilişkilerim hep güzel ve heyecanlı şekilde başlıyor ama bir anda ne oluyorsa karşı taraftan soğuyorum."

"İlişkilerimdeki kişiler bana sürekli soğuk davranan, değersiz hissettiren ve beni umursamayan kişiler... En yakınım dediğim kişilerin bile bana yeterince sevgi ve ilgi göstermediğini hissediyorum..."

"Yaşadığım tüm ilişkiler beni boğuyor, yapmak istediklerim kısıtlanıyor ve kendimden uzaklaşıyormuş gibi hissediyorum. Sanki kendi benliğimi kaybediyorum, nefes alamıyorum ve hemen ayrılıyorum."

"Kişiliğimle, duygularımla, fiziğimle yani olduğum halimle sevilebilir biri değilim. Bundan dolayı bu kusurlarla hiç kimse beni yeterince sevemez."

"Yaşamda hedeflediğim birçok hayale ulaştım, birçok hedefimi gerçekleştirdim ama içimdeki duygu hiçbir zaman dolmuyor, yaptığım hiçbir şey yeterli değilmiş gibi geliyor."

"Kendimi tanımıyorum, neye ihtiyacım olduğunu bile bilmekten o kadar uzağım ki... Buna karşılık annemin, babamın,

çocuğumun, eşimin, dostlarımın neye ihtiyacı olduğunu çok iyi biliyorum ve ihtiyaçları olduğu anda ne olursa olsun kendi ihtiyaçlarımdan feda ederek onlara yardım için hemen koşuyorum."

"İyi hissetmek için yapmadığım şey kalmadı. İlaçlar, terapi ve pek çok metot... Ne yaparsam yapayım içimdeki o kocaman boşluk bir türlü dolmuyor."

"Başıma ufak bir ağrı girdiğinde sanki ölecekmiş gibi hissediyorum, ya çok ciddi bir hastalığım varsa ve bu baş ağrısı bana bunu anlatıyorsa ve ben anlamıyorsam diye düşünüyorum. Vücudumun bana hissettirdiği her türlü ağrı ve acı ya çok ciddi bir hastalıksa deyip sürekli hastane kapılarında geziyorum."

"Karşıma bir türlü doğru insan çıkmıyor ya da ben bir türlü doğru insanları hayatıma alamıyorum, hayatım boyunca hiç doğru insanla karşılaşmadım."

"Patronum ortaya koyduğum başarıdan dolayı beni her tebrik ettiğinde sanki bu başarı bana ait değilmiş gibi düşünüyorum, bu benim hak ettiğim bir başarı değil de sanki şans eseri olmuş gibi geliyor."

"Okul sıralarında aldığım onur ve başarı belgelerim, madalyalarım, hedeflediğim kariyer noktamda oluşum neden iyi hissettirmiyor? Sanki yaşamda ne yaparsam yapayım başarmış gibi hissetmeyeceğim, başardım hissini asla yakalayamayacağım."

"Gördüğüm herkes hayatından çok memnun, çok mutlu... Ben sanki hiç o insanlar gibi hiç hissedemeyeceğim. Hep yalnız ve mutsuz olacağım."

Yukarıdaki düşüncelerden size tanıdık gelenler var mı?

Zaman zaman içsel diyaloğunuzda benzer cümleler duyuyor musunuz?

Yalnız ve çaresiz değilsiniz...

Bu zihinsel sesler zaman zaman bize kendini duyuran alışılmış zihinsel çerçevelerin sesleridir...

Bu tür düşünce ve inanç kalıplarına "şema" denir. Zihinsel çerçeve olarak da tanımlayabileceğimiz şemalar bazen işimize yarasa da çoğu zaman farklı bilgilerin sistemimize girmesine engel olan yerleşik düşüncelerdir.

Şemalar kökenini çocukluktan alan ve yaşamımızda ilişkilerde, iş hayatında, arkadaşlıklarda, kendimizle kurduğumuz ilişkide, inançlarımızda ve hayata bakış açımızda oldukça etkili olan bir sistemdir. Bu denli geniş bir etki alanına sahip olan ve neredeyse yaşamımızı yöneten bu çerçeveleri tanımak ve farkında olmak çok önemlidir.

Doğduğumuz andan itibaren bize bakım verenlerin gözlerinde hissettiğimiz olumsuz duygular, aşağılanmak, terk edilmek, ihmal edilmek, cezalandırılmak, aşırı koruyucu biçimde davranılması, duygusal ve fiziksel istismar gibi durumlar duygusal dünyamızda çok derin ve acı izler bırakır. Şemalar da bunların bize sürekli yaşatıldığı ve hissettirildiği durumlarda ortaya çıkar.

Çocuklukta deneyimlediğimiz ve bize sunulan bu yaşamsal şablonlar yani başka bir ifadeyle bize bakım verenlerin ve etrafımızdaki en yakın kişilerin tutum ve davranışları tanıdık ve güvenli bir yaşammış gibi gelir. Yani bizim "normalimiz" olur. Çünkü tanık olduğumuz tek yaşantı bu yaklaşımlarmış ve hayatın tanımı da bize sunulan bu yaşammış gibi hissederiz.

Bunu zihninizde çektiğiniz fotoğraf kareleri gibi hayal edebilirsiniz. Beynimiz bu deneyimleri bu şekilde öğrendiğinden yetişkinlik yaşantımızda bilindik ve güvenli gelen bu yaşamdan kopamayız. Çocukluğumuzda bize yaşatılan duyguların aynılarını bize yaşatacak partnerler, dostlar veya yöneticilerle bir şekilde yola çıkar ve aslında istemeden çocukluk döngülerini kendimize yaşatırız.

Çocuklar büyürken ebeveynleri tarafından güvende hissettirilmeye, kendi düşünce ve duygularını anlayan ve onları kabul eden bir ortamın sağlanmasına, eleştirilmeden ve yargılanmadan kendini ortaya koyup, hayal dünyasını çalıştırarak özgürce oynamaya, "yeterince" özgürlük sağlanmış bir ortamda sağlıklı bir kimlik geliştirmeye ve aynı zamanda ebeveynleri tarafından sağlıklı, anlaşılabilir sınırlara ihtiyaç duyarlar. Bu ihtiyaçların yeteri kadar karşılanmaması veya sürekli halde hiç karşılanmaması çocuğun dünyayı ve kendini anlamlandırma biçimini etkiler. Şemalar, gelişimini bu ihtiyaçların karşılanıp karşılanmama durumuna göre belirler.

Dört tür olumsuz deneyim şemaların gelişimine katkıda bulunur:

Karşılanmayan ihtiyaçlar: Bakıcılardan sevgi görmediğinizde veya diğer temel duygusal ihtiyaçlarınızı karşılayamadığınızda olabilir.

Travma veya mağduriyet: İstismar, travma, ihmal veya benzeri bir sıkıntı yaşadığınızda ortaya çıkabilir.

Aşırı hoşgörü veya limit eksikliği: Ebeveynleriniz aşırı korumacı veya aşırı ilgili olabilir. Sizin için uygun sınırlar koymamış olabilirler.

Seçici tanımlama ve içselleştirme: Ebeveynlerinizin bazı tutum ve davranışlarını özümseme şekliniz buna sebep olabilir. Bunlardan bazılarıyla özdeşleşebilir ve diğerlerini içselleştirebilirsiniz. Bazıları şemalara dönüşürken, diğerleri başa çıkma yöntemleri olarak kendini gösterebilir.

Şemalar, düşüncelere, duygulara, davranışlara, seçimlere, ilişki biçimlerine yön verir. Çok iyi ilişkiler kursanız da, mesleğinizde, kariyerinizde bulunduğunuz nokta hayallerinizin ötesinde olsa da inşa ettiğiniz bu yaşam hiçbir zaman size yeterli gelmez ve sizi memnun etmez. İçsel olarak çalışan bu mekanizmalar sizin gözünüz kulağınız olur ve size ne fısıldarsa siz de ona inanır ve onu düşünürsünüz.

Şema denen bu zihinsel şablonların temelde beslendiği ilk alan çocukluğunuzun duygusal ve fiziksel ihtiyaçlarının yeterince karşılanmadığı ya da aşırı karşılandığı dönemdir. Şemalar, erken çocukluk dediğimiz dönemde temel çekirdek olan aile içinde gelişmeye başlar. Çocuğun büyüdüğü ailenin kültürünün barındırdığı ayıp, yasak ve günahlar çocuğun da erken dönemde dünyaya karşı bakış açısını şekillendirir.

Erken dönemde çocuğun ihtiyaçlarının hiç karşılanmaması veya fazla karşılanması sonucunda oluşan şemalar, yetişkinlik döneminde aktive olmaya ve fark edilmeye başlanır. Yetişkinlikte bu şemayı tetikleyen bir yaşam olayı tıpkı aile veya ebeveynlerle yaşanan geçmişteki sahneleri çağrıştıran bir olaya benzemektedir. Çocuk büyüdükçe ve önem kazanan yaşıt gruplar, arkadaşlar, çevre, okul, toplum gibi faktörler önem kazanmaya başladıkça bu faktörler de şema oluşumunu besler. Yine de var olan tüm şemalar kökenini temel aile yaşantısından almaz, büyüdükçe de gelişebilir, ancak sonradan kazanılanlar çocukluktan alınanlara kıyasla o denli güçlü değillerdir. Bu da her şemanın oluşumunda tek ve en önemli faktörün aile olmadığını bize gösterir.

Daha detaylı incelemek gerekirse şema oluşumunu destekleyen ilk durum çocuğun istek ve ihtiyaçlarının engellenmesidir. Yani çocuk erken dönem yaşantısında onu iyi hissettiren yaşantıları çok az deneyimlediğinde, erken dönem ihtiyaçları ya hiç karşılanmadığında ya da çok kısıtlandığında "Duygusal

Yoksunluk" veya "Terk Edilme" şemalarını oluşturmaya başlayabilir. Çocuk sevgi, anlayış, olduğu haliyle kabul gibi kavramlardan uzak büyür.

Şema oluşumunu besleyen ikinci durum çocuğun kurban rolüne sokulmasıdır. Böyle bir durumda çocuk bulunduğu aile yaşantısında zarar görür, yok sayılır, ihmal ve istismar edilir. Bu durum sonucunda da güvensizlik/kötüye kullanılma, kusurluluk, tehdit karşısında dayanıksızlık benzeri şemalar geliştirir.

Şema oluşumunu besleyen üçüncü durum çocuğun duygusal, fiziksel, sosyal gereksinimlerinin gerekenden çok daha fazla çocuğa sunulmasıdır. Çocuk büyürken onun yapması gereken her şeyi onun adına anne ve babası gerçekleştirir, çocuğa sınırsız özgürlük sağlanır veya çocuk çok fazla korunur ve deyim yerindeyse el bebek gül bebek büyür. Bu durum karşısında da çocuk "Bağımlılık", "Haklılık" gibi şemalar geliştirir.

Şema oluşumunu besleyen dördüncü durum ise bakım verenlerle seçici bir şekilde özdeşim kurma ile gerçekleşir. Bu durumda çocuk ya ebeveynlerinin davranış biçimlerini özümseyip onlar gibi davranacaktır ya da edindiği mizacın da etkisiyle onlardan çok daha farklı kimlik geliştirecektir. Buna aynı ailede büyüyen her iki kardeşin aynı travmatik yaşantılar sonucunda farklı tepkiler ve farklı karakterler geliştirmesini örnek verebiliriz. Duygusal yönden kötü bir aileyle büyüyen iki çocuktan biri çok iyi bir ebeveyn olup bu şema oluşumuyla başa çıkabilirken, diğer çocuk şemayla başa çıkamayıp kendi ebeveynlerine benzer biri haline gelebilir.

Erken dönemde oluşum sağlayan bu şemalar yetişkinlik yaşantısında aynı döngüleri, ilişkileri, arkadaşlıkları, yaşam olaylarını, tepkileri yaratır. Bu yıkıcı süreçlerden kurtulup sağlıklı ilişkiler ve sağlıklı bir yaşam kurabilmek için atılacak ilk adım sahip olduğunuz şemaları anlamak ve tanımaktır.

Şemalar Hayatınızı Nasıl Yönetir?

Şemalar farkında olmadan bizi engelleyen, tutan, harekete geçmemizi durduran ya da tam tersine aşırı davranışlara yönelten ve hayat boyu devam eden örüntülerdir. Bir şemanın nasıl çalıştığınız anlamak için zincire vurulmuş fil örneğini anımsayabiliriz.

Aslında öğrenilmiş çaresizlik için örnek verilen bu hikâye şemaların nasıl çalıştığını da aydınlatır. Bu hikâyeye göre Hindistan'da filler küçükken ayaklarından zincirlenirler, sirklerde eğlence amaçlı kullanılmak üzere yetiştirilen filler uzun yıllar zincirli bir şekilde yaşarlar. Kaçmak için her hamleleri zincirlerle engellenir. Bir zaman sonra zincirler çözülür. Ancak her denemesinde zincir tarafından engellenen fil bu direnci zihnine kaydeder ve artık kaçmak için hiçbir hamle yapmaz.

İşte şemalar da benzer bir modelle çalışır.

5 Şema Alanı ve 18 Şema Tipi

1. Ayrılma ve Dışlanma Hattı

- Terk Edilme Şeması
- Kuşkuculuk/Kötüye Kullanılma Şeması
- Duygusal Yoksunluk Şeması
- Kusurluluk/Utanç Şeması
- Sosyal İzolasyon Şeması

Doğumdan itibaren bir bebek duygusal, sosyal ve fiziksel bakıma ihtiyaç duyar. Bu bakım, acıktığında karnının doyması, huzursuz olduğunda yatıştırılması ve sosyal açıdan bebekle iletişim kurulmasıdır. Bebek ilk doğduğunda bu ihtiyaçlarının karşılanması için uzun süre bekleyemez ve istediklerinin anında gerçekleşmesini talep eder. İşte tam bu durumda ebeveynlerin bu ihtiyaçları karşılayıp karşılamama durumuna göre bağlanma stili oluşturulur. Ebeveynlerle "güvenli bağlanma" ihtiyacı karşılanmadığı zaman "ayrılma ve dışlanma hattı" kümesine alacağımız şemalar gelişmeye başlar. Bu şema hattında bebeğe bakım veren aile genellikle soğuk, kısıtlayıcı, şiddet gösteren ve istismarcı bir yapıya sahiptir.

Erken çocukluk döneminde bağlanma figürleri (bakıcılar) tarafından sevgi, destek, rehberlik ve ait olma ihtiyaçları karşılanmayan çocuklar, hayatları boyunca bu ihtiyaçların başkaları tarafından karşılanmayacağına inanmaya devam ederler. Yetişkin olduklarında, geçmiş travmatik deneyimlerini yeniden yaratma eğilimindedirler. Özellikle ilişkilerde, genellikle ebeveynleriyle olan erken çocukluk ilişkilerine benzeyen eşler seçerler.

Bebeklerin en temel ihtiyacı güvende olduklarını hissetmektir. Bu hattaki şemaların gelişimi de aslında bebeklik yaşamında ailenizin size nasıl davrandığı ile ilgili ipuçları taşır. Eğer bu hattaki şemaları taşıyorsanız yetişkinlikte kurduğunuz ilişkiler sizin için yeterince tatmin edici olmazlar. Çünkü kurulan her ilişkide size sanki duygusal açıdan iyi hissettirmeyecek, düzenli bir ilişki olmayacak ve asla sevgi hissedemeyecekmişsiniz gibi gelmeye başlar. Bu durumda sürekli olarak size zarar veren ilişkiler kurmaya ya da ilişki kurmaktan tamamen kaçmaya eğilimli şema döngülerini oluşturursunuz.

Terk Edilme Şeması

Terk edilme şeması, değer ve önem verilen kişilerin bir anda terk edeceğine ve bundan dolayı kişinin sonsuza kadar duygusal yönden sevilebilir ilişkiler kuramayacağına dair duygular yaşamasıdır. Bu korkuyu yaşayan kişi hayatında değer verdiği kişilerin (anne, baba, arkadaş veya partner) sürekli olarak onu her an bırakacakmış gibi hissettirmesinden dolayı, bu kişileri sürekli olarak terk edilmeye dair sinyal veriyorlar mı vermiyorlar mı düşüncesiyle aktif olarak izler. Değer verdiği her kişinin söz ve davranışlarını sürekli olarak analiz ederek terk edilip edilmeyeceğine dair kendine güvenli bir alan yaratmaya çalışır.

Bu şemaya sahip kişiler "Önem verdiğim kişilerin başına her an bir facia gelebilir ve bu dünyada yalnız kalabilirim" düşüncesinden çok endişe duyarlar. Bu kişiler olası bir reddedilme, kararsızlık ve kopukluk yaşamamak için ilişkilerinde yapışkan, muhtaç, kıskanç ve kontrolcü davranma eğilimindedirler. Bu endişe onların yakınlarındaki insanlarla olması gerekenden çok daha fazla yakınlık kurmaya çalışmalarına sebep olur.

Aslında tam da bu durumla birlikte en korkulan sahneyi yani kendini gerçekleştiren kehaneti istemsiz bir şekilde yaratırlar. Bu diğeriyle çok fazla yakınlık kurmaya çalışma durumu karşıdakini çok fazla rahatsız hissettireceğinden kişinin ya ondan ayrılmasına ya da uzaklaşmasına yol açar. Bu durum dışında bu şemaya sahip kişiler normal kurmuş oldukları ilişkilerin normal bir şekilde sonlanmasına bile aşırı tepkiler gösterebilir ve tüm duygu dünyası başına yıkılmış gibi hissedebilirler.

Terk edilme şeması diğer şemalarla da birlikte görülebilir. Örneğin terk edilme şemasına sahip kişi partnerinin her istediğini yapmazsa terk edileceğini düşündüğünden dolayı boyun eğici davranabilir. Ya da bağımlılık şeması ile birlikte çalıştığında partnerleri tarafından terk edilirlerse dünyalarının başına yıkılacağını ve o olmadan hiçbir şey yapamayacaklarını düşünürler. Bu şema ayrıca kusurluluk şeması ile birlikte de görülebilir. Bu durumda da kişi partnerinin onun kusurlarını görürse onu bırakacağını, terk edeceğini düşünür.

Terk edilme şeması, biyolojik yatkınlığın yanı sıra erken çocukluk yaşamında kişinin ailesinden birinin vefatı, evi sebepsiz terk edişi, ebeveynlerin boşanması ve bu ebeveynlerden birinin yeni bir hayat kurması ve çocukla iletişimi koparması, çocuğa bakım veren kişinin sık sık değişmesi veya ölümü, ebeveynlerin bir veya ikisinin ilgisini bir anda kaybetmek (örneğin yeni kardeş doğumu), annenin fiziksel olarak var oluşu fakat psikolojik olarak bakım veremeyişi (örneğin annenin depresyon sürecinde oluşu) ve benzeri deneyimlere sahip bir yaşantıdan geçmesi terk edilme şemasının oluşmasında büyük etkendir.

Terk edilme şemasına sahip kişiler genellikle güvenilir olmayan ve istikrarsız ilişkiler kurmaya eğilimlidir. Paradoksal olarak, terk edilmekten korkarlar ama onları terk etmesi muhtemel olan ortakları seçerler. Bu kişiler genellikle sadakatsiz ve ilgisiz kişilerdir. Bu şemaya sahip kişiler değer veren tutarlı ilişkiler kurabilse de bu ilişkinin sürekli süremeyeceğine ve elbet bir gün terk edileceğine inanırlar.

Bu şemaya sahip kişiler aşağıdaki duygu ve düşüncelerin en az beşini taşırlar:

- Benden uzaklaştıklarını düşündüğümde insanlara yapışma eğilimindeyim.
- Partnerimin nerede olduğunu veya ne yaptığını bilmezsem aşırı endişelenirim.
- Kendimi çoğu zaman kararlı bir şekilde yanımda olamayacak insanlarla ilişkiler içinde buluyorum.
- Çocukluğumdaki yetişkinler dengesizdi, dakikaları dakikalarını tutmazdı.

- İlişkilerimde oldukça takıntılı olma eğilimindeyim.
- Her zaman partnerimin duygularının değiştiğine dair işaretler ararım.
- İlişkilerde o kadar endişeleniyorum ki onları erkenden sabote etme ya da hepsinden kaçınma eğilimindeyim.
- Duygularımı ve ihtiyaçlarımı kendime saklama eğilimindeyim, çünkü partnerime gerçekte kim olduğumu gösterirsem beni terk edeceğinden endişeleniyorum.
- İlişkilerin bitmesi an meselesiymiş gibi hissediyorum – insanlar genellikle beni terk ediyor.
- Bir ilişkim varken kendi hayatıma odaklanmayı zor buluyorum.

Ali 36 yaşında evli, terk edilme şemasına sahip bir adamdır. Çocukluk yaşamında anne ve babasının arasında sürekli kavgalar çıkar ve bu kavgalardan sonra annesinin "Her şeyi bırakıp bu evden gideceğim sıkıldım artık" sözlerine şahit olmuş ve zor bir çocukluk geçirmiştir. Şimdi ise Ali'nin eşi sürekli olarak onu başka erkeklerle aldatmaktadır. Sürekli olarak Ali'ye onu çok sevdiğini söyleyip yaşadığı evlilik dışı ilişkileri sonlandıracağına, hayatında sadece onu seveceğine dair sözler vermektedir.

Ancak eşi sürekli olarak eve geç gelmelerine devam etmektedir. Ali onun geç gelmelerinin sebebini bilmeye devam etse de bu ilişkiyi sonlandırmaya dair duygusal gücü bir türlü kendinde bulamaz. Sürekli olarak eşinin eve gelmesini bekler ve bu durumun bir gün biteceği yönünde kendini avutur.

Kuşkuculuk/Kötüye Kullanılma Şeması

Kuşkuculuk/kötüye kullanılma şemasına sahip biri, çevresindeki kişilerin herhangi bir amaçtan dolayı kendisini kötüye kullanabileceğine, zarar verebileceğine dair yanlış bir inanışa saplanır. Bu şemaya sahip kişiler için insanlar her türlü kötülüğü yapıp, her türlü zararı verebilirler. En kötü ihtimalle de kesinlikle diğer insanlar onlardan bir yönüyle faydalanacaklardır. Bu şemaya sahip bir kişi, başkalarını güvenilmez olarak görme eğilimindedir ve bu nedenle onlardan en kötüsünü bekler. Örneğin, başkalarının yalan söylemesi, bundan faydalanması, hile yapması, maniple etmesi ve daha aşırı durumlarda onları kötüye kullanması...

Bu şemadaki düşünce genellikle insanların asla iyi olamayacağı ve sürekli olarak kötülük düşünüp, kötülük yaptığıdır. Bundan dolayı kişi daima hiçbir insana güvenmemeli ve tüm insanlardan korunmalıdır. Bundan dolayı da kendini korumak için kimseyle asla yakın olmamalıdır. Yaşamını, düşüncelerini ve duygularını gizlemelidir ki insanlar bu durumu ileride aleyhine kullanmasınlar.

Bu şemaya sahip biri bu duruma öyle inanır ki herkesten ve her şeyden şüphe duymanın kendisi için yüksek güvenlikli bir duvar ördüğüne inanır ve bu kuşkular sayesinde zarar görmediğini düşünür. Bu koruma kalkanı insanların onlara çok yakınlaşamamasına sebep olur çünkü bu yakınlaşma onlar için tehlike sinyallerinin yanmasına sebep olur. Bu kişilere göre samimi oldukları insanlar bile kendi çıkarları söz konusu olduğunda zarar verebilirler ve sürekli bu ihtimalle yaşarlar. Bu durum yetişkinlikte "İnsanlar zarar verir" düşüncesiyle ya tamamen ilişkilerden kaçmaya dolayısıyla ilişki kurmamaya ya da çok derin ilişkiler kurmayıp derin duygular hissedememeye yol açar. Bu durumda da bu şemayı taşıyan kişi karşı taraftan yeterince yakınlık görmediğinde çok sinirlenir ve olumsuz duygular biriktirir.

Bu şema yetişkinlik yaşamında ya istismarcı partnerler seçip fiziksel, cinsel ya da duygusal olarak istismar edilmeyi ya da onlar bana zarar vermeden ben onlara zarar vermeliyim düşüncesine sahip olarak partnerleri istismar eden rolüne girmeye teşvik eder.

Kuşkuculuk şeması çocukken sürekli halde fiziksel şiddete maruz kalmak, ailede fiziksel veya cinsel tacize uğramış olmak veya aileniz tarafından sürekli aşağılanmak veya küçük görülmek gibi durumlarda oluşur.

Kuşkuculuk şemasına sahip kişiler aslında tam da bu duyguları kendisine yaşatacak kişileri yaşamına çekerler. Onları aldatabilecek, fiziksel olarak zarar verebilecek hatta duygusal olarak örseleyici kişileri partner olarak tercih etmeye yatkındırlar ve onları kendilerine yakın bulurlar.

Aşağıdaki duygu ve düşüncelerden en az beşinin varlığı bu şemanın çalıştığını gösterir:

- İstismarcı insanlarla ilişkilere girme eğilimindeyim.
- Genelde insanların beni anlamadığını hissediyorum.
- Diğer insanların benimle kalpten ilgilendiklerine inanmıyorum.
- Her zaman insanların art niyetlerinin peşindeyim.
- İnsanlara güvenmeyi çok zor buluyorum.
- Birinin bana karşı olduğuna dair ilk işarette ilişkiyi bitiririm.
- Gardımı asla düşürmem, her zaman tetikteyim.
- İnsanlar sadece kendini düşünür.

- Birine şans verirsem, benden faydalanır.
- Çok fazla bilgi ifşa edersem, insanlar bunu bir şekilde bana zarar vermek için kullanırlar

> Semra çocukluk yaşamında babasından sürekli şiddet görerek büyüyen bir genç kızdı. Babasının ona sevgisini gösterdiği bir an bile olmadı. Şimdi ise onun için duygusal bir ilişki kurabilmek çok zor. Hayatta en çok istediği şey kendi gördüğü aile ilişkilerinden çok uzak bir evlilik yapmak ve çok çocuklu bir aileye kavuşabilmek. Fakat bu durum onun için oldukça zor. İnsanlarla ilgili tek düşüncesi şu: "Her an birileri beni aldatmaya, kötüye kullanmaya çalışabilir." Bundan dolayı iyi giden bir ilişkiyi bile bir anda sonlandırabiliyor. Hiç kimseye güvenemiyor. Kimseye güvenemediği bu hayatta onun için herhangi bir ilişkiyi kurabilmek çok zor.

Duygusal Yoksunluk Şeması

Bu şema, kişinin sevgi, rehberlik ve anlayış ihtiyaçları önemli kişiler tarafından karşılanmadığında gelişir. Duygusal yoksunluk şemasını daha erken yaşlarda geliştiren yetişkinler, duygusal ihtiyaçlarını görmezden gelme eğilimindedir. Ayrıca bunların önemli olmadığını düşünüp güçlü ve bağımsız insanların böyle ihtiyaçları olmadığına inanırlar. Tipik olarak depresyon, üzüntü ve yalnızlık gibi psikolojik semptomlar ve hatta fiziksel semptomlar sergilerler. Ancak, genellikle bu semptomların arkasında bir sorun olduğunu fark etmezler veya neden böyle hissettiklerini çözemezler.

Daha detaylı açmak gerekirse:

- **Eksik sevgi, şefkat ve beslenme:** Bakım, fiziksel yakınlık ve dikkat eksikliği.
- **Empati eksikliği:** Kişi başkaları tarafından anlaşılmadığını ve dinlendiğini hissetmez.
- **Eksik rehberlik ve koruma:** Destek için güvenecek birileri varmış gibi hissetmez.

İlgisinden mahrum eden figür bizim kültürümüzde genellikle "anne" olmaktadır. Anne bebeğe karşı genellikle ilgisiz ve soğuk davranmıştır, bebeğe yeteri kadar sevildiğini hissettirmez, bebeğin ihtiyaçlarını anlayıp zamanında karşılayamaz ve çocuğa güvenli bir alan sağlayamadığından ötürü de çocuğu güvende hissettiremez.

Bu yoksunluk, çocuğun büyüdükçe kimse tarafından yeterince sevilemeyeceğine dair güçlü bir inanç oluşturmasına neden olur. Yine yukarıdaki şemalarda olduğu gibi benzer bir kısırdöngüye iterek kişinin bakım sağlamış figür gibi soğuk ve asla verici olmayan partnerleri yaşamına çekmesine ya da kendisinin soğuk birine dönüşüp ilişkilerde çok fazla verici olmasına neden olur. Bu durum kendini doğrulayan kehanet gibi kendini sevgisiz hissettiği için ilişkide sürekli öfkeli davranıp aslında istemeden partnerin uzaklaşmasına ve bu sevgisizlik sahnesini kişinin kendi kendine yönettiği bir film gibi sürekli başa sarmasına yol açar:

Bu şemaya sahip kişiler çoğunlukla yalnızlık, umutsuzluk ve üzüntü gibi duygular hissederler fakat bunu anlamlandırmaları çok zor olur. Kimseden yeterince sevgi, anlayış, ilgi ve sıcak duygular alamayacaklarını ve kimsenin gerçekten kendi olduğu kişi olarak onu sevemeyeceğini düşünür. Yaşamda hep yalnız olmuşlardır ve yalnız kalacaklardır, sevgi, aşk, ilişki denen şeyler yapay duygulardır ve asla kalıcı sevgi denen duygu yaşanamaz.

Yoksunluk şemasının zihinsel çerçevesi şu şekildedir: İlişkiye girdiklerinde karşıdaki kişiden ihtiyaçları olan herhangi bir şeyi bile talep edemez, duygularını ifade etmeyi önemsiz bulurlar, duygusal olarak hiçbir şeye ihtiyaçları yokmuş gibi davranırlar. Çünkü kimse ona yeterince duygu veremez, bundan dolayı kimseden duygu beklenmemelidir.

Bu şemaya sahip insanların temel davranışı, ihtiyaçlarını ve duygularını iletmeyi başka yöne çevirmektir. Kendileri hakkında konuşmaktan kaçınırlar veya gerçekte olduklarından daha sert davranırlar.

Duygusal yoksunluk şemasına sahip kişiler ebeveynlerinin onunla oyun oynaması, sarılıp öpmesi, olumsuz anlarda şefkatle yatıştırması, ebeveynle birlikte zaman geçirme gibi duygusal durumlardan yoksun kalmış kişilerdir. Bu nedenle bu kişilerin kurduğu ilişkiler de genellikle kendisine ihtiyaç duyduğu sevgi ve ilgiyi sağlamayan duygusal olarak soğuk kişilerdir. Yani yetiştikleri ortamı yeni baştan yaratırlar...

Yetişkinlik yaşamında da bu şema döngüsünü yaşatacak eşleri yani soğuk, değersizleştiren, mesafeli kişileri yaşamına çekerler ve duygusal olarak daha da yoksun hale gelirler. Ya da bu şemaya sahip kişiler ilişki kurmaktan tamamen uzak dururlar çünkü duyguların gerçekçi olabileceğine inanmazlar.

Aşağıdaki duygu ve düşüncelerin en az beşinin varlığı bu şemanın çalıştığının göstergesidir:

- Gerçekten kimse için özel hissetmedim.
- Nadiren hissettiklerimi başkalarıyla paylaşırım.

- Hiçbir zaman duygusal olarak desteklendiğimi hissetmedim.
- İlişkilerimde duygusal ihtiyaçlarımın karşılanmasını beklemiyorum.
- Tavsiye veya rehberlik için güvenebileceğim kimsem olmadı.
- Kendi duygularımı veya ihtiyaçlarımı gerçekten anlamıyorum.
- Hayatımda bir boşluk varmış gibi hissediyorum, bir şeyler eksik ama ne olduğunu bulamıyorum.
- Hayatımın çoğunda insanlar duygusal olarak yanımda olmadılar.
- Çocukluğumda hislerim ve duygularım kabul edilmezdi.
- Ben büyürken ailem duygusal olarak mesafeliydi.

Fırat çocukluk yaşantısındaki annesini betimlediğinde soğuk, asla sevgi vermeyen, sarılmayan ve kendini iyi hissettirmeyen bir anne figüründen bahsetmektedir. Duygusal ihtiyaçlarını hiç görmemiş, karşılamamış, onu hep başıboş bırakmıştır. Çocukluğunda güvenebildiği bir ebeveyn figürü yoktur. Şimdiki yaşantısında ise Fırat sürekli olarak kendisine uygun olmayan ve sürekli partner değiştirdiği ilişkiler kuruyor. Daimi bir ilişkiden bir ilişkiye geçiyor ve her ilişkisindeki kişiye aslında duygusal olarak bağımlı hale geliyor. İster istemez yaşamındaki kadınlar sürekli olarak onu hayal kırıklığına uğratmakta ve kalbi her ilişkide kırılıyor. Böylelikle istemsiz olarak duygusal yoksunluk şemasını sürekli olarak aktif tutuyor.

Kusurluluk/Utanç Şeması

Çocukluk yaşantısında en temel gereksinimimiz olduğumuz haliyle, değiştirilmeden ailemiz tarafından kabul görmektir. Kusurluluk/utanç şeması çocukluk döneminde kişinin olduğu haliyle kabul görmediğine hatta kusurlarının göz önünde bulundurulup suçlu hissettirildiğine dair kanıtlar içerir. Benlikle ilgili bir şeylerin ciddi şekilde yanlış veya kusurlu olduğu algısı ile ilişkilidir. Çocukluk yaşantısında kusurlu hissettirilen bir çocuk da kendini bulunduğu haliyle sevilmeye değer biri olarak göremez. Utanç duyması gereken bir yüze, fiziğe, karaktere sahip olduğunu düşünür. Yani aslında sahip olduğu her şey kötü ve çirkindir.

Koşulsuz sevilmeyeceğine inanan çocuksa yetişkin yaşamında olduğu haliyle sevilmeye değer bulunmadığını düşündüğünden dolayı arkadaşlarının, partnerinin onu sevebileceğini düşünmez. Bu durumda da "Her an beni sevmekten vazgeçebilirler" diye düşünerek, her an yakın insanların kendisini hayatından çıkarmasını bekler. Çünkü kusurludur ve bu kusurlar her an ortaya çıkabilirler. Bu durum da başkalarıyla ilişki kurmaktan kaçınmaya neden olur. Bu durum kendisini değersiz hissettirdiği için hayatında olan kişilerin de kendisini değersiz hissettirmesine yol açmaktadır. Yani kişinin kendisiyle ilgili algısı kusurlu olduğu için, insanların ona kötü şekilde davranmalarını ve ağır eleştirilerini kabul edebilir.

Bu şemayı geliştiren insanlar, tipik olarak, aşırı derecede duyarlı hale geldikleri reddedilme ve güçlü eleştirilerden mustariptir. Dahası, başkalarının onları değersizleştirmesine izin verme eğilimindedirler. Yakın ilişkilerinde genellikle kendilerine saygı duymayan ve onlara iyi davranmayan kişileri seçerler.

Bu kişiler genelde sessiz, kendi dünyasında yaşayan kişilerdir. Diğer insanlar bu kişiler için kusursuz sayıldığından ötürü toplum içerisinde kendilerini çok güvensiz hissederler. Ne kadar kusurlu olduklarını düşünseler de eleştiri aldıkları zamanlarda sert tepkiler verebilirler.

Normal giden bir ilişki sürdürseler bile partnerlerini kendileriyle ilgili olarak sürekli teste tabi tutarlar. Bu şema sosyal ilişkilerin zarar görmesine yol açabilir. Çünkü çevresindeki kişiler ne kadar artarsa o kadar kişi kusurlarını görecektir, bu nedenle sınırlı bir sosyal çevrede kalma eğilimi vardır.

Kusurluluk şemasının kökeninde genellikle kendinizi sevmeniz ve değerli hissetmenizi sabote edecek bir aile tablosu ortaya çıkar. Ebeveynlerinizden birinin ya da ikisinin birden sürekli olarak eleştirel davranması, aşağılayıcı tutum, varlığınızın kusur veya hata olarak hissettirilişi, reddedilmiş ve sevilmemiş olmak, ailede meydana gelen problemlerle ilgili sizin sorumlu hissettirilmeniz gibi nedenler yatmaktadır.

Bu şemaya sahip kişiler genellikle kendilerini aşağılayan, değersiz hissettiren, eleştirel, narsis kişilerle ilişki kurmaya eğilimli olmaktadır.

Bu şemaya özgü bazı davranışlar şunlardır:

- Eleştiri ve reddedilmeye karşı aşırı duyarlılık.
- Değersizleştirmeye ve başkalarının kötü davranışlarına izin vermek.
- Suçlu olunmadığı halde sorunlar için suçu üstlenmek.
- Eleştirel ve reddedici partner seçmek.
- Birisi tarafından katlanıldığı için "şanslı" olduğunu düşünerek işlevsiz ilişkilerde kalmak.

Şeyma, yeme bozukluğuyla ilgili sorunlar yaşıyordu. Aniden gelen yeme ataklarına karşı koymakta zorlanıyordu, gece yarısı kendisini bir anda buzdolabının başında buluyor, kendine geldiğindeyse iş işten geçmiş oluyordu. Sonrasında ise yoğun bir suçluluk duygusuyla kusma nöbetleri başlıyordu. Canı ne kadar yemek yemek istese de o fiziğini korumak ve annesinin söylediği gibi mükemmel bir kız olmak zorundaydı. Fiziksel görünüşü, nasıl davrandığı, ne söylediği annesi için çok önemliydi. Çocukluğunda da böyleydi, annesi en ufak bir yanlış davranışında fazla yemek yediğini gördüğünde onu küçümser ve çirkin bir kız olacaksın diyerek suçlardı. Sena çocukluktan taşıdığı "Çirkin kızlar değersizdir, güzel olmalısın" cümlesini zihninin bir köşesinde döndürür dururdu. Oysa annesine göre komşu kızları hem güzel, hem başarılı, hem de akıllıydı. O da onları örnek almalıydı. Şeyma yoğun kusurluluk şemasının getirdiği bulimia nervoza atakları yüzünden bugünkü yaşantısında zorluk çekmeye devam ediyor.

Sosyal İzolasyon Şeması

Sosyal izolasyon şemasına sahip kişi kendini farklı hisseder ve herhangi bir yere konumlandıramaz, kendini içinde bulunduğu sosyal çevreden daha farklı bir birey olarak hisseder. Bu şema yaşamda akran-arkadaş gruplarıyla kurulan ilişkilerin niteliği ile ilgilidir.

Bu şemanın varlığı bu gruplara dahil olmada zorlanmayı veya dahil olamamayı gösterir. Genellikle diğer insanlardan farklı bir özelliğin var olması, olağanüstü zekâ ya da sıra dışı fiziksel bir görünüme sahip olmak (örneğin çok güzel veya çirkin olmak), farklı dine, statüye sahip bir aileye üye olmak, farklı cinsel kimliklere sahip olmak bu şemanın oluşumunu destekleyebilir.

Bu durum insanların içine dahil olabilmek için ya onlar gibi davranıp kişisel öz niteliklerin yok olmasına ya da tamamen grup dışında kalmaya yol açar. Bu kişiler sosyal çevrelerden, insanlardan tamamen uzak, yalnız ve izole hissedebilirler.

Yetişkin dünyasında da kişi kendini talep edilmeyen, istenmeyen, kötü, çirkin, sıkıcı, beceriksiz olarak hissedebilir.

Sosyal izolasyon şeması, yıkıcı bir şemadır ve başkalarıyla bağlantı kurmayı engeller. Bu, kaygı ve depresyonla ilgili sorunlara yol açabilecek bir yalnızlık hissine neden olur. Bazen, bu izolasyon duygularıyla başa çıkmak için zararlı alışkanlıklara veya davranışlara bile başvurulur. Sosyal izolasyon şeması genellikle bireyi çelişkili bir duruma sokar, başkalarının yanında olmak acı vericidir, başkalarının yanında olmamak da acı vericidir...

Bu şemaya sahip kişiler aşağıdaki duyguların en az beşini taşırlar:

- Herkes tuhaf olduğumu düşünüyor.
- Ben yalnız bir kurdum.
- Bu işe uygun olduğumu hissetmiyorum.
- Her zaman olayların dışındayım.
- Ailem diğer ailelerden farklı.
- Kimse beni gerçekten anlamıyor.

- Asla diğer insanlarla bağlantı kuramıyorum.
- Diğer insanlardan doğuştan farklıyım.
- Başkaları tarafından kabul edilmek çok çaba gerektirir.
- Sosyal gruplardan kaçınırım veya sosyal ortamlardan çekilirim.

Kişi çocukluk döneminde yaşamış olduğu gibi yetişkinlik yaşamında da reddedilme durumunu tekrar yaşantılarsa kendini değersiz, yetersiz ve aşağılık biri olarak tanımlar. Durum bu kadar açıkça görünmesine karşın bu şema her zaman dışarıdan gözlemlenmeyebilir. Bu kişiler dışarıdan oldukça rahat ve samimi olarak görülse de genellikle sosyal ortamlarda mesafeli ve endişeli görülebilirler.

Sosyal izolasyon şemasının oluşum kökeninde genellikle akranlar önemli bir rol oynar. Farklılıklardan dolayı (boy, kilo, köken, zekâ, yaşanılan semt) çevre tarafından aşağılanmak ve dışlanmak, ailenin diğer yaşıtlarının ailelerinden farklı bir yaşama sahip olmasının (örneğin fakir, eğitimsiz ya da radikal yapılar) hissettirilmesi ve bununla birlikte ailenin de buna uygun davranarak yaşamlarını diğer kişilerden soyutlayarak geçirmesi bu şemanın kökenini oluşturmaktadır.

Bu şemaya sahip kişiler genellikle partnerlerini sosyal kabul alabilecek kişiler tarafından seçmeye çalışırlar (örneğin: yakışıklı, zengin, saygın partnerler). Aynı zamanda da bu kişilere bağımlı hale gelirler. Genel tabloda kendi ait olduğu çevrenin çok dışında olan ilişkiler kurarlar. İlişkilerde sosyal partnerler kişinin çok fazla ilgisini çekmesine sebep olsa da bu kişiler genellikle bu sosyallikten çok fazla rahatsız olurlar ve bu sosyalliğe eşlik etmek onlar için çok zor olacağından bu tür ilişkiler sürdürülebilir olmazlar.

Muhammed Türkiye'de yaşayan Arap kökenli bir ailenin çocuğuydu. Erken dönemdeki çocukluk sahnelerinde sokakta oynadığı oyunlarda hep "Arap" lakabıyla çağrıldığını ve alay edildiğini bir türlü unutamıyordu. Sürekli olarak ailesinin evine polis yollanıyordu. Ailesi yaşadığı sokakta istenmiyordu. Muhammed diğer çocuklardan daha farklı olduğunu hissediyordu, dahası kendini bir insan gibi bile hissetmiyordu. Muhammed bugün bir yetişkin, çok başarılı bir kariyer inşa etti, işyeri sahibi oldu, birçok çalışanı var. Fakat tam toplantıya başlayacağı zamanlarda üzerine inanılmaz bir huzursuzluk çöküyor, kaygı atakları geçiriyor. Zihninden sürekli olarak geçen "Fikirlerim kabul edilemez ve hepsi çok saçma" düşünceleriyle toplantı başlamadan hemen öncesinde kaygıları panik atağa dönüşüyor.

2. Zedelenmiş Özgürlük Alanı

- Bağımlılık/Yetersizlik Şeması
- Dayanıksızlık Şeması
- Yapışıklık Şeması
- Başarısızlık Şeması

Özgürlük alanına sahip olabilmek aileden ayrışmak, bağımsız bir kimlik geliştirip kendi istek ve kararları doğrultusunda hareket edebilmektir. Bu şema alanı aileden ayrışmaya çalışıp özgür kararlar almak isteyen bireyler ve buna çok fazla fırsat sağlamayan ebeveyn figürlerinin çatışması sonucunda şekillenmeye başlar.

Bu alandaki uyumsuz şemalar, benlik duygusu ve öz-eylem eksikliği ile ilgilidir. Yani bu tür şemaları geliştiren insanlar, kim olduklarına ve bağımsız bireyler olarak nasıl olduklarına dair istikrarlı bir algı oluşturmamışlardır.

Bu şema alanına sahip bireylerin geçmiş yaşantısında çoğunlukla anne ve baba çocuğun yapması gereken şeyler de dahil her şeyi onun adına gerçekleştirmişlerdir ya da çok daha az görülen şekliyle çocuğa tamamen ilgisiz kalmışlardır. Her iki bakım şekli de çocuğun özgür bir alan oluşturmasında zedeleyici etkiler yaratır. Her iki durumda da ebeveynler çocukların dış dünyayı keşfedebilmeleri için güvenli bir ortam sağlamadıklarından dolayı bu şema yapısındaki kişiler kendi özgür kimliklerini oluşturmakta ve yaşamlarını bireysel yolla sürdürmekte çok zorlanırlar. Bu durum da yaşamda kişisel hedefler oluşturup yetişkin yaşantıda olgun kararlar alamamalarına yol açar.

Bağımlılık/Yetersizlik Şeması

Bağımlılık/yetersizlik şeması, kişinin kendi başına yeterli yargılar oluşturamadığı, karar alamadığı ve günlük durumları ele alamadığı inancını içerir. Bu şemaya sahip kişiler, harekete geçmeden önce başkalarına danışmaları gerektiğini düşünürler. Dahası, onlara yardım edecek ve ne yapmaları gerektiğini söyleyecek birine ihtiyaçları vardır.

Bağımlılık şeması iki şekilde oluşum gösterir: Ya ebeveynler tarafından "aşırı koruma" sağlanmıştır ya da korumayı yeterince sağlayamayan ebeveynlerin varlığı söz konusudur.

Aşırı korumacı bir aile tutumuyla büyüyen çocuklar bağımlı özellikler geliştirir. Bu tür bir durumda çocuk özgürce davranabilmeyi, kendi adına kararlar alabilmeyi başaramaz. Hayatta kalmak için başkalarına ihtiyaç duyduklarını ve bu nedenle onlara büyük ölçüde bağımlı olduklarını algılarlar. Sonuç olarak, bu tür kişiler genellikle kendileriyle ilgilenecek veya onlar için her şeyi yapacak birini ararlar.

Koruma almadan büyüyen çocuklar ise küçük yaşlarından itibaren yaşamda tek başınalığı öğrenmiş kişilerdir. Bu durum onların güvende hissedebilmesi için yaşından çok daha büyük davranma becerilerini geliştirmesine yol açar. Çocuklar yaşlarından büyük davranışlarla bağımsız, özgür bireyler olarak kendilerini ortaya koysalar da içsel dünyalarında yoğun bağımlılık ihtiyacı hissederler.

Doğduktan sonra ilk ihtiyaç duyulan şey güvenli bir yolla ebeveynlerle bağ kurabilmektir. İlk bölümde de detaylı bir şekilde anlattığımız gibi ebeveynler aracılığıyla dünya hakkında bazı inanç ve görüşler geliştirilir. Eğer ebeveyn figürü tüm ihtiyaçları karşılar ve sevgi gösterirse dünya güvenli bir alan, tam tersine ebeveynler hiçbir ihtiyacı karşılamaz ya da sürekli olarak geç karşılarsa dünya güvensiz bir alan olarak algılanır.

Bir çocuğun bağımsızlık geliştirmesi için iki temel ihtiyacı vardır:

1. Güvenli alan sağlanması
2. Bireysel bir alan oluşturabilmek adına güvenli alan dışında da ayrı bir gelişim

Bu gereksinimlerin yeterince veya hiç sağlanmaması sonucunda da bağımlılık şeması oluşum göstermeye başlar.

Eğer çocuğa güvenli alan hiç sağlanmadıysa, çocuğun keşfe çıkması, bireyselleşmesi onun için çok korkutucu olacaktır. Güvenli alanın yarattığı bağımlılık döngüsünden çıkmak güvensizlik yaratacaktır.

İkinci adımda ebeveynlerin çocuğun ayrı hareket edebilmesi ve kararlar alabilmesi için destek vermesi gerekmektedir. Bu durum olması gerektiği kadar gerçekleştiğinde sorun yoktur. Ama aşırı oluşu veya hiç olmayışı gibi artı-eksi kutuplar da çocukta bağımlılık şemasının gelişimine zemin hazırlayabilir.

Bağımlılık dediğimiz alan aslında kendisine destek olan herhangi biri olmadan asla ayakta kalamayacağına dair güçlü bir inanç geliştirmektir. Bu figürle kişi sanki tek bir bedende bütünmüş gibi bağımlılık geliştirir ve bu durum insanlarla sınır oluşturmasını engeller. İlişkilerde sınır koyduklarında yoğun vicdan azabı duygusu yaşarlar. Öyle bir bağ kurmak isterler ki karşıdakinin yaşamıyla ilgili her şeyi bilmeli ve karşıdaki kişi de aynı bu şekilde kendisini tanımalıdır. Sağlıklı ilişkilerin ancak böyle mümkün olduğunu düşünürler. Karşıdaki kişiyle veya ebeveynleriyle o kadar özdeşleşmişlerdir ki kendilerine ait bir kimlik oluşturamamışlardır.

Değişim ve sorumluluktan kaçınma eğilimindedirler. Bireysel bir sesleri ve sezgileri varmış gibi hissetmezler. Tek başlarına karar veremezler çünkü neyi sevip sevmedikleri hakkında fikirleri yoktur. Kendilerine has hobiler edinip bu doğrultuda yetenek geliştiremezler çünkü kendi ilgi ve yeteneklerini analiz eden içgörüleri ya gelişmemiştir ya da çok zayıftır. Bu durum çoğu zaman boyun eğicilikle görülür. Çünkü kişi kendi tercih ve isteklerini anlayıp tanıyamadığı için ya ebeveynine ya da partnerine uyum göstermek zorunda kalır. Aynı onlar gibi düşünür, hisseder ve davranırlar. Bunun tam zıddı bir durum söz konusu olduğunda da yoğun suçluluk ve vicdan azabı yaşarlar.

Bağımlılık şemasına sahip kişiler ilişkilerinde genellikle kendilerini koruyabilecek baskın özellikte kişileri yaşamlarına çekerler. Bu seçim kişinin bireysel olarak karar almasını engelleyerek potansiyelini keşfetmesini engellediğinden bu kişiler genellikle kendilerini bağımlı ve yetersiz hissettirecek partnerlerle ilişki kurarlar. Bu seçilen kişiler de genellikle narsis kişilik patolojisi taşır.

Bu şema aşağıdakilerden en az beşinin var olduğu durumlarda aktiftir:

- Günlük durumlarla başa çıkmakta zorlanıyorum.
- Hayatta geçinmek için başka insanlara ihtiyacım var.
- Karar vermekte zorlanırım.
- Çok sağduyuya sahip değilim.
- Kendi yargıma güvenmiyorum.
- İnsanlardan sürekli yardım ve tavsiye isterim.
- Önemli görevlerle uğraşmayı ertelerim.
- Bir şeyler ters giderse ne yapacağımı bilemeyeceğimden endişelenirim.
- Ortaya çıkan sorunlar hakkında aşırı endişelenirim.
- Hayatımda hiçbir kontrolüm yokmuş gibi hissediyorum.

Begüm zorlu bir doğumun nihayetinde dünyaya gelmişti. Ailesi ondan önce çocuk sahibi olmaya çok fazla çabalamıştı ama bebekleri bir türlü anne karnında tutunamamıştı ve çok sayıda düşük meydana gelmişti. Begüm doğduğunda

▶

adeta korunan bir fanus gibi anne babasının gözbebeği haline geldi. Kimse ona dokunamadı, kötü sözler duyması engellendi, zarar göreceği her türlü ortamdan uzaklaştırıldı. Ailesi onun kendi yaşamına dair kararları bile o yorulmasın, incinmesin diye onun adına aldılar. Begüm kendi başına bir şey yapmak istediği zamanlarda ebeveynleri tarafından kısıtlandı ve özgürlük alanı tanınmadı. Begüm bugün yetişkin bir genç kız olarak, üniversitede ailesi tarafından ona uygun görülen bölümü okuyor. Kendini depresyonda ve dünyanın çok uzağında hissediyor, yaşamda yapmak istediği şeyler o kadar farklı ki...

Dayanıksızlık Şeması

Güvenlik açığı algısı yaratan bu şemaya sahip insanlar, her an başlarına korkunç bir şey geleceğinden korkarlar. Spesifik olarak, kaygıları, hastalık veya akıl hastası olmak, bir suçun ya da çevresel bir felaketin kurbanı olmak gibi olaylarla ilgili olabilir. Başka bir deyişle, bu şemaya sahip insanlar, başlarına böyle korkunç şeylerin gelme olasılığı konusunda abartılı bir algıya sahiptir.

Bu şema kişiyi sürekli tetikte tutar. Dayanıksızlık şeması taşıyan kişi bu kötü şeyin başına her konuda gelebileceğine inanır. Örneğin sağlık, ekonomi, doğal felaketler...

Dayanıksızlık şemasına sahip biri şu duyguların ve düşüncelerin en az beşini taşır:

- Kötü bir şey olacağına dair sürekli bir korku duygusu taşıyorum.
- Zihnim genellikle "Ya olursa?" düşüncelerine sürükleniyor.

- En baskın duygularım kaygı ve gerginlik.
- Dünya tehlikeli bir yer.
- Panik atak ve daima endişe yaşıyorum.
- Bazen delirebileceğimi veya aklımı kaybedebileceğimi hissediyorum.
- Beynim genellikle saatte 100 mil hızla gidiyormuş gibi geliyor, bu da konsantre olmamı imkânsız hale getiriyor.
- Ölümcül bir hastalığım olduğundan veya kalp krizi geçireceğimden endişeleniyorum.
- Dünyada olan kötü şeyler hakkında düşünceler ve endişelerle meşgulüm.
- Sürekli para konusunda stres yaşıyorum.

Dayanıksızlık şeması çocuklukta dünyanın nasıl bir yer olduğunun hissettirilme şekliyle ilgilidir. Muhtemelen çocuklukta dünya insanın başına her an her şeyin gelebileceği, çok tehlikeli bir alan olarak tanıtılır ve sürekli önlem alınması gerektiği hissettirilir. Bu şekilde hissettiren ebeveynler de aslında aynı kaygıyı taşıyan kişilerdir. Bundan dolayı çocuklarına karşı olması gerektiğinden daha fazla korumacı davranır ve çocuklarının başına bir şey gelmesinden aşırı endişe duyarlar. Bu korku çocuğa o kadar yansır ki çocuğun hayattaki tek amacı da sürekli olarak güvende olduğunu kendine hissettirecek şeyler yapmak olur. Aniden sağlığı bozulabilir, aniden tüm parasını kaybedebilir, bu nedenle her an tetikte olmak gereklidir. Bu kötü senaryolar meydana geldiğinde de sanki başa çıkamayacağı ve kontrolü kaybedip aklını kaybedeceğine veya işin içinden çıkılamayacağına dair daha karanlık senaryolar üretmeye başlanır.

Dayanıksızlık şeması bazen anksiyete bazen panik atak tablolarıyla birlikte görülebilir. Bu şemayla yaşamak o kadar zordur ki kişi bununla başa çıkmak için çeşitli yöntemler geliştirebilir. Örneğin korktuğu şey başına gelmesin diye bir davranış geliştirir ve bu durum fobik bir hal alır ya da kendilerini güvende tuttuğuna inandıkları bir nesneye tutunabilirler.

Bu kişiler genellikle bu duygularla yüzleştirebilecek kişiler yerine, kendilerini bu felaketlerden koruyabilecek türde güçlü partnerleri yaşamlarına alırlar. Örneğin; hasta olmaktan çok korkan bir kişinin doktor bir eş seçmesi gibi örnekler görülebilir.

> Kenan çocukluğunda sokakta oynadıktan sonra eve geldiğinde, annesinin hemen hiçbir yere dokunmadan üstündekileri çıkarması ve banyoya girmesi gerektiği yönündeki uyarılarıyla büyüdü. Annesine göre dünyadaki her şey çok kirliydi ve çamaşır suyuyla temizlenmeden dokunulmamalıydı. Hatta banyo suyuna bile birkaç damla çamaşır suyu ilave ediyordu. Bugünkü yetişkin yaşantısında ise Kenan acil servis kapısından uzakta duramıyor. İşini, yaşadığı evi bile hastaneye yakın bir yerden seçiyor. Çünkü ölümcül bir hastalığa kapılabilir, başına her an bir kaza gelebilir, bundan dolayı da önlem almalı. Kenan yoğun anksiyete ataklarıyla boğuşuyor.

Yapışıklık Şeması

Bu şema tipik olarak çocuklar ebeveynleriyle "birleşerek" büyüdüklerinde gelişir. Ebeveynler çocuğa duygusal olarak çok yakındır ve çocuğun yaptığı her şeye fazlasıyla dahil olurlar. Bu şemaya sahip insanlar, kim olduklarına dair güçlü ve istikrarlı bir anlayışa sahip değillerdir. Bunun yerine, bir arkadaş, kardeş, ebeveyn figürü veya başka biri olabilir, "yapışık figür" olmadan bütün olmadıklarını hissederler.

Bu şemaya sahip kişiler, yapıştıkları kişiyle o kadar güçlü bir şekilde bağlantılıdırlar ki sanki dünya bu kişinin etrafında dönmektedir. Genellikle onlar hakkında çok düşünürler, hakkında konuşurlar ve yapışık figüre fazlasıyla güvenirler ve tam tersine davrandıklarında kendilerini suçlu hissederler.

Yapışıklık şemasına sahip olmak birden çok kişiye karşı yoğun duygular ve bağlılık hissedilmesine yol açar. Yaşamda verecekleri her karar veya yapacakları herhangi bir işte bağlı oldukları kişiyi önde tutarak hareket eder ve kararlar alırlar. Bu kişiler genellikle ebeveyn figürü, sevgili ya da arkadaşlardır. Bu durum da bireysel kararlar almalarını ve hareket etmelerini yüksek oranda etkiler.

Bu şemada benlik tam olarak gelişemediğinden, kişisel kararlar almakta çok zorluk yaşanır. Gelişmemiş benlik şeması olarak da tanımlanan bu şemada, kişi bağlı olduğu figürle sanki aynı bedeni taşıyormuş gibi hissedip davranır. Bu durum öyle bir hal alır ki sanki o kişinin zihninden geçen düşünceleri ve hissettiklerini o söylemeden anlıyormuş gibi hissedebilirler.

Yapışık figür eğer diğer kişiyi desteklemez, yanında olmazsa sanki dünya yıkılacakmış gibi hissedebilirler. Bu kişinin desteği olmadan karar almak veya hareket etmenin mutluluğunu ve özgürlüğü asla tadamazlar.

Bağlı olunan kişiyle araya soğukluk, mesafe veya sınır girmesi bu şemaya sahip kişilerin yoğun suçluluk duyguları hissetmesine neden olur. Bu suçluluk duygusunu o kişiyle bir şey paylaşmadıklarında da yaşarlar. Aynı durumu karşıdan da bekler, tüm yaşamını kendisiyle saklamadan paylaşmasını beklerler.

Bu tür bir iç içe geçme, genellikle kişinin sosyal gelişiminde eksikliklere ve ayrıca güçlü boşluk duygularına neden olur. Bazı zamanlarda sanki boşluktaymış gibi hissetmeye sebep olan bu şemanın böyle hissettirmesinin sebebi kişinin oluşmuş bir kimliğe sahip olmamasıdır. Kim olduğuna dair sorular bundan dolayı genellikle cevapsız kalır. Çoğu zaman amaçsızlık, boşluk duygularının esiri olarak yaşamı sorgularlar.

Yapışıklık şemasının temelleri genellikle aile yaşantısında atılır. Aile genellikle çocuğa birey olmasında yeterli alanı ve imkânı tanımamıştır. Hatta çocuk kendi duygu ve düşüncelerini ortaya koymaya çalıştığında aile buna engel olmuş ve çocuğu suçlu hissettirmiş olabilir. Ya da aile bu davranışlar yerine çocuğa bunu duygusal olarak hissettirmiş olabilir. Örneğin "Söylediğimi yapmazsan seni sevmem" benzeri cümleler, çocuğun sevgiyi kaybetmemek adına ebeveyni ne derse onu yapması nedeniyle benlik gelişimini engeller.

Yapışıklık şemasına sahip kişiler tam da bu şemayı sürdürebilecek kişileri yaşamına çekerler. Bu kişiler ya kendisini korumaya hevesli güçlü dominant kişilerdir ya da kendisi gibi yapışıklık şemasına sahiptirler. Her iki sahnede de kişi kendi istek ve talepleri doğrultusunda değil, partner veya eşinin talep ve istekleri doğrultusunda davranır.

Bu şemaya sahip kişiler aşağıdakilerden en az beşini düşünür ya da hissederler:

- Ailemle sınırlarımı korumak benim için zor.
- Ailem hayatıma gereğinden fazla dahil olur.
- Genellikle ebeveynimin veya partnerimin duygusal durumundan çok fazla etkilenirim.
- Ebeveynlerim veya eşim mutsuzsa ben de mutsuzumdur.

- Ebeveynlerimle veya eşimle çatışırsam kendimi ifade etmekte zorlanırım.
- Bazen hayatımın bana ait olduğunu hissetmiyorum.
- Aileme veya eşime o kadar yakınım ki kendi kimliğim yokmuş gibi hissediyorum.
- Aileme hayatımın tüm mahrem detaylarını anlatmak zorundayım.
- Yakın ilişkilerde benlik duygumu sürdürmekte zorlanıyorum.
- Annemle babamın yanındayken sık sık boğulduğumu hissederim.

Sevgi, evlenmek üzereydi. Ama yoğun bir suçluluk duygusu hissediyordu. Babası annesine yaşam boyu çok çektirmişti ve annesi sürekli "Senin için bu adamı çekiyorum, sen babasız kalma diye" sözleriyle Sevgi'yi suçluluk duyguları içinde büyütmüştü. Şimdi ise baba evinden ayrılarak annesini yalnız bırakmıyordu ve annesini terk ediyormuş gibi hissettiğinden yoğun bir şekilde acı çekiyordu. Annesi de o gidince çok yalnız hissedeceğini sürekli olarak belli etmekteydi. Sevgi ise bu duruma bir türlü sınır koyamıyor, tam sınır koyacağı sırada yoğun şekilde kendini suçlu hissediyor ve annesini haklı görmeye başlıyordu. "Annem ben olmadan ne yapacak?" diye düşünüyordu. "Önce onun sorunlarını halletmeliyim, ben nasıl çocuğum!" düşünceleri onu giderek kendi hayatından vazgeçmeye zorluyordu.

Başarısızlık Şeması

Başarısızlık şeması, kişinin başarı gerektiren her türlü alanda başarısız olduğuna dair geliştirdiği kalıplaşmış inançlardır. Bu kişiler işyerinde, okulda, herhangi bir spor dalında, para kazanmada, kariyerde yaşıtları kadar iyi olamadıklarını düşünürler. Yaşıtları hep kendisinden daha başarılı ve yetenekliymiş gibi hissederler çünkü kendilerine sürekli yeterli olmadıkları söylenmiştir.

Çocukluk yaşamında okul sıralarında belki okuma belki matematik becerisi yeterince iyi olmayan veya belirli bir öğrenme bozukluğu taşıyan çocuklar da kendi içinde yetersiz hissettiklerinde bu şemanın oluşumuna zemin hazırlamış olabilirler.

Yetişkin yaşamında ise kişi herhangi bir şeyi başaramadığını düşündüğünde bu durumu abartıp kendini başarısız olarak etiketleyebilir. Bu etiketleme de şemayı döngü haline getirip başarısızlık durumunun süreklilik almasını destekler.

Başarısızlık şemasının bazı açık belirtileri şunlardır:

- Kişinin kendisini başkalarıyla kıyaslarken yetersiz veya aşağılık hissetmesi
- Aptal hissetmek veya başkalarının başarabileceğini başaramayacak durumda olmak
- Kendine güven eksikliği ve bir şeyin yapılması gerektiğinde erteleme eğilimi
- Şu andaki mevcut konum için utanma
- İşyerinde sahtekâr gibi hissetme duygusu, orada olmayı hak etmediğine dair güçlü inanç

Başarısızlık şemasına sahip kişiler kendini gerçekleştiren kehanetin esiri olmuşlardır, başarısız olacaklarına dair inançla yaptıkları her eylem kendi sosyal çevrelerindeki ortalama bir kişinin bile başarısını yakalayamamalarına sebep olur.

Başarısızlık şeması, kökende aile, arkadaş veya öğretmen tutumları ile ilgilidir. Anne veya babanın sürekli olarak çocuğu eleştirmesi, kıyaslaması, "Sen bunu yapamazsın" şeklinde yetersiz hissettirmeleri bu şemanın kökenini oluşturmaktadır. Aynı zamanda okul yaşamında öğretmenin çocuğa karşı "Aptal mısın sen, öğrenemiyor musun?" benzeri tutumları veya arkadaşların çocuğa karşı "O zaten akıllı biri değil, başaramaz" gibi yaklaşımları da bu şemanın oluşumunu destekler. Bu durumda başarılı veya başarısız olmasının kontrolü tamamen başkalarının sözcükleri ile mümkün olmaktadır.

Bu kişiler eş ve partner seçiminde genellikle çok başarılı kişileri yaşamlarına çekerler. Başarılı partnerlerini sürekli göz önünde tutarak da aslında bir nevi başarısızlık duygularını desteklerler.

Aşağıdaki duygu ve düşüncelerin en az beşinin varlığı bu şemanın çalıştığını gösterir:

- Kendimi yaşıtlarımla karşılaştırdığımda başarısız olduğumu hissediyorum.
- Kendimi aptal ve başkalarının başarabileceklerini başaramayacak kadar âciz hissediyorum.
- Yapacak işlerim olduğunda erteleme eğilimindeyim.
- Aynı sonuçları elde etmek için diğer insanlardan çok daha fazla çalışıyorum.
- İşimde kendimi sahtekâr gibi hissediyorum.
- Etrafımdaki herkesin benden çok daha yetenekli olduğunu hissediyorum.
- Başarılı olabileceğime dair hiçbir inancım yok.
- Özgüvenim pek yok.

- Şu an hayatımda bulunduğum yerden utanıyorum.
- Hayatımda başarılı olmak için ihtiyaç duyduğum temel becerilerden yoksun olduğumu hissediyorum.

Önder'in babası çok ünlü bir futbol oyuncusuydu. Bundan dolayı babası Önder'in de tıpkı kendisi gibi başarılı bir sporcu olmasını istiyordu. Küçüklüğünden beri hayatı futbol kurslarında geçmişti. Fakat bir türlü sevemiyordu şu futbolu, başarılı şutlar atamıyordu. Bunu gören babası daha da hırslanıyor, evin bahçesine kurduğu mini futbol sahasında Önder'i eğitmeye çalışıyor, başarısız şutlarını gördükçe de Önder'i sürekli olarak beceriksizliği yönünden eleştiriyordu. Önder hiçbir zaman babası gibi olamayacağını düşünüyordu. Bugün ise Önder çok başarılı bir akademisyen. Sayısız ödül, sayısız makaleden sonra akademik yaşamda ne yaparsa yapsın asla kendini başarılı hissetmiyor. İçindeki eleştirel ses asla susmuyor ve Önder başarılarının şans eseri ya da tesadüfen gerçekleştiğine inanıyor.

3. Zedelenmiş/Zayıf Sınırlar Alanı

Bu alanda 2 tipik şema vardır:

Haklılık/Görkemlilik Şeması

Yetersiz Özdenetim Şeması

Çocukluğumuzda özgür bir çevreye ihtiyacımız olduğu kadar ebeveynlerimizin koyduğu sağlıklı sınırlara da ihtiyaç duyarız. Bu durum bize sorumluluk sahibi olmayı, empati yapabilmeyi ve sosyal ilişkilerde sağlıklı ilişkiler kurabilmeyi öğretir.

Bu alandaki bir şemaya sahip olmak ebeveynin aşırı serbest bırakan ve özgürlükçü bir tutumda olduğunu gösterir. İstenen, talep edilen ne varsa çocuk beklemeden anında önüne konulmuştur. Ya da çocuk öne çıktığında ve belki başkalarının haklarını maniple ettiğinde güçlü hissettirilip ödüllendirilmiş olabilir. Örneğin bir talebinin gerçekleşmeyeceğini hissettiğinde çığlıklar atarak istediğini elde eden bir çocuk bu şemayı benimsemiş olabilir. Bir konuda çocuğa sınır konması yerine talebi anında karşılanmıştır.

Bu alandaki şemalara sahip kişiler ayrıcalıklı ve seçkin insanlar olduklarına ve bundan dolayı çeşitli hak ve özgürlüklere sahip olduklarına inanırlar. Empati duygusundan yoksundurlar çünkü kendi ihtiyaçlarını karşılamak adına herkesin ihtiyaçlarını yok sayabilirler.

Kişisel düzeyde, bu alandan şemaları olan kişiler genellikle dürtülerini kontrol etmede, hedefe yönelik davranışlarda bulunmada, sorumluluk almada ve kurallara uymada zorluk yaşarlar. Kişiler arası düzeyde bu yetişkinler başkalarının ihtiyaçlarını ve haklarını göz ardı edebilirler, bu nedenle sosyal bağlamlarda işbirliği yapmak için yeterli kapasiteye sahip değillerdir.

Haklılık/Görkemlilik Şeması

Bu şemaya sahip kişiler kendilerini diğerlerinden üstün hissederler, böylece güçlü yönlerine odaklanmaya ve kusurlarını en aza indirgemeye eğilimlidirler. Kendilerini özel olarak algılarlar ve herkes gibi kendilerinin de sınırları ve zaafları olduğu gerçeğini göz ardı ederler. Bu şemaya sahip kişiler, başkaları için geçerli olan kurallara uymaları gerektiğine inanmazlar. Hayatta istediklerini elde etmeleri gerekir ve bu yüzden buna engel olan insanları ezme eğilimindedirler.

Bu şemaya sahip kişilerin empati yetenekleri çok kısıtlı olduğundan kendilerini ayrıcalıklı bir konumda hissederler. Bu durum da istediklerini istedikleri anda yapma ve söyleme hakkına sahip olduklarını düşünmelerine yol açar. Herhangi bir amaca ulaşırken beklemek, sabretmek bu kişiler için çok yabancı olan bir durumdur. Çünkü sınırlarla ilgili ciddi problemlere sahiptirler.

Bu durum aslında kişinin çocukluk yaşantısına dair sinyaller verir. Aile küçüklükte çocuğun her talep ettiğini yerine getirmiş, sınır koymamış, beklediği şeyle ilgili sabretmeyi öğretmemiştir. Bu nedenle yetişkin yaşamında istediği olmayınca öfkeye sığınmak onların karakter özelliği haline gelmiştir. Başkalarının istek ve ihtiyaçlarının kendi ihtiyacından önce gelebilme durumu söz konusu değildir. Bu kişilerin karakter özellikleri genellikle rekabeti sevmeleri, başkalarını kolayca maniple etmeye çalışmaları, diğer kişilere istek ve dileklerini kabul ettirebilmek adına gerekirse güç kullanmalarıdır.

Bu şema iki durumda da görülebilir. İlk kısımda narsisizm dediğimiz ayrıcalıklı olma hissi ile ayrıcalık sağlamaya çalışma durumudur. İkinci kısımda da çocuklukta her istediği gerçekleşmiş çocuğun yetişkinlikte de aynı şımarıklıkta olması ve her konuda bu şekilde davranması şeklinde gözlenir.

Haklılık/görkemlilik şemasında aile yetiştirme tutumlarında iki tarz görülür. İlki çocuğun ailede çok şımartıldığı, diğer çocukların ve kendi sınırlarının öğretilmediği bir yaşam tarzı iken diğer tarzda ise iki ebeveynin farklı tutumda yetiştirdiği çocuk söz konusu olmaktadır, örneğin anne şefkat ve sevgi dolu iken babanın cezalandırıcı, katı bir tutumda olması. Bu durumda da çocuk aldığı mesajların karmaşıklığı ile birlikte bir taraftan aldığı duygusal yoksunluğu üstünlük durumlarıyla telafi etmeye çalışır. Bu durum da narsistik kişilik bozukluğunun zeminini hazırlar.

Haklılık şemasına sahip kişiler ilişkilerde genellikle kendi üstünlüklerini kurabilecekleri ve genellikle bağımlı kişiliklerle ilişki kurarlar.

Aşağıdakilerin en az beşinin varlığı bu şemanın çalıştığını gösterir:

- Başkaları bana çok kontrolcü ve otoriter biri olduğumu söyler.
- Ne yapacağımın söylenmesine dayanamıyorum.
- "Hayır"ı cevap olarak kabul etmek çok zor
- Toplumun normal kurallarına ve kısıtlamalarına uymak zorunda olmamam gerektiğini hissediyorum.
- Hatalı olduğumu kabul etmekte zorlanıyorum çünkü genellikle haklıyım.
- Otoriteye çok az saygım var.
- Tanıdığım çoğu insandan bir şekilde üstün olduğumu hissediyorum.
- İstediğimi, istediğim zaman yapabilmem gerektiğini hissediyorum.
- Kendi ihtiyaç ve hislerimin diğer insanlarınkinden daha önemli olduğuna inanıyorum.
- Her zaman kendimi ilk sıraya koyarım.

Sema ailede üç erkekten sonra dünyaya gelmesi beklenen kız çocuğuydu. Sonunda olmuştu, nihayet ailesi dört gözle bekledikleri kız çocuğuna kavuşabilmişlerdi. Sema bunca bekleyişin ardından bir çocuk olarak talep ettiği her şeye kavuşuyordu. Sayısız oyuncaklar, elbiseler, talep ettiği her şey o beklemeden önünde oluyordu. Şimdi ise ilişkilerinde sürekli olarak onun her dediğini yapan, onu şımartan partnerleri yaşamına çekiyor. Ancak onlara kötü davranıp aşağılıyor. İşyerinde de böyle davranıyor, ekip arkadaşlarının istek ve ihtiyaçlarını önemsemiyor, empati kuramıyor, kurallara uymuyor ve bundan dolayı da işyerlerindeki ömrü kısa süreli oluyor, sürekli iş değişikliği yapmak zorunda kalıyor.

Yetersiz Özdenetim Şeması

Yetersiz özdenetim şeması, bozulmuş duygusal tolerans ve öz disiplin ile karakterizedir. Bu şemaya sahip insanlar, dürtüsel, güvenilmez ve düzensiz olarak karşımıza çıkarlar. Genellikle dürtülerine direnemezler ve rahatsızlığa dayanamazlar. Yetişkinler özdenetimden yoksun olduklarında, genellikle kısa vadeli tatminlere odaklanırlar ve eylemlerinin sonuçlarını düşünmezler.

Bu şemaya sahip kişiler, duygularını ve isteklerini belirli bir ölçüye oturtmakta çok zorlanır ve aynı zamanda kendi kendini disipline edebilmede yani herhangi bir görevi gerçekleştirmede gereken sabır becerisinden yoksundur.

İleride elde etmek istedikleri şeyler için şimdiki zamandan feragat etmek onlar için çok çok zordur. Kısa vadede elde edebilecekleri hazlar peşindedirler. Yaşamdan, yaşanılanlardan yeterince davranış dersi alamazlar çünkü kendilerini disipline etmekle ilgili sorunları vardır.

Bu şemaya sahip kişiler şu duyguların en az beşini hissederler:

- Kolayca sıkılırım ve dikkatim çabuk dağılır.
- Sık sık huzursuz ve heyecanlı hissediyorum.
- Bir plana bağlı kalmayı veya hedefleri takip etmeyi zor buluyorum.
- Yeni planlar beni çok heyecanlandırıyor ve sonra ilgimi çabucak kaybediyorum.
- Alkol, sigara içme ve aşırı yeme gibi kendine zarar veren davranışları durdurmayı çok zor buluyorum.
- Rahatsız edici duygulara tahammül etmekte zorlanıyorum.
- Çok dürtüselimdir ve sıklıkla sonradan pişman olacağım şeyler yaparım.
- Sık sık kendimi tutamıyorum ve sonunda duygularıma yeniliyorum.
- Çok uzun süre odaklanmak ve konsantre olmakta zorlanıyorum.
- Çok fazla enerjim olduğunu hissediyorum ve bunu üretken bir şeye yönlendirmek zor.

Bu şemaya sahip kişilerin zihni çok aktiftir, bir fikirden diğerine geçtiği için genellikle "maymun zihni" olarak adlandırılır. Kendilerini yeni bir fikir veya plan hakkında gerçekten heyecanlanırken bulabilir ve daha sonra, başlar başlamaz ilgisini kaybedebilirler. İlişkilerde de bu durum sıklıkla sorun yaratır ve uzun ilişkiler kurmakta zorlanabilirler. Odaklanma ve konsantrasyonu korumada zorlanırlar, bu nedenle ertelemeye çok yatkındırlar.

Özellikle çocukluk yaşantısında dikkat dağınıklığı, hiperaktivite, dürtüsellik gibi tanıya sahip çocukların davranışları, aile tutumu olarak her şeye izin veren ve sınır çizmeyen bir ebeveyn modeliyle birleşince bu şemanın oluşumu desteklenebilir. Yetişkinlik yaşamı ilişkilerinde de bu şemaya sahip kişiler özellikle sorun çıkacağı anlarda partnerine ya belli olacak şekilde mesafe koyar ya da sorun yaşamamak adına kaçar.

Yetersiz özdenetim şemasının sizde olup olmadığını düşünüyorsanız, düşünmeniz gereken bazı sorular şunlardır:

- Dürtüleriniz ortaya çıktıktan sonra onları harekete geçirmemek size zor geliyor mu?
- Kendinize koyduğunuz küçük hedeflerle mücadele ediyor musunuz?
- Bir hedefe çabucak ulaşamazsanız, kolayca hüsrana uğrar mısınız?
- Dürtüsel duygulara kapılıyor ve ardından evde veya işte ilişkilerinize zarar veren davranışlarda bulunuyor musunuz?
- Kendi belirlediğiniz kararlar için çalışmakta zorlanıyor musunuz?
- Kendinizi sıradan ama gerekli görevleri tamamlamaya zorlamak için mücadele ediyor musunuz?
- Dürtüselliğiniz arkadaşlarınızla, ailenizle, işinizle, toplumla veya yasalarla başınızı belaya soktu mu?

Bu soruların çoğuna genel olarak hayır yanıtı veriyorsanız, yetersiz öz kontrol şemasını geliştirmeniz pek olası değildir.

Fatih, çocukluğunda dikkat eksikliği ve hiperaktivite tanısı almış bir çocuktu. Annesi bu durumu çok iyi bildiğinden, ona sınırsız ayrıcalık ve hoşgörü sağlamıştı. Fatih yıllar sonra üniversiteye başladı. Fakat gece hayatına ve alkole kendini fazla kaptırıp sabahları alarmı sürekli erteleyerek "Aman bugün de okula gitmeyeyim" dediği sayısız günlerin sonunda devamsızlıktan kaldı. Okulu uzattı ve bugün 7. senesinde. Eğer bu sene de derslerine girmezse okulla ilişkisi kesilecek. Kendisine ne kadar öz disiplin sağlamaya çalışsa da asla başarılı olamıyor.

4. Başkalarına Yönelimlilik Alanı

Bu alanda 3 şema tipi vardır:

Boyun Eğicilik/Geri Çekilme Şeması

Kendini Feda Şeması

Onay Arama Şeması

Başkalarına yönelimlilik şeması, kendi ihtiyaçlarının ikinci plana atıldığı, daha çok başkalarının istek ve ihtiyaçlarının ön planda tutulduğu alandır. Bu durum genellikle başkaları tarafından onaylanabilmek, ilişkileri olumlu anlamda sorun çıkmadan sürdürebilmek adına yapılır. Bu şemaya sahip kişiler için başkalarıyla kurdukları gerek duygusal gerek arkadaşlık ilişkilerinde önemli olan karşısındakinin ihtiyacıdır, bu duruma o kadar odaklanırlar ki neyi sevip sevmedikleri konusunda farkındalıkları çok zayıftır. Çünkü gittikçe kendi duygu ve düşüncelerine yabancılaşırlar. Bu durum diğer kişiler tarafından olumsuz bir şekilde kullanılarak kendi istekleri doğrultusunda yönlendirilmelerine kadar varabilir.

Başkalarına yönelimlilik alanı kökenini aile dinamiklerinden, sevgiyi ancak öne sürülen koşul gerçekleşirse veren aile figürlerinden alır. Aileden sevgi alabilmek için onların istediği bir çocuk olmalı ve onların istediği şekilde davranmalıdırlar. Bundan dolayı bu çocukların aslında içlerinden geldiği gibi kendiliğinden ve doğal olma halleri ellerinden alınmıştır.

Boyun Eğicilik/Geri Çekilme Şeması

Boyun eğicilik şeması, kişinin duygularının, ihtiyaçlarının, tercihlerinin ve fikirlerinin önemli olmadığı inancını içerir. Dahası, duygular bastırılmazsa reddedilmeye veya cezalandırılmaya neden olurlar. Kişinin duygu ve arzuları, ahlaki değerler veya standartlar nedeniyle değil, bastırılmadığı takdirde kötü bir şey olacağı korkusu nedeniyle bastırılır.

Bu şemaya sahip olmak kendi istek ve ihtiyaçlarını yok sayıp aile, arkadaş, partnerin istek ve ihtiyaçlarını ön planda tutmanın sinyallerini verir. Böyle bir zemin de bu şemaya sahip kişilerin istek ve ihtiyaçlar doğrultusunda kullanılmasına neden olur. Bu durumu fark etmek bile kişiyi harekete geçmekten alıkoyar, çünkü birinin sevgisini kaybetmek onlar için dayanılmazdır.

Kendinizi aşağıdaki ifadelerden 5 veya daha fazlasıyla özdeşleştiriyorsanız, muhtemelen bu şemaya sahipsinizdir.

- Kendi adıma konuşmakta çok zorlanıyorum.
- Sık sık insanların bana paspas gibi davrandığını hissediyorum.
- İlişkilerimde kararları başkalarının vermesine izin verme eğilimindeyim.
- İnsanlara duygularımı incittiklerini veya beni hayal kırıklığına uğrattıklarını nadiren söylerim.
- Oldukça pasif agresif olma eğilimindeyim.
- Ne pahasına olursa olsun çatışma veya yüzleşmeden kaçınırım.
- İnsanlara sınır koymakta zorlanıyorum.
- Nadiren ifade ettiğim çok fazla öfke ve kırgınlık hissetme eğilimindeyim.
- Çatışma veya reddedilme olmaması için diğer insanları memnun etme eğilimindeyim.
- Duygularımı serbest bırakırsam kontrolümü kaybedeceğimden korkuyorum.

Bu şema çocukluğunuzda büyüdüğünüz ebeveyn figürü ile ilgili de izler taşır. Çoğunlukla bu ebeveyn figürü size karşı çok kontrolcü ve baskıcı olmuş ve yaşamınızı kontrol altında tutup onun istediği şekilde davranmanız konusunda size baskı yapmıştır. Bu durum ileriki yaşantınızda aynı ebeveyn figürünüz gibi kişileri yaşamınıza çekip bu kontrolün döngü halinde yaşamınızda devam etmesine yol açar.

Şiddetle inandıkları düşünce "Kendi istek ve ihtiyaçlarımı belli edersem cezalandırılır veya sevgi görmem, başıma kötü şeyler gelebilir" korkusudur. Yani aslında yoğun bir şekilde ihtiyaçlarını aktarmak isterler ama bastırmak zorunda olduklarını düşündüklerinden dolayı ifade edemezler. İçeride biriken ve aktarılamayan bu duygu ve düşünceler de bu kişilerde genellikle yoğun öfke birikimlerine yol açar. Böylelikle bu kişilerde sebebi açıklanamayan vücut ağrıları, öfke patlamaları, hissizlik, kendinden uzaklaşma, pasif agresif davranışlarla kendini açığa çıkarır.

Boyun eğdirme şeması, sadece nasıl hissedildiğini söylemenin ardından gelen etkilerle başa çıkılamayacağı konusunda endişelenmeye neden olmakla kalmaz, aynı zamanda başkalarıyla sınır kuramamak, çoğu zaman kullanılmış veya saygısız hissetmeye neden olabilir. Sonunda gerçekten istenmeyen şeyler yapılır, çünkü "hayır" demek bu şemadaki kişiler için neredeyse imkânsızdır.

Boyun eğicilik şemasındaki aile kökeninde çocuğa sevgi ancak çocuk uslu durursa ve ailenin beklenti ve tutumlarına uyarsa sunulur. Çocuğun ihtiyaçları önemsenmez ya da çocuk duygularını ve isteklerini belli ettiğinde cezalandırılır, umursamazlıkla karşılaşabilir.

> Nur, üniversitedeydi. Tüm derslere girip düzenli not tutup diğer arkadaşlarıyla bunu paylaşıyordu. Diğer arkadaşları ders saatinde gezmeye gittiklerinde, Nur onların derslerden geri kalmaması adına tüm görevleri onlar adına yapıyordu. Karşılığında da arkadaşları onun ne kadar iyi bir kız olduğunu ve onu çok sevdiklerini söylediklerinde Nur kendini inanılmaz değerli hissediyordu. Fakat Nur uzun süredir ağır bir grip geçiriyordu ve derslere giremedi, bundan dolayı günlerce not tutamadı. Zamanla o arkadaşlarının ona değer vermediğini ve hastalığında bir mesaj bile atmadıklarını gördü. İnanılmaz yoğun duygusal bir acı çekiyordu ve kullanıldığını fark etmişti.

Kendini Feda Şeması

Boyun eğdirme şemasına benzer şekilde, kendini feda etme şeması da kişinin kendi ihtiyaçlarından vazgeçmesi ve başkalarının ihtiyaçlarına odaklanmasıyla ilişkilidir. Boyun eğicilikten şu noktayla ayrılır, kendini feda şemasında kişi kendini feda etmeyi tamamen kendi isteğiyle tercih etmektedir. Bunu tamamen görev olarak edinmişlerdir. Kendilerini feda ederlerse diğer insanları zarardan koruyacaklarını, sadece kendisini değil diğer kişileri de düşünen iyi biri olacağını ve bu durumla birlikte sevdiği kişilerin yaşamında var olmaya devam edeceğini düşünürler.

Özetle, boyun eğdirme şemasına sahip kişiler kendilerini güçsüz ve başkaları tarafından kontrol edilir hissederler; beklenen olumsuz sonuçlardan kaçınmak için ihtiyaçlarını bastırırlar. Fedakârlık şemasına sahip insanlar ise, başkalarını ve ihtiyaçlarını ilk sıraya koymayı seçerler, çünkü bunun doğru olduğuna inanırlar.

Bu durum bazen öyle bir hal alır ki kişi kendini feda ettiği kişiyle ruhsal bir bütünlük kurar ve onun çektiği acıları en az onun kadar hissetmeye başlar ve eğer engelleyebileceği bir durum varsa da bu durum yaşanmadan elinden ne geliyorsa yapmaya çalışır. Yoğun sorumluluk duyguları hissederler. Bu durum bazen kendini feda ettikleri yakınlarına karşı yoğun öfke patlamaları yaşamalarına yol açabilir.

Aşağıdaki ifadelerden beş veya daha fazlasının varlığı bu şemanın var olduğunu gösterir:

- İnsanlar genellikle yardım ve tavsiye için bana başvururlar.
- Kendimden çok başkalarını düşünme eğilimindeyim.

- Yakınımdaki birinin bana ihtiyacı olursa her şeyi bırakırım.
- Karşılığında aldığımdan daha fazlasını başkalarına veririm.
- Başkaları için bir şeyler yapmaya eğilimliyim çünkü bunu yapmak benim için onların mücadele etmesine izin vermekten daha kolaydır.
- Biri benden bir şey yapmamı isterse, hayır dediğimde kendimi çok suçlu hissederim.
- Bazen etrafta koşuşturup başkaları için bir şeyler yapmaktan bunalmış ve bitkin hissediyorum.
- Birini duygusal acı içinde görmek benim için katlanılmazdır.
- Diğer kişiye odaklandığım için nadiren kendi duygu ve ihtiyaçlarımı ifade ederim.
- Kendi ihtiyaçlarınızı başkalarının önüne koymak bencilliktir.

Kendini feda şeması kişiye ahlaki açıdan olumlu özellikler de kattığından bazen kişi bu durumun ne kadar zarar verici olduğunu göremez. Onların ahlaki yasalarında fedakârlık çok iyi bir kişilik özelliğidir ve böylelikle iyi bir insan olduklarına inanırlar. Kendini feda eden kişilerin genellikle sosyal çevrelerinin geniş olması da bu durumu onlar için kanıtlar niteliktedir. Fakat bu sosyal çevre genellikle kendini feda eden kişinin bu aşırı fedakâr özelliğinden kaynaklanır.

Bu kişiler kendi istek ve duygularını ikinci plana attıklarından dolayı birçok fiziksel rahatsızlıkla baş etmek durumunda kalabilirler.

Samet henüz çok küçükken annesi yoğun bir depresyon geçirmekteydi. Bundan dolayı annesi tarafından yeterince ilgi, şefkat ve sevgi göremedi. Bu duygulara annesinin ihtiyacı olduğunu düşündüğünden annesine karşı ebeveynlik yapmış, onu mutlu edebilmek adına tüm ihtiyaçlarını ve planlarını yok saymıştı. Samet yetişkinlik yaşamında sürekli olarak nedeni tam olarak açıklanamayan baş ağrıları çekmekteydi. Yaşamında kendi istek ve talepleri yeterince önemli olmamıştı, öncelikleri hep dostları, ailesi ve partnerleriydi. Sevdiklerine yardım edebilmek onların yanında olabilmek onun kendinden de fazla önemsediği bir durumdu. Fakat bunu her ne kadar yapsa da aynı durumu kendisine yaşatan kimse yoktu. Kullanılmış hissetse de bunu yapmaktan vazgeçemiyordu.

Onay Arayıcılık Şeması

Bu şemaya sahip insanlar için öz değer duygusu, başkalarının görüşlerine, tepkilerine ve onaylarına dayanır. Bu yetişkinler, başkaları onlara bakarsa, onlarla ilgilenirlerse uyum sağlayacaklarına ve değer göreceklerine inanırlar. Kendilerinin ve hayatlarının dışarıdan nasıl göründüğüne büyük önem verirler, paraya, başarıya, statüye, görünüme ve mülke odaklanırlar.

Onay arayıcılık şemasına sahip kişiler için başkalarının standartlarını tanımak, anlamak ve ona uygun davranmak çok önemlidir. Başkalarına yönelik geliştirdikleri kimlikleri yüzünden kendi benliklerini sağlam bir şekilde inşa edemezler.

Bu şemanın kökeninde duygusal açıdan yetersiz, sevgiyi ancak koşullu sunan ebeveyn tutumu yatar. Bu tutumla yetiştirilen çocuklar ancak iyi bir şey ortaya koyduğunda, bir şey yaptığında, başarılı olduğunda ve ebeveynlerin talep ve isteklerini karşıladığı zamanlarda sevgi görürler.

Bu ebeveynden sevgi almanın tek yolu ebeveynlerini memnun edebilmektir. Örneğin çocuk "sadece" söz dinlediğinde, karnesinde yüksek not getirdiğinde kendisini iyi bir çocuk olarak tanımlar. Bu şemaya sahip insanlar genellikle kim olduklarına ve hayatta gerçekten ne istediklerine dair gerçek bir benlik duygusuna sahip değillerdir. Kendi yargılarına ve eğilimlerine göre hareket etmezler.

Aşağıdaki ifadelerden beş veya daha fazlasıyla özdeşleşme, bu şemaya sahip olma olasılığının yüksek olduğu anlamına gelir:

- İnsanların benim hakkımda ne düşündüğü konusunda çok endişelenirim.
- Kararlarımın çoğu, diğer insanların ne düşüneceğine dayanır.
- Sosyal durumlarda, insanların beni yargılaması veya benden hoşlanmaması konusunda endişelenirim.
- Kiminle birlikte olduğuma bağlı olarak nasıl davrandığımı ve konuştuğumu değiştirme eğilimindeyim.
- Güçlü bir kimlik duygum varmış gibi hissetmiyorum.
- Başkalarından gelen övgü ve ilgi beni değerli hissettirir.
- Herkesin beni sevmesini istiyorum.
- Paraya ve statüye sahip olmak benim için gerçekten önemli.
- Benlik saygım, başkalarının benim hakkımda ne düşündüğüne çok bağlıdır.
- Birini gücendirmiş olabileceğimden endişe ederek, söylediklerim veya yaptıklarım üzerinde durmaya meyilliyim.

Merve'nin babası aşırı kontrolcü ve baskıcıydı. Merve onun koyduğu kural ve yasaklara uymak zorundaydı çünkü ancak o zaman babasını mutlu ettiğini ve mutlu edince de babasından sevgi gördüğünü düşünüyordu. Yetişkin yaşamında saygı gören bir mesleğe sahipti fakat eşi tarafından sürekli yetersiz hissettiriliyordu. Eşine göre işinde daha iyi olmalıydı. Taşıdığı şema döngüsü ondan hep daha iyisini bekleyen ve onu onaylamayan bir eş figürünü yaşamına çekmesine yol açmıştı ve ilişkisinde kendini sürekli olarak yetersiz hissediyordu. Eşine yeterli hissettirmek için daima çabaladığı bir kara deliğe girmişti.

5. Aşırı Duyarlılık ve Baskılama Alanı

Bu alandaki şema tipleri:

Karamsarlık/Hataya Katlanamama Şeması

Duyguları Bastırma/Aşırı Sorumluluk Şeması

Yüksek (Acımasız) Standartlar/Aşırı Eleştirellik Şeması

Cezalandırıcılık (Acımasızlık) Şeması

Bu alandaki şemaların özelliği, içselleştirilmiş katı kurallar ve ahlaki değerlerin yanı sıra duyguların ve duygusal ifadenin en aza indirilmesinin, genellikle kişinin refahı veya kişiler arası ilişkileri pahasına vurgulanmasıdır.

Bu şema alanındaki kişiler genellikle içlerinden gelen tüm duygu, dürtü ve seçimlerinde baskılama eğiliminde bulunurlar.

Yaşamları, yapacakları belirli bir kural sistemiyle kontrol altına alınmıştır. Mutluluk, kendi olmak, yakın ilişkiler kurmak, sağlık, kendini ruhsal açıdan rahat ettirme gibi durumlar genellikle hep arka planda kalmaktadır. Bu durum da aslında çocukluk yaşantısında çocuk olmaya izin verilmeyen katı kuralların olduğu bir ebeveynlik sistemini ifade eder. Bu şemaları geliştiren insanlar tipik olarak talepkâr, katı, cezalandırıcı veya mükemmeliyetçi ailelerde yetişmiştir.

Bu şema alanındaki kişiler yoğun bir şekilde her şeye dikkat etmeleri gerektiğini düşünür çünkü başına her an olumsuz, kötü bir şey gelebilir ve buna hazırlıklı olmalıdır. Çünkü dikkatli olmazsa her an olabilecek bir şeyin tüm hayatını mahvedebileceğini düşünürler. Bundan dolayı sürekli kaygı yaşamaları beklenen bir tablodur.

Karamsarlık/Hataya Katlanamama Şeması

Bu şemaya sahip insanlar, yaşamın olumsuz tarafına bakma eğilimindedir. Spesifik olarak, hayatın acısına, ıstırabına, başarısızlığına ve zorluklarına odaklanırlar ve hayatın olumlu yönlerini küçümserler. Kronik kaygı ve endişe içinde yaşarlar çünkü işlerin kötü gitmesini beklerler. Bu inançlara, hataların aşırı sonuçlara yol açacağı beklentisi de eşlik eder. Bu nedenle, bu şemaya sahip insanlar gelecek hakkında çok fazla stres ve ruminasyon yaparlar.

Bu şemaya sahip kişiler bardağın dolu tarafı yerine sürekli olarak boş tarafına odaklanırlar. Her an işini, parasını, çevresini bir anda kaybedebilir, iyi giden her şey bir anda tersine dönebilir inancına sahiptirler. Yaşamlarında sürekli bu konularla ilgili kaygı hâkimdir.

Maddi kayıplardan, insanlar arasında yaşanan herhangi bir durumdan dolayı aşağı görülmekten, aklını kaybetmekten, hata yapmaktan aşırı derecede korkarlar. Başlarına gelebilecek her türlü kötü senaryonun gerçekleşmesi olasılık olarak çok yüksek olduğundan, bu kişiler kaygı, endişe, her şeyden şikâyet etme, karar vermede zorluk gibi durumları çok sık yaşarlar. Çok sevdikleri güvendikleri bir kişi onları iyi yönleri görmeye teşvik etmeye çalışsa bile bu kişiler bu duruma olumlu yanıt veremezler.

"Çok gülen çok ağlar" cümlesini duymuşsunuzdur, işte bu cümle karamsarlık şemasına sahip bir kişinin yaşam sloganı haline gelmiştir. Onlar için kısacık bir mutluluk anı bile karanlık senaryolara gebedir...

Karamsarlık şeması genellikle bireylerde dayanıksızlık şeması ile birlikte görülür. Yani kişi her an başına kötü bir şey geleceğini düşünürken aynı zamanda başına gelen bu olaya dayanamayacağını yönünde de kaygı üretir.

Şema kökeninde çocukluk yaşantısının zorlukları ve kayıplarını barındırabilir. Bu durumda çocukluğunda çok fazla sıkıntı yaşamışlardır ve bu durumun üstesinden gelmek onlar için çok zor olmuştur. Bu yaklaşım daha genç yaşlarda doğal iyimserlik halinin kayboluşuna zemin hazırlar. Bu şemaya sahip çoğu kişi geçmişteki kayıpları için hâlâ üzüntü yaşamaktadır.

Karamsarlık şemasının varlığı ilişkileri dolaylı yoldan etkiler. Kişinin yaşanan her türlü olaya dair karamsarlığı ve olumsuz olaylara karşı sürekli tetikte olması ilişkilerde olumsuz etkiler yaratabilir.

Bu şemaya sahip kişiler aşağıdaki duygu ve düşüncelerin en az beşine sahiptirler:

- İnsanlar bana karamsar derler ama ben gerçekçi olduğuma inanıyorum.
- Sonunda kötü bir şey olacağını bildiğim için mutlu olmakta zorlanıyorum.
- İşler genellikle ters gitmeye meyillidir.
- Sürekli hayal kırıklığına uğramaktansa en kötüsünü beklemek çok daha iyidir.
- İnsanlar benim endişeli biri olduğumu söyler.
- Hayatın karanlık tarafını çok düşünürüm.
- Nadiren kendiliğinden olurum.
- Karar vermeyi gerçekten zor buluyorum çünkü yanlış bir seçim felakete yol açabilir.
- İnsanlar bana sık sık "neşelenmemi" veya "iyi tarafından bakmamı" söylerler.
- Kendimi saplantılı bir şekilde hataların olmamasını sağlamak için planlarken bulurum.

Berk, yaşamında sürekli olarak içsel huzursuzluk ve korku duygusu hissediyordu. Bu duyguları bir türlü içinden atamıyordu. Yaşamdaki her şeyin kötüye gideceğini ve asla düzelmeyeceğini düşünüyordu. Yaşamıyla ilgili karar almakta çok zorlanıyordu. Çünkü aklındaki duygu hep seçimlerinin kötü yönde olacağı ve bununla birlikte yaşamının kötüye gideceği ve ekonomik olarak büyük kayıplara uğrayacağı yönündeydi. Eğer iyi bir seçim yaptıysa bile bunun önünde sonunda kötü bir felaketle sonlanacağına kesinkes inanıyordu. Sürekli tetikte ve dikkatli olmak zorunda olduğundan kendini sürekli olarak yorgun ve bitap düşmüş buluyordu.

Duyguları Bastırma/Aşırı Sorumluluk Şeması

Duygusal bastırma şemasına sahip insanlar, öz kontrole çok değer verirler. Bu nedenle, bu yetişkinler genellikle doğal, spontane veya şakacı davranmazlar. Hem olumlu hem de olumsuz duygularını (öfke veya saldırganlık, kırılganlık, cinsel istek, neşe gibi) ifade etmelerini engellerler. Ayrıca başkalarının yoğun duygular göstermesini engellemeye çalışabilirler. Katı, duygusuz veya çekingen görünürler. Genel inanç, duyguları göstermenin, konuşmanın veya duyguları harekete geçirmenin kötü bir şey olduğudur.

Duyguları bastırma şemasına sahip kişi duygularını çok güçlü bir şekilde adeta bir kutuya hapsetmiştir. Bu durum da çevresi tarafından bu kişilerin "duygusuz, ruhsuz" olarak etiketlenmelerine yol açabilir.

Duygularını ifade etmede büyük zorluk yaşarlar. Bu durum hem iyi duygular hem de kötü duyguları için geçerlidir. Sosyal, duygusal ilişkilerde içinden geldiği gibi olmak, içinde hissettiklerini paylaşmak, cana yakın ve içten olmak bu kişiler için çok zordur.

Duyguları bastırma şemasına sahip kişi karşısındakine sevdiğini, önemsediğini, kırıldığını yansıtmakta zorlanır ve bu durum da yaşadığı tüm ilişkilerin genellikle zarar görmesine yol açar.

Bu kişiler genellikle çocukluklarından itibaren hissettiklerini aktarmanın baskılandığı bir kültürde, çevrede büyümüştür. Duygularını ifade ettiklerinde ya ebeveynler ya da çevre tarafından utandırılmışlardır. Bundan dolayı da yetişkinlik yaşamında duygularını ifade ederlerse, hislerini açıklarlarsa kontrolün tamamen ellerinden gideceğinden çok fazla korkarlar çünkü yoğun bir şekilde "Duygumu ifade edersem karşıdaki kişi tarafından utandırılırım ya da kendimi kontrol etmeyi tamamen elden bırakırım" diye düşünürler.

Duygularını o kadar çok baskılarlar ki içlerindeki çocuğun nasıl içinden geldiği gibi koşup oynadığını, içindeki dürtülerle hareket edip mutlu olduğunu unutmuşlardır. Bundan dolayı genellikle katı ve sert tutuma sahiptirler.

Şemanın tipik aile kökeninde kurallara uygunluk, yanlış olan her türlü şeyden kaçınma, haz ve eğlence temalı şeylerden uzak durma eğilimi, düşünceleri hâkimdir. Bu durum da şema kimyası gereği ilişkilerde kuralcı ve kontrolcü eş veya partner seçimine yol açar.

Bu şemaya sahip kişilerde aşağıdaki düşünce ve duygulardan en az beş tanesi mevcuttur:

- İnsanlar beni duygusal olarak gergin bulurlar.
- Gerçekten ne hissettiğimi anlamakta zorlanıyorum.
- Duygularımı ifade etmeyi utanç verici buluyorum.
- Sevgi almak ya da vermek konusunda pek rahat değilim.
- Bazen, dışarı çıkarsam duygularımın bunalacağını hissediyorum.
- Öfkemi serbest bırakırsam kontrolümü tamamen kaybedeceğimden korkuyorum.
- İçimde büyük bir öfke ve kırgınlık var.
- Başkaları duyguları hakkında konuştuğunda veya duygusallaştığında kendimi rahatsız hissediyorum.
- Sıcak ve spontane olmayı zor buluyorum.
- Başkalarının ne hissettiğini anlamakta zorlanıyorum.

Gamze, çok çocuklu bir aileye doğmuştu ve en büyük abla olarak onlarla ilgilenmek zorundaydı. Ne zaman üzülse ve ağlasa ebeveynleri tarafından "Sen bebek misin? Kocaman abla oldun!" sözcükleriyle utandırılmış ve küçük düşürülmüştü. Şimdi ise duygularını anlamak ve açıklamakta çok zorlanıyor. Bazı duygular hissediyor ama bu duyguların hem ne olduğunu anlayamıyor hem de ne kadar yansıtmak istese de bunu başaramıyor. Partnerleri ve arkadaşları tarafından duygusal olarak soğuk bulunuyor. Kurduğu türlü ilişkiler onun hissettiği duyguları karşı tarafa aktaramaması nedeniyle kopuyor ve sonlanıyor. Hayatında uzun soluklu ilişki onun için uzak bir hayal...

Yüksek (Acımasız) Standartlar/ Aşırı Eleştirellik Şeması

Amansız standartlar şeması, mükemmeliyetçilik, ayrıntılara odaklanmış abartılı bir dikkat, başkalarına ve kendine karşı oldukça eleştirel olma ile ilişkilidir. Bu şemaya sahip yetişkinler, akademik başarılar, mesleki performans, ahlaki görüşler gibi hayatlarının çeşitli alanlarında mükemmelliği kovalayabilirler.

Bu şemaya sahip kişilere yetinme duygusu çok yabancıdır. Her şeyde hep daha iyisi olmalıdır ve "yeterince iyi" durumuyla yetinemezler. Fakat iyi diye tanımladıkları bir seviyenin net ve kesin sınırları yoktur çünkü bu sınır her geçen gün daha da yükselir. Bu duruma yetişebilmek için de her gün daha da fazla çabalamalıdırlar. Bu durum onlara farklı gelmez çünkü bunun zaten olması gereken şey olduğunu düşünürler.

Kişi kendini yoğun bir şekilde baskılar ve bu baskı şefkat duygusundan çok uzak acımasız bir baskıdır. Kendilerine koydukları hedefler çok yüksek hedeflerdir ve bunlara ulaşamadıklarında da cezayı hak ettiklerini düşünürler. Yüksek standartlar şeması bundan dolayı genellikle cezalandırıcılık şemasıyla birlikte görülür.

Çoğunlukla mükemmeliyetçilik duygusu hâkim olduğundan mükemmeli yakalamak imkânsızdır ve bu durum da mükemmellik çabasının asla sonlanmamasına yol açar. Bir sınavdan 100 puan değil de 99 almak bile onlar için büyük bir kusur ve hatadır.

Sürekli olarak yapılması gereken birçok şey var ve zamanım çok az kaygısı yaşarlar, bu durum da sürekli olarak yorgun hissetmelerine yol açar. Aynı zamanda hedefledikleri şeye ulaşamama durumu yoğun öfke nöbetlerine girmelerine yol açabilir. Temel inançları "Standartları karşılamıyorsam iyi değilimdir" düşüncesidir.

Bu şemayı fark etmek genellikle çok zordur, kişiler ancak yaşamda ciddi zorluklar (sağlık kaybı, özgüvende düşüş, kronik mutsuzluk) yaşadıklarında farkına varırlar.

Yüksek standartlar şeması koşullu ebeveynlikle büyütülmenin yani ancak başarılı, mükemmel olduğunda takdir görmenin ya da ebeveynlerin de mükemmeliyetçi, statüye büyük önem veren kişiler olduğunun yansımalarını verir.

Şema kimyası gereği bu şemaya sahip kişiler ya kendine benzer şekilde yüksek standartları bulunan ya da benlik değeri düşük yani eleştiriye maruz kaldığında boyun eğebilecek kişilerle ilişki kurmaya yatkındırlar.

Bu şemaya sahip olanlar aşağıdakilerden en az beş tanesini taşırlar:

- Ne yaparsam yapayım, her zaman yeterli zamanın olmadığını hissediyorum.

- Çoğu zaman stresli ve baskı altında hissediyorum.
- Her şeyin çok yüksek standartlarda yapılmasına ihtiyacım var.
- Performans açısından en iyisi olduğumu hissetmeliyim.
- Nadiren her şeyi kapatıp rahatlıyorum, diğer türlüsü zaman kaybı gibi geliyor.
- İnsanlarla ilişkilerim çok zayıf çünkü çok çalışıyorum.
- Başladığımda içmeye ara veremiyorum.
- Her zaman yapılacak daha çok şey var gibi görünüyor.
- Sağlığım pek iyi gitmiyor gibi görünüyor çünkü her zaman çok gergin ve endişeliyim.
- Çok çabuk sinirlenirim.

Umut kendine iş yaşamı dışında herhangi bir sosyal aktivite zamanı yarattığında inanılmaz mutsuz ve huzursuz hissediyordu. Çünkü kendine yarattığı eğlence ortamlarında bile sürekli olarak aklı işindeydi, "Şimdi işte olsam şu projeyi tamamlardım, şimdi evde olsam şu yeni konuda yeni başladığım kitabı okurdum" düşüncelerini zihninden uzaklaştıramıyordu. Kendine ufak bir dinlenme molası verdiğinde bile vicdan azabı çekiyordu çünkü yaşamının bir saniyesini bile boşa harcamamalıydı. Her şey yolunda gidiyordu aslında, başarılıydı, hali vakti yerindeydi ve entelektüel bir insan sayılırdı fakat bu durum ona bir türlü yeterli gelmiyordu, her konuda en iyisi olmak için sonsuz bir çaba harcıyordu. Yoğun bel, sırt ve baş ağrısının sebebi bir türlü bulunamıyordu, doktoru onu bir psikiyatra yönlendirdi.

Cezalandırıcılık (Acımasızlık) Şeması

Bu şemaya sahip kişiler en ufak hatanın -kendisi yapmış olsa bile- cezalandırılması gerektiğine inanırlar. Bu hatalarda direkt olarak eleştirel içsesi konuşmaya başlar ve bu içses neyi neden yapmadığıyla değil, direkt olarak yapmamasıyla ilgilenir. Örneğin kişi çok hasta olduğundan ödevini yapamadıysa cezalandırıcı içses direkt olarak "Tembelsin, bundan dolayı yapmadın!" diye konuşur. Kişi bu ses karşısında daha da tetiklenip o işi yapmaya, bitirmeye çalışmak yerine o işten kendini tamamen uzak tutup kendini de bu yolla cezalandırır.

Bu şemaya sahip yetişkinler genellikle kendilerine olduğu kadar başkalarına karşı da hoşgörüsüz ve katıdırlar. Hatasız kul olmaz sözü onlar için gerçekdışıdır, çevrelerindeki kişiler de asla hata yapmamalıdır, yaparlarsa onlar da cezayı hak ederler.

Empati ve merhamet duygularından yoksundurlar. Bu şemayı kişide bulabilmenin en kolay yolu kişinin başkasının yaptığı hatalar sonucunda söylediği sözcükler ve takındığı cezalandırıcı ve suçlayan tavırlardır. Cezalandırma işlemi bazen öyle bir hal alır ki bu kişiler kendilerini cezalandırmak adına uzun süre kendilerini aç bırakabilir, bağırabilir ve kendine zarar verebilirler.

Ebeveynlerin ve çevrenin yapılan hatalar karşısında çocuğu sürekli olarak cezalandırması şemanın doğmasının en temel sebeplerindendir.

Bu şemaya sahip kişiler en az beş duygu ve düşünceden mustariptirler:

- Kafamda kendimi ve başkalarını çok sert bir şekilde yargılayan güçlü bir eleştirel içses var.

- İnsanlar hata yaptıklarında cezalandırılmalı ve hesap sorulmalıdır.
- İnsanlara yanlış bir şey yaptıklarında söylenmesi gerekir.
- İnsanların kötü davranışlardan kurtulmalarına izin verildiğinde üzülürüm.
- Affetmeyi ve unutmayı zor buluyorum ve kin besleme eğilimindeyim.
- Bir hata yaptığımda kendimi acımasızca hırpalarım.
- Kendimi diğer insanların yaptığı kötü şeyler üzerinde dururken buluyorum, özellikle de sorumluluk almadıkları zaman.
- Benim için siyah ve beyaz var, ortası yok.
- Eğer işi doğru yapmazsam sonuçlarına katlanırım.
- İnsanlar bana çok eleştirel ve yargılayıcı olduğumu söylerler.

Cezalandırıcılık şemasına sahip kişiler ilişkilerinde ya benzer şekilde cezalandırıcı özellikteki ya da boyun eğebilecek kişileri partner olarak yaşamlarına çekerler.

Tuğba, üniversite sınavlarına hazırlanıyordu. Ama bir türlü masa başına oturamıyor ve yoğun öfke nöbetleri sebebiyle ailesiyle arası gitgide bozuluyordu. İçindeki güçlü ses sürekli olarak ona "İşte bak sen tembelsin, beceremiyorsun, basit bir sınava bile hazırlanamıyorsun aptal!" diyordu. Bu ses ders çalışmasına bir türlü müsaade etmiyor, o da masaya oturmayarak ve yemek yemeyerek kendisini cezalandırıyordu.

Şemalarla Nasıl Başa Çıkılır?

Şema terapide, şemalara tepkileriniz başa çıkma stilleri olarak bilinir. Bunlar düşünce, duygu veya davranışları içerebilir. Belli bir şemanın sonucu olarak yaşanan acı verici ve bunaltıcı duygulardan kaçınmanın bir yolu olarak gelişirler. Başa çıkma tarzları, hayatta kalmak için bir araç sağladıkları için çocuklukta yardımcı olabilir, ancak yetişkinlikte şemaları güçlendirebilirler.

Hangi şemaların belirli başa çıkma tarzlarına yol açtığı konusunda daima kesin kurallar yoktur. Başa çıkma tarzınız, genel mizaca veya hatta ebeveynlerden öğrenilen başa çıkma tarzlarına göre değişkenlik gösterebilir, zaman içerisinde farklı başa çıkma yolları da geliştirilebilir. Hâlâ aynı şema ile uğraşıyor olsanız dahi, kendi başa çıkma tarzınız da zamanla değişebilir özetle.

Başa çıkma tarzları kişiden kişiye değişir. İki kişi aynı şemaya aynı stilde çok farklı şekillerde tepki verebilir. Benzer şekilde, aynı şemaya sahip iki kişi de iki ayrı stilde yanıt verebilir.

Üç ana başa çıkma stili, savaş ya da kaç ya da don tepkisi ile dolaylı bir şekilde ilişkilidir. Genel olarak başa çıkma tarzlarını üç ana kümede toplayabiliriz:

• **Teslim olmak**

Bu, bir şemayı kabul etmeyi ve onay vermeyi içerir. Genellikle şema modelini güçlendiren veya devam ettiren davranışlarla sonuçlanır.

Örneğin, çocukken duygusal ihmal sonucu oluşan bir şemaya teslim olursanız, daha sonra kendinizi duygusal ihmal içeren bir ilişkinin içinde bulabilirsiniz.

- **Kaçınma**

Bu, şemayı tetiklemeden yaşamaya çalışmayı içerir. Onu tetikleyebilecek veya kendinizi savunmasız hissetmenize neden olabilecek faaliyetlerden veya durumlardan kaçınırsınız.

Şemanızdan kaçınmak, sizi madde kullanımına, riskli veya zorlayıcı davranışlara ve dikkatinizi dağıtan diğer davranışlara daha yatkın hale getirebilir.

- **Aşırı telafi**

Aşırı telafi, şemaya tam bir muhalefet içinde hareket ederek bir şemayla savaşmaya çalışmayı içerir. Bu, bir şemaya sağlıklı bir yanıt gibi görünebilir, ancak aşırı telafi genellikle çok ileri gider.

Genellikle saldırgan, talepkâr, duyarsız veya bir şekilde aşırı görünen eylemlere veya davranışlara yol açar. Bunlar da başkalarıyla olan ilişkilerinizi olumsuz etkileyebilir.

Aşama Aşama Şemalarla Başa Çıkma Tarzınızı Tespit Etme

Terk edilme şemasına sahip kişiler kendilerinin sevilebilir olduğuna dair bir algı geliştiremediklerinden sürekli olarak terk edileceklerinden korkarlar. İlişkilerinde de sürekli var olan kaygılı bağlanma tarzları ile birlikte güvenilir olmayan istikrarsız ilişkiler kurarak aslında terk edilme sahnesini istemeden kendileri hazırlamaya başlar. Eğer terk edilme şemasına sahip olduğunuzu düşünüyorsanız öncelikle bu durumun kökenini bulmanız gerekir.

Terk edilme şemanızla hangi metotla başa çıkıyor yani aslında şemanın sürmesini sağlıyorsunuz? Örneğin terk edilme şemasına sahipseniz kaçınmak adına romantik ilişkilerden kaçıp şemanın sürmesini destekliyor olabilirsiniz.

Terk edilme şemasına sahipseniz:

- Geçmişinize, içinizdeki çocuğa dönüp sorun: Şimdiki zamanda yaşadığı korku ve kaygıların temelinde neler yatıyor? Ebeveynlerinizin hangi tutarlı olmayan davranışları sizde sürekli olarak terk edilme duygusunu yaşattı? Bu soruların yanıtları sizi şemanın köklerine götürecek. Sonraki aşamada da bir şekilde devam etmeyen, aniden biten ilişkilerinizin neden bittiğini çözümlemeniz gerekiyor. Bu ilişkiler gerçekten normal düzeyde ilerleyip sağlıklı bir şekilde mi bitti yoksa kaygı ve korkuların esir aldığı ve istemeden yaptığınız davranışlar sonucu mu sonlandı?
- Terk edilme şemanızın tetiklendiğini hissettiğiniz anlarda bunun şu an yaşadığınız durumla ilgili değil geçmişle ilgili olduğunu kendinize hatırlatın. Hatta bununla başa çıkmak için kendinize ufak notlar hazırlayabilirsiniz.
- Size özellikle çok çekici, çok arzulu gelen ilişkilere dikkat edin. Size çok arzulayıcı gelse de güvende hissettirmeyen ilişkilere girmeyin. Temkinli olun.
- Hayatınızdaki kişiyi soyut veriler yani öyle hissettiğiniz için değil de gerçekten somut yani görünen kanıtlarla gözden geçirin.
- İstemeden de olsa güvenilir ilişkilerden kaçtığınızı gözlemlemeye başladıysanız kendinize gerçekten sinyalleri güvenilir olan ilişkiyi yaşamak için fırsat verin.

Kuşkuculuk/kötüye kullanım şemasına sahip kişiler çevrelerindeki herkesin onları herhangi bir amaçla kötüye kullanacağı yönünde bir inanç geliştirir. Kuşkuculuk şeması kökeninde fiziksel olarak şiddet veya istismar görebileceğinize dair kanıtlar barındırır. Bu durum da yetişkin hayatınızda iyi ilişkiler kuramamanıza ya da insanlardan tamamen soyutlanmanıza yol açar. Çünkü insanlar sizin için güvenilmezdir, her an her şeyi yapabilirler. Bu şemadaki süreçte kişinin yalnız başına baş edebilmesi ve ilerlemesi çok zordur. Kuşkuculuk/kötüye kullanım şeması ile başa çıkmak zorlu bir yolculuktur ancak şemayla başa çıkma becerisi geliştirdiğinizde varacağınız yer sevme ve sevilme duygularının farkına varmaktır. Bu şemaya sahipseniz profesyonel yardım almanızı öneririm.

Duygusal yoksunluk şemasına sahip kişiler kimse tarafından yeterince sevilip ilgi göremeyeceğine dair inanç geliştirirler. Yetişkinlik yaşamımızda bu durumla baş etmek için ya şemaya teslim olup size asla sevgisini yansıtmayacak ilişkiler kurarsınız ya da şemadan kaçınarak yakın ilişkilerden kaçabilirsiniz. Bir diğer başa çıkma ise aşırı telafi ile sevgi ve ilgi ihtiyacınızı anlamanıza rağmen yakın ilişkileri kendinizden uzaklaştırmaktır.

Duygusal yoksunluk şemasına sahipseniz:

- İlk adım geçmişte yaşadığınız duygusal eksiklikleri fark edip kabullenmektir. Geçmişte eksikliğini hissettiğiniz bu duyguları şimdiki yaşantınızda en yoğun nerelerde hissediyorsunuz fark edin.
- Farkındalık şema değişiminde en önemli adımdır. Bundan dolayı ilişkilerinizi gözden geçirin. Neler tekrar ediyor? Örneğin seçtiğiniz partnerler genellikle soğuk, size ilgi ve sevgi göstermeyen kişiler mi?

- Çok fazla bir duygusal çekim hissetmeseniz de size yeterince sevgi, ilgi gösteren kişilere duygusal bağ kurmak için şans verin. Eğer zaten partneriniz bu duyguları size yeterince sağlıyorsa daha fazlasını talep etmeyin. Eğer insanlarla yakınlık kurabilmek sizin için çok zorsa kendinize duygusal anlamda bir ilişki, yakınlık kurabilmek için şans tanıyın.

Kusurluluk şemasına sahip kişiler zihinsel çerçevesinde olduğu gibi kabul görüp onaylanmadığını hatta kötü ve yetersiz hissettirildiğini düşünür.

Kusurluluk şemasına sahipseniz:

- Öncelikle içinizdeki kırılgan çocuğu fark edin. Bu çocuk geçmişte utanç ve kusur duygularını sürekli olarak nerelerde yaşadı, öncelikle bununla yüzleşin. Kim sizi eleştirdi ve kim kendinizi değersiz hissetmenize yol açtı? Önemli yaşam olaylarını anımsamaya çalışın.
- Kusurluluk şemanızla yetişkinlik yaşamında nasıl başa çıkıyorsunuz? (Kaçmak, karşı saldırıda bulunmak, kaçınmak ve aşırı telafi etmek gibi.) Diğer insanları çok fazla eleştirerek mi, kendinizi sürekli olarak savunarak mı, aşırı yemek-alkol alma davranışlarıyla mı ya da tüm insanlardan uzak durarak mı?
- Yetişkin yaşantınızda kendinizi kusurlu ve utanmış hissettiğiniz durumlar neler? Bunları bir kâğıda yazın. Bu yazdıklarınız tam olarak şemanızın nerelerde tetiklendiği ve tetiklenebileceğine dair size ipucu sunarak önlem almanızı sağlar. Örneğin bir aile yemeğinde ya da bir iş toplantısında eleştiri aldığınızda mı tetikleniyor?

- Kusurlarınızı ve değerli özelliklerinizi objektif bir biçimde yazın. Bunun için kendinize sanki bir arkadaşınız sizi gözlemliyormuş gibi dışarıdan bakarak yazarak başlayın. Hatta yaşamınızın tüm dönemleri (çocukluk, ergenlik, yetişkinlik) için bu gözden geçirmeyi yapın.
- Şemayla nasıl baş ettiğinizi bulduktan sonra bu davranışı sürdürmemek için harekete geçin. Örneğin kusurluluk şemanızla baş etmek için sürekli olarak diğer insanları eleştiriyorsunuz. Bu durum devam ettikçe kusurluluk şemanız da çalışmaya devam eder. Kusurluluk duygunuzla bağlantı kurup size ve ilişkilerinize verdiği zararları sürekli olarak kendinize hatırlatıp olumsuz davranışın önüne engel koyun.
- Değişmesi mümkün olan kusurlar için planlar yapın ve bu yönünüzü geliştirin.
- Sizi hep yetersiz ve kusurlu hissettirmiş ebeveyninize bir mektup yazın.
- Kendinizi kusurlu hissettiğiniz zamanlarda size iyi gelecek bir yazı hazırlayın ve kötü hissettiğinizde bu yazıyı okuyun.

Sosyal izolasyon şemasına sahip kişiler kendilerini diğer insanlardan daha farklı kişiler olarak görürler. Bu şema akran gruplarınıza veya sosyal ortamlara bir özelliğinizden dolayı yeterince veya hiç dahil olamadığınıza dair sinyaller taşımaktadır.

Sosyal izolasyon şemasına sahipseniz:

- Çocukluğunuzda akran gruplardan veya sosyal çevrelerdeki soyutlanmış çocuğu anlamaya çalışın. Yok sayıldığınız veya değersiz hissettirildiğiniz anıları hatırlamaya çalışın. İçinizdeki yalnız çocuğa şefkatli kollarınızı açın.

- Şimdiki yaşantınızda kendinizi kaygılı ve korku dolu hissettiğiniz ortamlar neler? Not alın. Tetikleyicilerle başa çıkmak için neler yapıyorsunuz fark edin. Diyelim ki asansörde karşılaştığınız iş arkadaşlarınıza selam vermek sizi çok fazla kaygılandırıyor ve bu durumla karşılaşmamak adına hep merdivenleri kullanıyorsunuz. Bu durumdan neden kaçındığınızı analiz edin. Örneğin asansörde selam verirken yanlış bir kelime kullanıp insanların sizinle alay edeceğini mi düşünüyorsunuz?
- Diğer insanlardan farklı veya kötü hissettiğinizde bu durumla nasıl başa çıktığınızı bulun. Örneğin uyumlu görünmek için ortamda kiminle birlikteyseniz kendinizi onun zihinsel şablonuyla düşünmeye mi zorluyorsunuz?
- Kendinizi yetersiz, aşağı, kırılgan hissettiren özelliklerinizi yazın ve bu kusurunuzun gerçek olup olmadığını kendinize gösterebilmek için gerçekçi somut kanıtlar bulmaya çalışın. Bu kanıtlar "Çünkü öyle hissediyorum" cümlesinden izler taşımamalıdır. Bu kusurların her birini çürüten kanıtlarla bu düşüncelere karşı çıkın.
- Kusurun gerçek olduğunu düşünüyorsanız onun üstesinden gelebilmek için neler yapabilirsiniz bir bakın. Örneğin insanlarla iletişim becerisi üzerine ders almak gibi stratejiler geliştirebilirsiniz. Kendinizi kaygılandırıp kötü senaryoları zihninizde kurmak yerine başarılı olduğunuz ve güzel konuşmalar yaptığınızı zihninizde görselleştirin.
- Kendinizi olduğunuz gibi kabul edin. Değişebilen kusurlarımız olduğu gibi değişmeyen kusurlarımız da olabilir. Mükemmellik tuzağına düşmeyin, kimse mükemmel değildir bunu sık sık kendinize hatırlatın ve zaman zaman kendinize çuvallama hakkını verin. Şunu

kendinize sorun: Sahip olduğunuz iyi özelliklere karşı sahip olduğunuz kusurlar ne kadar önemli? Hepimizin mutlaka çok iyi gelişmiş bir özelliği, bunun yanında da zayıf ve yeterince gelişmemiş tarafları vardır. Güçlü yönlerinizi fark etme çalışması yapın. Bunun için pozitif psikoloji ile ilgili başlığı okuyabilirsiniz.

Bağımlılık/yetersizlik şemasına sahip olmak, bağımlı olunan kişi olmadan veya onun desteği olmadan asla ayakta kalınamayacağına dair güçlü bir inanç geliştirmektir. Bu durum yetişkin yaşamlarında kişilerin tam da onu yönetebilecek narsis insanları yaşamına çekmelerine neden olur. Şema kökeninde ebeveynlerinizin sizi ya aşırı derecede koruduğunu ya da yeterince korumadığını gösterir.

Bağımlılık/yetersizlik şemasına sahipseniz:

- Bu şemadaki değişim öncelikle içinizdeki çocuğu anlamak ve tanımakla başlar. İçinizdeki bağımlı çocuk kökenini hangi yaşantıdan alıyor analiz edin.
- Yaşamınızdaki kimlere, hangi özelliklerinden dolayı bağımlısınız yazarak analiz edin.
- Biri olmadan asla yapamam dediğiniz yaşam olayları neler, analiz edin.
- Biri olmadan yapamam dediğiniz ve yapmaktan kaçındığınız şeyleri en basitten başlayarak kendiniz yapmaya başlayın.
- Eğer başarısız olduğunuz noktalar olursa yalnız olmadığınızı, başarıya ulaşmaya çalışan herkesin benzer zorluklardan geçtiğini kendinize hatırlatın ve motivasyonunuzu tazeleyin.

- Yaşamış olduğunuz tüm ilişkileri inceleyin. Kimlere hangi özelliklerinden dolayı bağımlıydınız ve bu ilişkilerde nasıl davranırdınız inceleyin.
- İlişkilerde size mükemmel gelen, sizi koruyorum bahanesiyle yanınıza çekmeye çalışan kişilerden uzak durun.
- Şema size eşit davranan, size saygı duyan kişilere yabancı hissetmenizi ve ilişki kuramamanızı sağlar, bundan dolayı size bu şekilde davranan kişilere ilişki kurabilmek adına şans tanıyın.
- Çevrenizdeki kişilerden sürekli onay almayın. Zorluklarla tek başınıza baş etmeye başlayın. Fakat baş etmeye çalıştığınız zorluk kaygınızı ve stresinizi artırıyorsa kendinizi zorlamayın.

Dayanıksızlık şemasına sahip olmak kişinin sürekli sağlık, ekonomi, doğal afet vb. konularda başına kötü şeylerin gelebileceğine dair senaryolar üretmesini içerir. Bu da yetişkin ilişkilerinde ya kendi korkunuzu taşıyan eşler seçmenizi sağlar ya da partnerlerinizi sizi korumaya uygun bulduğunuz güçlü kişilerden seçersiniz.

Dayanıksızlık şemasına sahipseniz:

- Öncelikle şema kök nedenlerini araştırın. Yaşadığınız ebeveynler çok mu kaygılıydı, sürekli olarak başınıza türlü felaketlerin gelebileceğine dair sözler mi duyardınız?
- Yaşamda en çok hangi konular sizi korkutuyor listeleyin.
- Korktuğunuz her bir durum için en basitinden başlayarak her bir korkunuzu yenmek adına deneyimler yaratın. Eğer bunu tek başınıza yapamıyorsanız sevdiğiniz, güvendiğiniz birinden muhakkak destek alın.

- Korktuğunuz durumların başınıza gelme ihtimallerini araştırın. Örneğin uçak düşmesinden korkuyorsanız uçak düşme oranlarına bakın.
- Kendinizi cesaretlendirin. Size iyi gelen güçlü hissettiren motivasyon yazılarını yanınızda taşıyın ve kötü hissettiğiniz her an o yazıyla kendinizi destekleyin.
- Başa çıktığınız her şey için kendinizi ödüllendirmeyi unutmayın.

Yapışıklık şemasına sahip olmak birden çok kişiye yoğun duygular hissetmenize yol açar. Yaşamda ufak bir karar vermek istediğinizde bile bağlı olduğunuz kişileri önde tutarak bu kararları almaya çalışırsınız.

Yapışıklık şemasına sahipseniz:

- Bu durumdaki değişim öncelikle içinizdeki çocuğu anlamak ve tanımakla başlar. İçinizdeki bağımlı çocuk kökenini hangi yaşantıdan alıyor analiz edin.
- Şu an yaşamınızda kimlere hangi özelliklerinden dolayı bağımlısınız yazın.
- Birileri olmadan asla yapamam dediğiniz yaşam olayları neler analiz edin.
- Birileri olmadan yapamam dediğiniz kaçındığınız şeyleri en basitten başlayarak kendiniz yapmaya başlayın.
- Başarısız olduğunuz anlarda kendinizi cesaretlendirin ve güçlü yanlarınızı fark edin. Başarılarınızı kendinize hatırlatın.
- Yaşamış olduğunuz tüm ilişkileri inceleyin. Kimlere hangi özelliklerinden dolayı bağımlıydınız ve bu ilişkilerde nasıl davranırdınız inceleyin.

Başarısızlık şemasına sahip olmak başarı gerektiren her türlü alanda (iş, okul, spor dalı vb.) asla başarılı olamayacağınıza dair güçlü inanç taşıdığınızı gösterir. Yetişkin yaşamınızda bu duyguları örtbas etmek adınaysa genellikle güçlü ve sizi bu yönden bastıran kişileri yaşamınıza çekerek aslında şemanın devam etmesini sağlarsınız.

Başarısızlık şemasına sahipseniz:

- Öncelikle yaşamınızda kendinizi nerelerde başarısız ve yetersiz hissediyorsunuz belirleyin. Bu hisler somut yani görünen başarısızlıklar mı yoksa soyut, yani siz öyle hissettiğiniz için oluşan hisler mi inceleyin.
- İçinizdeki çocuk hangi dönemde başarısız ve yetersiz hissettirildi? İlkokul sıralarında mı yoksa yaşadığı, büyütüldüğü evde mi keşfedin. O çocuğun haksız yere başarısız hissettirildiği yerler için o çocuğun ne kadar başarılı olduğunu ona hatırlatın.
- Eğer gerçekten başarısız bir geçmiş yaşantı olduysa başarısızlığın sebebini keşfedin ve bunu değiştirmek için neler yapılabilir buna odaklanın.
- Başarısızlığınızı değiştirme yolunda motivasyonunuz düşebilir ve vazgeçebilirsiniz, sizi tekrar sürece dahil edebilecek motivasyon sözlerini yanınızda bulundurun.

Haklılık/görkemlilik şemasına sahip olmak kendini hayatın her türlü alanında ayrıcalıklı görmek yani empati yeteneğinden yoksun olmak anlamına gelmektedir. Bu şemaya sahip kişiler ilişkilerde genellikle yönetebilecekleri bağımlı karakterleri yani kendi üstünlüklerini devam ettirebilecekleri kişileri seçerler.

Haklılık şemasına sahipseniz:

- Haklılık şemasını kabullenip değişime hazırlamak çok zordur. Bundan dolayı durumu kabullenip değişim isteği aşamasına gelinmesi çok kıymetlidir. İlk adımda insanların sınırlarını kabul edip buna uygun yaşantı sürdürmenin yarar ve zararları üzerine bir analiz yapın.
- Yarattığınız ve insanların koyduğu sınırları kabul etmenize engel olan bahaneleri gözden geçirin.
- Bu problemler yaşantınızda ne gibi problemlere yol açıp, neleri engelliyor keşfedin.
- Şemanızla baş etmeye çalıştığınız bu dönemde değişiminizi desteklemesi için yakınlarınızdan yardım isteyin.
- Kendinizi disiplin altına almada zorlandığınız konular var ise en basitinden başlayarak başa çıkma planları hazırlayın.
- Duygularınızla baş etmenin zorladığı durumlarda ara verin ve kendinizi iyi hissettirecek şeylere yönelin. Yürüyüş, öz bakımınızla ilgilenmek, kısa bir müzik molası gibi...
- Yaşadığınız haklılık şemasıyla baş etmek için size sürecinizi hatırlatıp destek veren yazıları yanınızda bulundurun, zorlandığınızda bunları okuyarak destek alın.

Yetersiz özdenetim şemasına sahip olmak duygu ve isteklerinizi dizginlemekte çok zorlandığınızı ve öz disiplin becerisinde sıkıntılar yaşadığınızı gösterir.

Yetersiz özdenetim şemasına sahipseniz:

- Öncelikle yaşamınızda kendinizi kontrol etmede ve disiplin altına almada çok zorlandığınız alanları belirleyin.
- Kendinizi disiplin altına alamadığınız bu alanların sizin için yararları ve zararları neler analiz edin.
- İsteyip de bir türlü eyleme geçemediğiniz şeyler neler? Bunları belirledikten sonra en kolaydan başlayıp kendinize ufak ufak sorumluluklar verin.
- Pes edeceğiniz, vazgeçeceğiniz zamanlar için size iyi gelen devam etmenizi hatırlatan notlar yazın.

Boyun eğicilik şemasına sahip olmak kendi ihtiyaçlarınızı yok sayıp arkadaş, aile ve partnerinizin istek ve ihtiyaçlarını ön planda tuttuğunuza dair sinyaller içerir.

Boyun eğicilik şemasına sahipseniz:

- Öncelikle içinizdeki boyun eğiciliğin kökenini bulun. Boyun eğici çocuk bu durumu ilk ne zaman öğrendi?
- Yaşamınızdaki her alanı gözden geçirin. Hayatınızın hangi alanlarında kimlerin istek ve ihtiyaçlarını göz önünde bulundururken kendinizi yok sayıyorsunuz?
- Kendinizi keşfedin. Yaşamda nelere ihtiyacınız var? Neleri hedefliyorsunuz? Hangi duygusal ihtiyaçlar içindesiniz? Yaşamınızı kendi istek ve taleplerinize göre şekillendirmeye başlayın. Bu başkalarının istek ve ihtiyaçlarına göre olmamalı, kendinizi merkeze alın ve merkezden dışarıya doğru açılın.
- Yaşamınızdaki ilişkilerinizi gözden geçirin. Siz mi daha çok verensiniz yoksa eşit dengelere mi sahipsiniz?

- İstek ve ihtiyaçlarınızı yakınlarınızdan talep etmekten geri durmayın. Yardıma ihtiyaç duyduğunuz anlarda yardım istemekten çekinmeyin.
- İlişkilerinizi gözden geçirdiğinizde sadece o kişinin ihtiyaçlarını karşılıyor ve karşılık alamıyorsanız bu tür kişilere yaşamınızda alan tanımayın.
- Duygularınızı açıkça ifade edin. Unutmayın siz kaldırabiliyorsanız o da kaldırabilir.
- Başkalarının sizin iyi niyetinizden faydalanmasına izin vermeyin, bu gibi durumlarda o kişilerle sınırlarınızı netleştirin.
- Gerçekten ihtiyacınızı gören ve sizi önemseyen bir partnerle karşılaştığınızda ona şans verin.

Kendini feda şemasına sahip olmak aynı boyun eğicilik şemasında olduğu gibi kendi istek ve ihtiyaçlarını göz ardı etmeyi içerir. Fakat boyun eğicilikten tek farkı kişinin kendini feda şemasında bunu bilerek ve isteyerek yapmasıdır. Çünkü kendilerini feda ettiklerinde iyi bir insan olacaklarını düşünürler.

Kendini feda şemasına sahipseniz:

- Kendini feda etmeyi öğrenen çocuğu anlayın ve tanıyın. O çocuğa kendini feda ettiği zamanlarda ödül olarak hangi iyi duygular sağlandı, neyi telafi ettiğini düşündü?
- Aile, arkadaş, partner tüm ilişkilerinizi gözden geçirin. Kendinize ayırmanız gereken zamanda kimin ihtiyaçlarını öncelediğinizi ve kendinizi ancak bu durumla iyi hissettiğinizi bulun.

- Kendinizi feda ettiğiniz kişilerin siz olmadan da yapabilecekleri durumları listeleyin. Bu durum sizden talep edildiğindeyse bunu o kişinin yapması için teşvik edin.
- İnsanlara yardım ettiğinizde elde ettiğiniz kazancınızı araştırın. İyi mi hissediyorsunuz, faydalı mı? Bu duyguları yaşamınızda kendiniz için ne yaparken hissedebileceğinizi keşfedin.

Onay arayıcılık şemasına sahip olmak başkalarının onayladığı bir şekilde hissetmek ve davranmaktan geçer. Bu yönde bir kimlik gelişiminden dolayı asla bireysel kimlik geliştiremezler.

Onay arayıcılık şemasına sahipseniz:

- Kimsiniz? İhtiyaçlarınız ve istekleriniz neler? Neler sizi mutlu ederken nelerden mutsuz olursunuz? Bu sorulara verilen cevaplar hayatınızdaki kişilerden izler taşıyor mu yoksa tamamen size mi ait? Eğer hayatınızdaki aile, arkadaş, partnerden yüksek oranda izler taşıyorsa öncelikli olarak kendi istek ve ihtiyaçlarınızı listeleyin. İhtiyaçlarınızı üçboyutlu olarak ele alın, fiziksel, ruhsal, duygusal ihtiyaçlarınız neler?
- Bir şey başardığınızda kimin sizi onaylaması normalden daha fazla mutlu olmanıza sebep oluyor? Bu kişiyle ilişkinizi gözden geçirin çünkü o kişinin onayını almak için kendinizi yok sayıyor olabilirsiniz.
- Bu zamana kadar kimsenin onayı olmadan neler başardınız listeleyin. Başkasının onayına ihtiyaç duydukça bu zamana kadar kimsenin onayı olmadan başardıklarınızı kendinize hatırlatın.

Karamsarlık şemasına sahip olmak maddi kayıplardan, insanlar tarafından aşağı görülmekten, hata yapmaktan çok korkmayı sağlar. Şemanın temel kaygısı başınıza her an her şey gelebilir ve bu tam da en kötüsüdür düşüncesidir.

Karamsarlık şemasına sahipseniz:

- İçinizdeki karamsar çocuğu tanıyın ve anlayın. Sürekli olarak bardağın boş tarafına bakmayı kimden öğrendi?
- Yaşamda başınıza gelmesinden en çok korktuğunuz durumlar neler? Bu en kötü durumlarda başınıza geleceğini düşündüğünüz en kötü senaryo ne ve bu en kötü senaryoyla gerçekten de başa çıkmanız imkânsız mı?
- Karamsar senaryolarınızı yazıp karşısına bu durum karşısındaki güvencelerinizi not edin.

Duyguları bastırma şemasına sahip olmak duygularınızı adeta bir kutuya hapsetmek gibidir. Bu kişiler duygularını ifade etmede büyük zorluklar yaşarlar. İçinden geldiği gibi davranmak, hissettiklerini paylaşmak bu kişiler için çok zordur.

Duyguları bastırma şemasına sahipseniz:

- İçinizdeki çocukla tanışın. Hangi duygulara ihtiyacı var, hangi duyguları unuttu ve hatırlaması gerekiyor keşfedin.
- Özellikle nerelerde duygularınızı bastırdığınızı anlayın. İşyerinde mi, okul da mı, arkadaşlarınızlayken mi yoksa partnerinizleyken mi?
- Duyguları bastırma gereksinimimizin sebebini anlayın. Örneğin eleştirilmekten korkmak mı, güçlü durmak istemek mi ihtiyacınızı anlayın.

- Duygu günlüğü oluşturun. Her gün tüm duygularınızı aktarın ve duyguları aktarmanın ferahlık ve normallik hissiyle tanışın.
- Güvendiğiniz kişilerle hissettiğiniz duyguları aktarma çalışmaları yapın.

Yüksek standartlar şemasına sahip olmak yeterince iyi kavramıyla yetinememek, hep daha iyisine ulaşmak için sürekli bir çaba halinde olmaktır. Bunun için belirli bir limit yoktur, bu limit her geçen gün daha da yükselmektedir.

Yüksek standartlar şemasına sahipseniz:

- Şemanın sizde yarattığı baskıyı, bu baskıyla birlikte kendinize yarattığınız alanları ve bunun kökenini anlayın.
- Verimli ve üretken hissetmek için gün içinde ne kadar süre harcıyorsunuz hesaplayın. Bu durumu daha dengeli hale getirmek için yaşamınızı zaman planlayıcısıyla planlayın.
- Bu zamana kadar başardığınız her şeyi dilek defterinize not edin. Bunlar yeterince kolay başarılabilen durumlar mıydı yoksa sizin çabanızla mı gerçekleşti, objektif bir biçimde değerlendirin.
- Şu ana kadarki tüm başarılarınız ve bu yoldaki çabalarınız için kendinizi takdir edin.

Cezalandırıcılık şemasına sahip olmak en ufak hatalarda bile kendine tolerans sağlamamak ve cezalandırılması gerektiğine dair inanç barındırmaktır. Bu kişiler sürekli olarak eleştirel bir içsesle yaşar. Bu içses yaptıkları veya yapmadıkları her bir durum için sürekli olarak kişiyi eleştirir.

Cezalandırıcılık şemasına sahipseniz:

- İçinizde sizi sürekli kötü, yetersiz, aşağı, cezalandırılmanız gerektirdiğini hissettiren sesle tanışın. Size ait olmadığını ve sizi iyi gelmediğini anlayın.
- O ses her geldiğinde kendinizi sanki bir müvekkili savunan avukat gibi gerçekçi delillerle savunma pratiği yapın.
- Başardığınız her durum için kendinizi güzel sözcüklerle ödüllendirin, başarı gösteremediklerinizde ise o yoldaki çabanızı takdir edin.

Şemalar en erken dönemlerden beri kalıplaşmış ve değişmesi çok zor yapıtaşlarıdır. İşin içinden çıkmakta zorlandığınızda şemalarınızı anlamak, tanımak ve değiştirmek için destek alın. Unutmayın ne kadar sağlam olsalar da değişebilirler...

Çocuklukta edinilen şemalar güçsüz hissetmenize yol açabilir. Ancak onların sizde uyandırdığı duygular ve düşünceler yanılsamalıdır. Siz kendinize zihinsel hapishaneler yaratmışsınızdır, oysa gerçekler bununla bağdaşmayabilir.

Gücünüzü ve ışığınızı artırmanın önemli bir boyutu bu zihinsel şablonları kırmaktır. Sizi zorlayan, alaşağı eden olumsuz duygu ve düşünce kalıplarınızı cesaretle gözden geçirin.

Unutmayın cesaret gösterdiğinizde dönüşüm de başlar...

4. BÖLÜM

İYİLİK HALİ İÇİN BEDEN VE ZİHİN DENGESİ

Zihin ve Beden Bağlantısı

Fiziksel sağlık, ruh sağlığı ve duygusal sağlığı kaliteli bir yaşam dengesini tanımlamak için kullanırız. Tüm bu farklı sağlık kategorilerinin -fiziksel, zihinsel, duygusal- aslında birbiriyle güçlü bir şekilde bağlantılı olduğunu ve birbirlerini etkilediğini unutmamalıyız.

Bu bağlantılardan biri, duygusal ve zihinsel sağlığımız (düşünceler, tutumlar ve davranışlar gibi) ile fiziksel sağlığımız arasındaki bağlantı olan zihin-beden bağlantısıdır. Biyolojimiz ruh halimizi etkiler. Vücudumuzun nasıl hissettiği de duygularımızı etkiler. Örneğiniz aşırı stresli bir durumla karşılaştığınızda mideniz ağrımaya başlar ya da zorlayıcı bir durumda baş ağrınız tutar. Zihniniz ve duygularınız sizinle bedeniniz aracılığıyla konuşur ve size sürekli bir şeyler anlatır.

Nasıl düşündüğünüz,
nasıl hissettiğinizi, nasıl
hissettiğinizse düşüncenizi
etkiler.

Bu zihin-beden bağlantısının bir örneği, vücudunuzun strese nasıl tepki verdiğidir. İşler, mali konular veya diğer sorunlarla ilgili sürekli endişe ve stres, gergin kaslara, ağrıya, baş ağrısına ve mide sorunlarına neden olabilir. Ayrıca yüksek tansiyona veya başka ciddi sorunlara da yol açabilir. Sizi sürekli gergin tuttuğundan bedensel olarak yorgun hissedersiniz, hiçbir şey yapmasanız dahi enerjiniz tükenir.

Duygular ele avuca gelmez ve geçici gibi görünebilir, ancak duygular aslında fiziksel olarak kendilerini dışa vururlar. 2013 yılında yapılan bir çalışma, vücutta farklı duyguları nerede deneyimlediğimizi tasvir etmek için duyguların fiziksel duyumlar olarak bir "haritasını" oluşturarak bunu göstermeye çalıştı.[1]

Duyum haritalarına QR kodunu okutarak ulaşabilirsiniz.

Bu haritalara göre sarı, en yüksek aktivite veya duyum seviyesini gösterir. Kırmızı, ikinci en yüksek aktivite seviyesini gösterir. Siyah, nötr durumu, mavi ve açık mavi, düşük ve çok düşük aktivite seviyelerini gösterir. Bu göstergelere göre duygular fiziksel olarak kendileri nefes alma ve kalp atış hızındaki değişiklikler gibi üst göğüs bölgesinde yüksek düzeyde fiziksel olarak açığa vururlar. Yüz ifadesi ve düşüncelerdeki değişiklikler gibi şeyleri içerebilen baş bölgesinde yüksek düzeyde fiziksel duyum da yaygındır.

1. https://positivepsychology.com/body-mind-integration-attention-training

Duygularımız aynı zamanda bağışıklık sistemimizi etkiler. Araştırmalar, uzun süre olumsuz ruh halleri yaşayan kişilerin bağışıklık sistemlerinin daha zayıf olduğunu göstermiştir. Diğer çalışmalar, kronik strese maruz kalmanın bağışıklık sistemimizin hastalık ve hastalıklarla savaşma yeteneğini etkileyebileceğini göstermiştir. Özetle bilimsel araştırmalar, hayata yöneltilen olumlu ve olumsuz bakış açılarının bağışıklık sistemimizin iyi çalışma yeteneği üzerinde etkisi olabileceğini gösteriyor.

Bakış açınız, düşünceleriniz,
duygularınız, inançlarınız
fiziksel sağlığınızı etkiler.

Sağlıklı bir zihin-beden bağlantısını desteklemenin ilk adımı, bu bağlantıya yani zihninizde ve bedeninizde neler olup bittiğine dair farkındalığınızı oluşturmaktır.

Şimdi beden zihin bütünlüğünüze göz atmak için kısa bir çekap yapalım. Gözlerinizi kapatın, mümkünse ayakta durarak ya da bağdaş kurarak yapabilirsiniz. Birkaç derin nefes alın, nefesinizi burundan alıp ağızdan verin. Kendinize sorun:

- Vücudum ne durumda? Nasıl hissediyorum?
- Ne hakkında düşünüyorum ve nasıl hissediyorum?
- İkisi birbirine nasıl bağlanıyor?

Yanıtlarınızla duygu ve düşüncelerin izlerini sürmeye çalışın. İçsel gözlerinizi bedeninizde gezdirebilirsiniz. Omuzlarınıza, bacaklarınıza, karnınıza, ayaklarınıza, çene kaslarınıza, gözlerinize odaklanın. Bedeninizde gerginlik ya da ağrı var mı? Neden kaynaklanıyor olabilir? Huzursuz hisseden bir yeriniz var mı? Duygusal bir durumla bağlantılı olabilir mi? Belki stresten mideniz ağrıyor ya da dinlenemediğiniz için başınız...

Şimdi düşüncelerinize odaklanın, neler gelip geçiyor zihninizden? Yetiştirmeniz gereken bir şeyin kaygısı mı var üstünüzde, üzgün müsünüz ya da huzurlu musunuz? Kaygılıysanız, bu ruh haliniz neden kaynaklanıyor olabilir? Sizin çözebileceğiniz bir şey mi? Yardım almanız gerekir mi? Yersiz bir kuruntu mu yoksa? Birine duyduğunuz bir öfkeyle mi boğuşuyorsunuz yoksa? Belki de tamamen kendinizle kavgadasınız ve düşünceleriniz tamamen size yönelik...

Duygu ve düşüncelerinizle bedeniniz arasında köprü kuracağınız bu soruları çoğaltabilirsiniz. Kendinize dışarıdan bir gözlemci gibi soğukkanlılıkla bakmaya çalışın. Hapsolduğunuz bakış açılarını esnetmeye gayret edin, benimsediğiniz tutumlar çocukluktan edindiğiniz deneyimler ve şemalar üzerinden sizi hapsetmiş olabilir ama başka türlü davranmanız, düşünmeniz ve hissetmeniz de mümkün. Örneğin içinden çıkamadığınız bir durumla uğraşıyorsunuz ve çözümü tek bir yolda buluyorsunuz diyelim, acaba diğer alternatif yol ne olabilir? Başka türlü davranmanız mümkün mü? Düşüncelerinizi esnetmeniz çok önemlidir, bazen tek çıkar yol gibi görünen bir şeyin aksini yapmak sizi daha huzurlu yapar.

*Zihinsel şemalarınız körleşmenize
yol açabilir, çözümsüz gibi gelen
problemlerde bazen çıkar yol
alternatif yolları denemektir.*

Zihin ve beden arasındaki bağlantıyı güçlendirmek için:

- Gevşeme egzersizleri ya da düzenli spor yapın. Günlük yürüyüşler hem bedeninizin hem de zihninizin rahatlamasını sağlar. Mümkün olduğunca hareket edin, özellikle oturarak çalışıyorsanız gün içinde birkaç dakikanızı ayırarak bedeninizi esnetin.
- Gün içinde kendinize dinlenme molaları yaratın. İster bir işte çalışın isterseniz çocuk ve ev işleriyle ilgilenin fark etmez, kendinize küçük boşluklar açın. Dinlendirici bir şarkı, bir keyif çayı ya da sevdiğiniz bir filmi izleyin.
- Beslenmenize dikkat edin. Sabahları güzel bir kahvaltı hazırlayın kendinize, kilo problemleriniz varsa dengenizi bozmayacak yiyeceklerle zengin sofralar kurabilir, ara sıra kaçamaklarla kendinizi ödüllendirebilirsiniz.
- Sosyalleşmenizi ihmal etmeyin. Stresli durumlarda çoğu zaman kapanma ihtiyacı hissedebiliriz ya da üstesinden gelemeyeceğimiz çeşitli problemleri tek başımıza çözmeye çalışabiliriz. Sevdiğiniz ve size iyi gelen insanlarla vakit geçirmek detoks etkisi yaratır. Hatta buluşmalarınızı bir doğa yürüyüşü, birlikte katılacağınız bir spor aktivitesi şeklinde de organize edebilirsiniz.
- İçe dönmeniz gerekliyse içe dönün. Bazen çözüm dışarıda değildir. Kimi insanlar içsel dengesini izolasyonla sağlar. Aşırı yorucu bir tempoda sürekli koşturmak sizi tüketebilir. Kendinizle baş başa kalabileceğiniz zamanı yaratın.
- Meditasyon ve nefes egzersizleri beden ve zihin arasındaki bağlantıyı güçlendirir. Eğer merakınız varsa basit

yoga dersleriyle beden ve zihin dengesini bir araya getiren egzersizler yapabilirsiniz.

İyilik Halini Yükseltmenin Sekiz Boyutu

İyilik ve sağlık dediğimizde kusursuz çalışan bir beden, ruhsal açıdan iyi olma halini düşünebiliriz ancak temelde hedeflenen kişinin sahip olduğu potansiyelin en iyisini sergilemesidir. Sağlıklı olmak çok geniş bir terimdir ve nasıl düşündüğümüz kültürümüzden ve yaşam deneyimlerimizden etkilenir. Sağlıklı yaşamın bilinçli, kendi kendini yöneten ve gelişen bir yapısı vardır, çok boyutlu, olumlu ve onaylayıcıdır. Ayrıca herkes için biriciktir ve farklıdır.

Sağlıklı yaşamın tüm boyutları, gerçekten gelişmemiz için dikkatimize ihtiyaç duyar. Tüm boyutlar arasında bir denge olmak zorunda değildir. Bunun yerine amaç, sizin için en özgün olan boyutlarla kişisel uyumunuzu sağlamaktır. Hedeflerinize ulaşamasanız dahi aktif bir farkındalık, kabul ve bağlılık gerektirir.

İyilik halini yükseltmede sıklıkla düşülen bir yanılgı da başkalarının iyilik halini referans almak ve aldatıcı görünümlere kanmaktır. Bir başkasının mutluluğu ya da iyilik hali üzerinden yola çıkmayın. Hepimizin hayat deneyimi biricik, bunu sıkça hatırlatıyorum. Bir başkasının ilacı bizim derdimize çare olmayacaktır, kimine iyi gelen şey bize iyi gelmeyecektir. Bu nedenle kendinize odaklanmanız, kendinizi anlamaya çalışmanız ve bu keşfi özgür bir biçimde yapmayı öğrenmeniz gereklidir.

İyiliğin sekiz boyutunu bilmek sağlıklı yaşam planınızı başlatmanıza veya iyileştirmenize yarar sağlar.

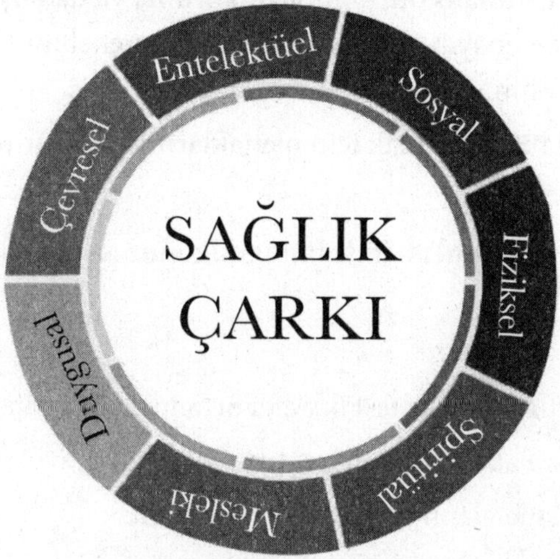

Duygusal Boyut: Etkili başa çıkma, olumlu bir özsaygı duygusuna sahip olma ve tatmin edici ilişkiler yaratma.

- Yaşama dair olumlu bir tutum sergileyin.
- Duygularınıza ve başkalarının duygularına karşı duyarlı olun.
- Stresle başa çıkmayı öğrenin.
- Beklentileriniz ve zamanınız konusunda gerçekçi olun.

Finansal Boyut: Mevcut ve gelecekteki finansal durumlardan memnuniyet.

- Bütçenizi gözden geçirin, gelir ve giderlerinizi yazın.
- Kaynaklarınızı artırmak için alternatifleri listeleyin.
- Yatırım düşünüyorsanız uzmanlarla görüşün.

- Daima finans durumunuzu koruma ya da büyütme kaygısı taşımayın, bazen küçülmeniz gerekebilir buna hazırlıklı olun.
- Yeni bir iş kurmak için olanaklarınızı araştırın.

Çevresel Boyut: İçinde bulunduğunuz alan, mekân ve sosyal çevreler.

- Huzur verici ve teşvik edici ortamlar inşa edin.
- Yaşam alanınızı temiz tutun.
- Çalışma alanınızı keyifli hale getirin.
- Bahçe ve çiçekler, bitkilerle daha fazla haşır neşir olun.
- Yaşadığınız mekânın havasını ve enerjisini değiştirin.

Entelektüel Boyut: Entelektüel olarak teşvik edici faaliyetlerle bilgi ve becerileri genişletmenin yollarını keşfetme.

- Öğrenmek istediğiniz şeyler için dersler alın.
- Öğrendiklerinizi gerçek yaşam durumlarına uygulayın.
- Atölyelere katılın.
- Workshoplara katılın.
- Konferanslara gidin.
- Hiç bilmediğiniz bir alanda bir şeyler okuyun, bunu yaşamınızda bildiğiniz başka bir şeyle bağlantılandırmaya çalışın.
- Girmeye korktuğunuz yerleri ziyaret edin, örneğin bir sanat galerisi, müze ya da farklı kültüre ait ilginç bir yer.

Sosyal Boyut: Bir bağlantı, aidiyet duygusu ve iyi gelişmiş bir destek sistemi.

- Sosyal çevrenizle etkileşim halinde olun.
- Yardıma ihtiyacı olan insanlarla temasta bulunun.
- Gönüllülük faaliyetlerine katılın.
- Bildiğiniz bir konu hakkında ihtiyaç duyan birine eğitim verin.
- Kimsesiz çocuklar, darülacezedeki yaşlılar ve ihtiyaç sahipleriyle iletişim kurun ve onlar için bir şeyler yapın.
- Grup halinde yapılan aktivitelere katılın.

Mesleki Boyut: İş olanaklarınızı gözden geçirin, kariyerinizi tartın.

- Mevcut mesleki becerilerinizi gözden geçirin.
- Yetersiz hissettiğiniz alanlar için kurs ya da sertifika programlarına katılın.
- Mesleki deneyimlerinizden edindiğiniz deneyimlerle üretime geçin.
- Kendi markanızı yaratmak için plan yapın.
- İş kurmak istiyorsanız harekete geçin ve araştırma yapın.

Fiziksel Boyut: Beden sağlığı, beslenme ve uyku düzeninizi planlayın.

- Herhangi bir hastalığınızın olup olmadığından emin olmak için düzenli doktora gidin.

- Kilo probleminiz varsa diyete başlayın.
- Uyku düzeninizi iyileştirmeye çalışın.
- Sağlıklı beslenmeye ve egzersize önem verin.

Ruhsal Boyut: Ruhsallığınıza ve yaşamın anlamına yönelin.

- Farklı inanç ve görüşleri benimseyen insanlara karşı kucaklayıcı olun.
- Kişisel değerlerinizi bulmaya çalışın.
- Geçmiş ve geleceğin esaretinden sıyrılıp şimdiki ana odaklanın.
- Yaşamınızda sizi aşan bir anlam bulmaya çalışın.
- Diğer kültürlerin ve kendi benimsediğiniz inancın maneviyatının derinliğini keşfedin.

Pozitif Psikolojiyle Güçlü Yanlarınıza Odaklanmak

Kitabın en başlarında yaşamın sadece siyah ve beyazdan oluşmadığını, hem aydınlık hem de karanlık taraflarımızla bütünleşmenin bizi daha dolu ve gerçekçi bir yaşama taşıyacağını söylemiştim. Yaşam kalitemizi artırmak, zihin ve beden dengemizi sağlamak için sırtımızı yasladığımız güçlü bir yaklaşımdan söz edeceğim şimdi sizlere...

Kişilerin daha anlamlı ve belli bir hedefe yönelik bir hayat kurmalarına, günü kurtarmanın ötesine geçerek yaşamı geliştirmeye odaklanan pozitif psikolojiden...

Pozitif psikoloji, insan karakterinin güçlü özelliklerine ve davranışlarına odaklanır. Hani uzun zamandır size hep mutlaka herkesin güçlü ve parlak bir özelliği vardır diyorum ya, işte bu yaklaşım pozitif psikoloji olarak tanımlanıyor.

İyi bir yaşam nelerden oluşur? Bugünlerde bu değerlerimiz altüst olmuş olsa da aslında huzur, memnuniyet ve mutluluk binlerce yıldır insanlığın peşinde koştuğu şey. Pozitif psikoloji, sadece geçici mutluluk üzerinde değil, anlam ve derin tatmin üzerinde durur. Genel olarak pozitif psikolojiyi diğer yaklaşımlardan ayıran şey zayıflıkları ve sorunları ele almaktan ziyade yeni bir yaratım sürecine odaklanmasıdır.

Özetle pozitif psikoloji bize "Evet geçmişte kötü şeyler yaşamış olabilirim, travmalarım var, bugün pek çok eksiğim olsa da şimdi ve şu anda en güçlü özelliğimle ben nasıl anlam dolu ve tatmin alabileceğim bir hayat yaratabilirim?" sorusunu sordurur bize. Ne kadar anlamlı ve derin bir soru değil mi?

Sadece hayatta kalmak yetmez, yaşamak aynı zamanda kendinizi geliştirmektir de...

Pozitif psikolojiye göre iyi bir yaşamın unsurları:

- **Olumlu duygular geliştirmek:** Geçmiş ve şimdiki zamana dair memnuniyet hisleri geliştirmek, gelecek içinse endişe yerine umut taşımak ve iyimser olmak.
- **Yaşama katılmak:** Aktivitelerle, sosyalleşerek ya da toplumsal projelerle yaşamın içinde olmak.
- **Olumlu ilişkiler kurmak:** Aile, arkadaşlar ve diğerleriyle sosyal ilişkiler içinde bulunmak.

- **Anlam yaratmak:** Hayatta kendinizden büyük amaçlar bulmak ve akış deneyimi elde etmek.
- **Başarı:** Büyük başarılar gelmesin aklınıza, hedeflediğiniz her neyse ona ulaşmak, bu belki size göre imkânsız görünen bir şey için ufak bir adım atmak bile olabilir.

Önemli bir nokta olarak belirtmekte fayda var ki pozitif psikoloji pozitif düşünmek demek değildir. Yani "İyi düşünelim iyi olsun" sadece zihinsel bir tembelliktir. Çaresiz kaldığımız ve gücümüzün yetmediği durumlar için bu mottoyu benimsemek önemlidir ama yaşama dair hiçbir çaba göstermeden her şeyin iyi olmasını bekleyemeyiz. Yaşam akıp gitmekte, bizse ona nasıl tutunduğumuzu belirleyerek ancak kendimiz için anlamlı bir yaşam inşa edebiliriz. Sadece psikolojik hasarları iyileştirmekle kalmayıp aynı zamanda hayatta istediklerimizi elde etmek için gereken itici gücü yaratabiliriz.

Çoğunlukla yola koyulmak
için tamamlanmayı bekleriz,
oysa eksiklerimiz biz yola
çıktığımızda tamamlanır.

Pozitif psikoloji olumlu bireysel özellikleri anlamak, sevme ve çalışma kapasitesi, cesaret, şefkat, esneklik, yaratıcılık, merak, dürüstlük, kendini tanıma, ılımlılık, öz kontrol, dayanıklılık ve bilgelik gibi güçlü yönlerin incelenmesini içerir. Pozitif psikolojinin merkezinde duran güçlü yönler yaklaşımı, odağı zayıflığı düzeltmekten insanların iyi yaptıkları şeyleri belirlemeye, geliştirmeye ve onların gelişme potansiyellerini artırmaya yöneltir. Güçlü tarafları, insan doğasının bir parçası olarak varsayar; herkes onlara sahiptir ve onlara saygı duymayı hak eder. Pozitif psikolojinin benimsettiği bir diğer duruş şudur: Yalnızca güçlü yönlerimizden de en iyi şekilde yararlandığımızda zayıf yönlerimizi geliştirebiliriz. Bu oldukça değerli bir bakış açısıdır aslında...

Yaşam çoğumuzu yaralar... Çocukluk travmaları, hayatın getirdiği zorluklar, maddi sıkıntılar, zor insanlar... İnanın herkesin yaşam deneyimleri ortak kesişim kümelerine sahip yani hiçbirimiz hayatın getirdiklerinden muaf değiliz... Ölüm, hastalık, maddi çöküşler, doğal afetler, kazalar... Tüm bunlar hepimizin deneyimlediği şeyler. Kimi zaman mutluyuz ancak kimi zaman depresyona girecek kadar kötüyüz. Bu iniş çıkışlar sürerken tek yaptığımızsa yola devam edebilme gücünü kendimize aşılamak.

Kanadı kırık bir kuşu düşünün. Avlanmaktan kurtulmak için yapacağı şey uçamadığı için ayaklarını kullanmaktır. Belki gagasıyla ona saldıran avcıyı kovalamaya çalışır, özetle elinde kalan en güçlü savunma silahını çeker hayata karşı. Hayatta kalmak içgüdüsel bir çabadır, tüm canlılar bu şekilde programlanmıştır. Evrimsel olarak hem fizyolojimiz hem de psikolojimiz bu şekilde çalışır. Bunun farkında olmak muazzam bir güçtür aslında. Pozitif psikolojinin kendisi, iyileştirme arzusu ve kapasitesinin insanlarda ve insan sistemlerinde gizli olduğunu ve daha fazla etkinleştirilmesi gerektiğini savunur üstelik. Tıpkı güzel ve dans edebileceğiniz bir şarkı dinlemek için radyonun düğmesini çevirmek gibi...

Pozitif psikoloji bir kurallar silsilesi değildir, aksine herkes için özel ve biricik bir araştırma laboratuvarıdır. Çünkü herkesin güçlü yanları başka başkadır. Kiminin odaklanma kapasitesi yüksektir, kimisi harika yemekler yapar, kimisinin sesi güzeldir kimisi ise organizasyonda ustadır. Bu nedenle bu metotlar kişiye özeldir. Herkesin kendi yaşamına hizmet eden değerleri bulması, kendi yaşam pratiklerine yönelik ihtiyaçlarını belirlemesi, geçmişten gelen deneyim ve tecrübelerini gözden geçirmesiyle kişiler daha bilinçli seçimler yapacak düzeye gelirler. Bilinçli seçimler hem yaşamda hedeflere daha hızlı ulaşmayı, hem enerjiyi doğru organize etmeyi, hem de tatmin duygusuyla birlikte daha az hayal kırıklıkları biriktirmeyi sağlar.

Pozitif Psikoloji Eylem Planı

- **Akışınızı bulun:** Akış deneyimi, sizi zorlasa dahi size uygun bir faaliyetle meşgul olduğunuzda ortaya çıkar. Akış teorisinin mucidi Mihaly Csikszentmihalyi şöyle der: *"Hayatımızdaki en iyi anlar, pasif, alıcı, rahatlatıcı zamanlar değildir. En iyi anlar, genellikle, bir kişinin bedeni veya zihni, zor ve değerli bir şeyi başarmak için gönüllü bir çabayla sınırları zorladığında ortaya çıkar."* Yine onun tarifiyle: *"Akış, insanların başka hiçbir şeyin önemi yokmuş gibi görünen bir faaliyete fazlasıyla ve yoğun bir şekilde dahil olduğu bir durumdur ve deneyim o kadar zevklidir ki insanlar sırf bunu yapmış olmak için büyük bedeller ödeseler bile uğraştıkları şeyi yapmaya devam ederler."*

Hiç kendinizi tamamen kaptırdığınız ve zamanın nasıl geçtiğini anlamadığınız bir faaliyette bulundunuz mu? Bu, bir müzik aleti çalmak, bahçe işleriyle uğraşmak, marangozluk yapmak, takı-incik-boncukla uğraşmak, yemek pişirmek olabilir. Hatta bu akış deneyimi sizi öyle rahatlatır ki işiniz haline bile gelebilir yani bundan para da kazanabilirsiniz ve o zaman kendinizi hiç çalışmış gibi de hissetmezsiniz. Genelde başarılı ve mutlu olarak kendini tanımlayan pek çok insan akış deneyimini keşfedenlerdir.

- **Öz bakım aktivitesi planlayın:** Size iyi gelecek yaratıcı etkinlikler neler olabilir? Belki hamamda bir gün geçirmek, belki bir doğa yürüyüşü, kuaförde güzelleşmek ya da neşeli bir arkadaş toplantısı. Kendinize bedensel ve ruhsal olarak iyi gelecek aktivite listesi çıkarın ve bu listeye düzenli olarak uyun. Özellikle bunaldığınızda ya da başa çıkmakta zorlandığınız bir durumla karşılaştığınızda her şeye kısa bir mola verin. Zihinsel içseslerinizi uzaklaştırmak ve mesafelenerek onları anlamak için kendinize iyi gelecek şeylere yönelin. Bazen düşüncelerimizi tıpkı geviş getirir gibi tekrar tekrar beynimizde çiğneriz ve bu döngüden kendimizi alamayız. Olumsuz düşüncelerden uzaklaşmak için en iyi yol araya başka bir düşünce ve duygu hali koymaktır.
- **Minnettarlık günlüğü tutun:** Hepimizin hayatta sahip olduğu onlarca zenginlik var aslında ama biz yine de gözümüzü daldaki kuşa dikeriz. Çok klişedir belki ama sağlığımızın değerini ancak hastalanınca anlarız örneğin. 40 derece ateşle yataklara düştüğümüzde de "Aman tek iyileşeyim başka şey istemem" deriz. Ama bu minnettarlık hali pek uzun sürmez, doyumsuz arzular bizi yine bir şeylerin peşinde koşmaya ve tatminsizliğe sürükler... Tutacağınız bu özel günlükle kendinize hatırlatacağınız ve minnettar olacağınız pek çok şeyi keşfedeceksiniz. Bunlar neler mi olabilir? Bu satırları okumanızı sağlayan gözleriniz, dışarıda gezinmenize izin veren ayaklarınız, sağlıkla nefes almanız, sofranıza koyabilecekleriniz, evinizde ağırlayabileceğiniz dostlarınızın olması, cesaretinizin, aşka inancınızın sürmesi, başkalarına iyilik yapabiliyor olmanız, başkalarının da sizi desteklemesi ve daha neler neler...

- **Her gün kendinize bir şiir hediye edin:** Çok sevdiğiniz bir şair vardır muhakkak. Onun dizelerinde gezinmek, farklı duyguları anımsamak, eğer kederliyseniz kederli bir şairin yazdıklarıyla dertleşmek, mutluysanız coşkulu dizelerin tadına varmak için kısa bir farkındalık molası verin.

- **Mindfullness pratikleri yapın:** Bilinçli farkındalığınızı güçlendirmek yaşamda kıyıda köşede kalmış gereksiz detaylarda boğulmanızı engeller ve sizi ana getirir. Örneğin çiçeklerle dolu bir bahçede sadece çiçeklere odaklanmak, geçmişin ve geleceğin ellerinden kurtulup sadece şimdiye gelmek, bir nehir kenarında yürürken sadece suyun akışına, sesine, görüntüsüne odaklanmak ya da bir elmayı yerken sadece elmaya bakmak, kabuklarına odaklanmak, elmanın lezzetini duyumsamak gibi...

- **İyilik yapın:** Genelde faydamız en yakınlarımızdaki insanlara odaklanmış olabilir. Peki, hiç tanımadığınız birine iyilik yaptığınız olur mu? Sokakta karşılaştığınız ve yardıma ihtiyacı olan birine el uzatmak, sahip olduğunuz kabiliyeti bir başkasına aktarmak, ihtiyacı olan birine bir konuda bedelsiz eğitim vermek, gönüllülük faaliyetlerine katılmak, kimsesiz çocuklarla ya da kimsesiz yaşlılarla ilgilenmek insan tarafımızı geliştiren en önemli girişimlerdir. Dünyanın sadece kendimizden ibaret olmadığını hatırlamak, en karanlık gecede bile bir başkasına nefes aldırmak, ona dokunmak yaşamı zenginleştiren şeylerdendir ve üstelik insan olmanın bir gereğidir de.

- **Yaşamınıza mizah katın:** Hep derim kendinizle zaman zaman dalga geçin diye. Bazen hepimiz aptallıklar, sakarlıklar yaparız. Önemli bir görüşmede başınıza gelen ufak bir kazayla rezil oldum düşüncesi yerine "Ay ne kadar da aptalım, gördünüz mü ne olduğunu?" deyip ortamdakileri kahkahaya boğmak eğlendiricidir. Sürekli gergin durmak, sıfır hatayla hareket etmek çok yorucudur. Zaaflarınızı ve kusurlarınızı görmek ve zaman zaman bunlarla ilgili şaka yapmak hem size hem çevrenizdekilere iyilik hali yayar.

- **Meditasyon yapın:** Meditasyon içsel gözlem demektir. Genellikle yanlış bilindiği gibi durup zihni tamamen durdurmakla ilgili değildir. İçinizden doğan duygu ve düşünceleri dinlemek, bağlantıların zihninizden gelip geçmesine izin vermek ve bu pratiği tekrarlayarak yaşamınıza yerleştirmek, olumsuz duygu ve düşüncelerin size yapışmasını engeller. Örneğin aşırı kaygı duyduğunuz bir konu var, bu konuyla ilgili düşünceleriniz zihninizden geçerken neler hissettiriyor, sizde neleri tetikliyor inceleyin. Bu derin düşünme hali kocaman gibi gelen sorunları aslında basitçe savuşturabileceğinizin ipuçlarını verebilir.

Sağlıklı İçsel Diyalog

Kendinizi hiç kafanızın içinde konuşurken *duydunuz mu*?

Eğer yaşadıysanız, o zaman iç monolog adı verilen yaygın bir fenomeni yaşıyorsunuz. "İç diyalog", "kafanızın içindeki ses" veya "içses" olarak da adlandırılan iç monolog, aslında konuşmadan kafanızın içinde konuştuğunuzu "duymanıza" neden olan belirli mekanizmaların sonucudur.

Eleştirel içses, kendimize ve başkalarına yönelik yıkıcı düşüncelerin iyi entegre edilmiş bir modelidir. Bu içselleştirilmiş diyaloğu oluşturan dırdırcı "sesler" veya düşünceler, kendimize zarar veren ve uyumsuz davranışlarımızın çoğunun kökenindedir. Eleştirel içses işitsel bir halüsinasyon değildir; kafanızın içinde düşünceler olarak deneyimlenir. Bu yıkıcı düşünce akışı, kişileri kendi çıkarları doğrultusunda hareket etmekten caydıran bir anti-benlik oluşturur.

Eleştirel içses, özsaygı, özgüven, kişisel ve yakın ilişkileriniz, okuldaki ve işteki performansınız ve başarılarınız dahil olmak üzere hayatınızın her yönünü etkileyebilen bir iç düşmandır. Bu olumsuz düşünceler, kendiniz ve başkaları hakkındaki olumlu duygularınızı baltalayarak ve özeleştiriyi, içedönüklüğü, güvensizliği, kendini inkâr etmeyi, bağımlılıkları ve hedefe yönelik faaliyetlerden geri çekilmeyi teşvik ederek sizi etkiler.

Bazı yaygın içsesler arasında "Aptalsın", "Çekici değilsin" veya "Diğer insanlar gibi değilsin" gibi düşünceler vardır. Bazı insanların kariyerleri hakkında "Asla başarılı olamayacaksın", "Kimse ne kadar çok çalıştığını takdir etmiyor" veya "Bu stresle baş edemezsin" gibi sesleri vardır. Pek çok insan ilişkileri hakkında "Seni gerçekten umursamıyor", "Yalnızken daha mutlusun" veya "Seni sevmiyor" gibi sesler duyar.

Bir araştırmaya göre, kendimizle dakikada 4.000 kelime konuşmaya eşdeğer bir hızda konuşuyoruz. İster başıboş bir kendi kendine konuşma biçiminde olsun, isterse olayların zorlayıcı bir şekilde yeniden anlatılması, bir düşünceden diğerine serbest çağrışımsal bir düşünce fırtınası veya öfkeli bir iç diyalog şeklinde olsun, onu dinlemek zihinsel ve ruhsal hatta bedensel olarak çok yorucu olabilir.

Hepimiz kendi içimizde ikiye bölünmüş durumdayızdır. Bir yanda hayata sarılan, sevmek ve sevilmek isteyen yanımız, hayata anlam katma arzumuz, mesleki hedeflerimize ulaşma isteğimiz ve çabamız, büyümek ve gelişmek isteyen tarafımız vardır... Bu niteliklerin hepsi gerçekte kim olduğumuzu oluşturur; kişiliğimizin savunulmamış bir bölümünü ve benliğimize dair dostane, şefkatli bir bakış açısını yansıtırlar.

Diğer yanımız yani eleştirel içsesimizse kendimize karşı olan parçamızdır. Devam eden gelişimimize karşı olan, kişiliğimizin savunulan, olumsuz yanıdır. Bu ses, çıkarlarımıza ters düşen ve özgüvenimizi azaltan olumsuz düşünce, inanç ve tutumlardan oluşur. Kendi kendini yenen ve kendine zarar veren davranışları teşvik eder ve güçlü bir şekilde etkiler. Bu düşmanca, yargılayıcı danışman, bizi diğer insanlar hakkında da uyarır, başkalarına karşı öfkeli ve alaycı tutumlar geliştirir ve dünyanın olumsuz, karamsar bir resmini yaratır.

Eleştirel içses, her insanda değişken derecelerde mevcuttur. Olayları gerçekçi bir şekilde yorumlama yeteneğimizi baltalar; olumsuz ruh hallerini tetikler ve hayattaki tatmin ve anlam arayışımızı sabote eder. Bu yıkıcı içselleştirilmiş düşünceler, bir yabancılaşma duygusuna, kendimizden ve sevdiklerimizden uzaklaşma hissine yol açar. Bu süreç hayatımız üzerinde ciddi olumsuz sonuçlar doğurur.

Bu içsesler genellikle içselleştirilmiş erken yaşam deneyimlerinden gelir. Çoğu zaman, bu olumsuz seslerin çoğu ebeveynlerimizden ya da bize bakım veren insanlardan kaynaklanır, çocuklar olarak ebeveynlerin sadece çocuklarına değil, kendilerine karşı sahip oldukları olumsuz tutumları da algılar ve kaydederiz.

İçsel monoloğunuz zihinsel
sağlığı şekillendirir,
zihninizin arkasındaki
sohbeti geliştirmek sizi daha
huzurlu yapar.

Zihinsel gevezelik sonucu ortaya çıkan gürültü felç edici olduğunda, kendi kendinizi sabote edebilirsiniz. Zihninizin içinde yaşadıklarınıza eğer izin verir ve kontrolü tamamen ona bırakırsanız hemen hemen her şeyi gölgede bırakabilir. Yine yayımlanan bir araştırmaya göre, içsel deneyimlerin sürekli olarak dışsal olanları gölgede bıraktığı gösterilmiştir.

Bazen yaşadıklarımız o denli büyütülecek şeyler olmasa dahi bizler düşüncemizde onu büyütür ve etkisini uzun süre üzerimizde taşıyabiliriz. Bu yapışma durumundan kurtulmak kimilerimiz için imkânsıza yakındır. Yersiz kaygılar, önemsiz detaylarla boğuşma, gelecekle ilgili henüz gerçekleşmemiş olumsuz kehanetler bizi içinde olduğumuz andan uzaklaştırır, ya geçmişe ya da belirsiz bir geleceğe sürükler. Nihayetinde olan bugünümüze olur ve bizler şimdiyi elimizden kaçırırız...

Yaşama dair olumsuz
senaryolar bizi ya kötü
geçmişe ya da belirsiz
geleceğe sürükler ve bizler
şimdiyi elimizden kaçırırız.

Bir iç monolog yaygın bir olay olsa da, herkes bunu deneyimlemez. Bazı insanların neden sıklıkla bir iç ses "duyduğu" ve bunun ne anlama geldiği konusunda araştırmacıların henüz keşfetmediği çok şey var. Eleştirel içses, savunma sürecinin dili olarak da düşünülebilir. Bireyin uyumsuz davranışının merkezinde yer alan, kendine karşı yıkıcı ve başkalarına karşı düşmanca düşünce ve tutumların bütünleşik bir sistemi olarak tanımlanır.

İç monoloğun en yaygın biçimi, esasen kendinizle "konuştuğunuzda" sözlüdür. Örneğin, aklınızdaki sorunlar hakkında kendinizle konuşabilir veya belki de başarmak istediğiniz şeylerin listelerini yapabilirsiniz. İç konuşma, işleyen belleğin desteklenmesine yardımcı olabilir. Ayrıca bir konuşma veya sunum hazırlarken, söyleyeceğiniz şeyi önceden zihninizde "oynattığınız" zaman da kendi kendinize konuşabilirsiniz. İç monolog, kendinizle bir diyalog şeklinde de gelebilir. Örneğin, bir sorunu çözmeye çalışırken zihninizde karşılıklı bir konuşmayı canlandırabilirsiniz. İçsesler, kafanıza takılan şarkılar şeklinde de gelebilir. Sevdiğiniz bir film sahnesini ya da sizin için önemli biriyle yaptığınız bir konuşmayı zihninizde tekrar tekrar oynatabilirsiniz. Bir kitap okurken kendi sesinizi "duyabilirsiniz".

Aşırı stresli zamanlarda kritik bir içses gelişebilir. Bu bazen anksiyete ve depresyon gibi durumlarda da görülür. Bu gibi durumlarda, zihniniz çalışma, sosyalleşme, aile çevrelerine katılma ve daha fazlasını eleştirerek olumsuz kendi kendine konuşma yapabilir. Olumsuz kendi kendine konuşmayı durdurmak, bir düğmeyi kapatmak kadar basit olmasa da bilinçli olarak daha olumlu bir kendi kendine konuşma yapmak, kritik düşünceleri geçersiz kılmaya yardımcı olabilir.

İçsel diyaloğunuzu iyileştirmek için:

- Yıkıcı düşünce sürecini ele geçirmek için, önce içsesinizin size söylediklerinin bilincine varın. Bunu belirlemek için, aniden kötü bir ruh haline düştüğünüzün veya üzüldüğünüzün farkında olun. Ani duygu değişimleri genellikle -eğer ortada gerçek bir olay yoksa- zihinsel gevezelikten kaynaklanır. Değişime ne sebep oldu? Ne oldu ve en önemlisi, olaydan sonra kendinize ne söylemeye başladınız? Düşünce sürecini tanımladıktan ve savunduğu olumsuz eylemleri tam olarak belirledikten sonra, bilinçli olarak dinlememeye karar vererek içsesinizi kontrol altına alabilirsiniz. Bunun yerine, sizin yararınıza olan eylemleri yapabilirsiniz. Savunduğu eylemleri tam olarak belirlediğinizde, eleştirel içsesinizin kontrolünü ele alabilirsiniz. Direktiflerine karşı harekete geçmeye bilinçli olarak karar verebilir, böylece kendi çıkarınız doğrultusunda hareket edebilirsiniz.

- Size yönelik aşırı eleştiren bir içsel diyalogdan kurtulmak için kendinize değerli taraflarınızı hatırlatın. Dilek defterinize sabahları başardığınız ve diğer insanların sizde takdir ettiği şeyleri yazmanızın bir sebebi de olumsuz içsel diyaloğunuzu güçlendirmektir.
- Negatif kendi kendine konuşma başladığında kendinizin yeterli olduğunu ve olduğunuz halinizle değer görmeye layık olduğunuzu sesli bir şekilde tekrarlayın.
- Zayıf taraflarınıza odaklanmaktan uzaklaşarak güçlü yanınıza sarılın ve zayıf tarafınızın güçsüzlüğüne karşı merhamet gösterin. Sizden daha âciz olduğunu düşündüğünüz birine şefkatli davranırsınız öyle değil mi? Kendinize de şefkat duyun.
- Düzenli meditasyon yapmak, zihninizdeki fark edemediğiniz olumsuz düşünceleri avlamak ve onları etkisiz hale getirmek için oldukça işe yarardır. Sabahları ya da geceleri uyumadan önce açacağınız derin bir müzik ya da su sesi eşliğinde meditasyon yapın. Meditasyon zihinsel konuşmanızı izlemek, düşüncelerin gelip geçişini takip etmek ve aslında onların sizin üretiminiz olduğunu fark etmektir. Dilerseniz meditasyon sonrasında düşüncelerinizi defterinize yazabilir, olumsuz düşüncelerin kök nedenleri hakkında düşünebilirsiniz.

- Duygularınızı defterinize yazmayı ihmal etmeyin. Daha derin bir duygu analizi için bu duygulara neden olan düşüncelerinizi yanlarına yazabilir, bu düşüncelerin neden tetiklendiği hakkında kendi kendinize alıştırmalar yapabilirsiniz.

Öz Değeri Yükseltmenin Altın Kuralları

Öz değer, başkaları tarafından saygı duyulmayı hak ettiğinizi hissetmektir. Kendi değerinizin farkında olursanız şayet hayat da yaşadıklarınız da sizin için değerli olur. Kendinizin sevilebilir ve değerli olduğunu hissettiğinizde daha güçlüsünüzdür. Öz değerinizi kaybetmeniz kendinizi hor görmenize, başkalarının sizi üzmesine ve suiistimale yol açar.

Öz değerinizi artırmanın yollarına gelirsek:

Haftalık-günlük program yapın: İster mesaili bir işte çalışın isterseniz evde ev işleriyle meşgul olun, haftalık ve günlük olarak yapacaklarınızı programlamak öz değerinizi yükseltir. Bir şeylerle meşgul olmak, zamanınızın dolu olması sizin kendinizi değerli hissetmeniz için önemlidir. Aksi halde bir şeye yaramama duygusu altında ezilirsiniz. Üstelik meşgul bir imaj vermek diğer insanlarda, sevgilinizde de cazibe uyandırır. Her istendiğinde ulaşılır olmak, birinin sizi her an elinin altında hissetmesi hem sizdeki gizemi kaybeder hem de değerinizi düşürür.

Dilek defterinize yazın: Defterinizin en başına güçlü yönlerinizi yazın. İyi olduğunuz noktaları her gün kendinize hatırlatın ve okuyun. Günlük tutmak ruh halinize iyi gelir, her gün başınıza gelen olumlu şeyleri not etmeyi de ihmal etmeyin. Günlüğünüzü tutarken "Eşimin beni mutlu etmesini istiyorum" cümlesi yerine "Eşim beni bugün çok mutlu etti" cümlesindeki gibi "oldu, yaptı, etti" şeklinde yazmalısınız. İstiyorum demek mesafe demektir, sanki olmuş gibi yazmaksa zihninizin olumlu bir şekilde algılamasını sağlar. Dilekleriniz gerçekleştikçe yanlarına tik atabilirsiniz, bir şeylerin tamamlandığı hissini fark etmek sizi adım adım hayalinize yaklaştırır. Örneğin hayaliniz büyük bir ev almaksa, bu evi almaya yönelik dileklerinizi de adım adım yazın. "Büyük bir ev almak istiyorum" diye yazdıktan sonra "Almak istediğim evin nasıl olacağını belirledim, ev almak için bana yetecek para akışını sağladım, evin satın alınması için gereken paranın bir kısmını biriktirdim" şeklinde ilerleyebilirsiniz. Unutmayın büyük hedeflere küçük adımlarla yaklaşırsınız.

Sabahları esneme ve gülme egzersizi yapın: Bedensel aktiviteler hormonal akışınızı değiştirir ve iyi bir ruh hali için gereken serotonin gibi mutluluk hormonları salgılamanızı sağlar. Beslenmenize özen gösterin, günde kaç öğün yerseniz yiyin akşam 19.00'dan sonra yemek yememeye gayret edin. Sağlıklı bir kiloda kalmak öz değerinizi yükseltir.

Sosyalleşin ve politik olun: Sizi iyi hissettiren, değerli insanlarla vakit geçirin. Sizi aşağı çeken, eleştirel davranan insanlarla politik bir şekilde iletişim kurun. Örneğin kayınvalideniz yaptığınız yemeği beğenmediğinde bunu kişisel bir saldırı olarak algılamadan önce düşünce süzgecinden geçirin. "Kayınvalidem 'Gelinlerin yaptığı yemekler güzel olmaz' algısına sahip biri, ben yemeği güzel yapsam da zaten beğenmeyecek, onda böyle bir düşünce şeması var" diyerek düşünce mekanizmasını analiz edin.

Tuzlu su yapın: Haftada en az iki kez tuzlu su yapmayı ihmal etmeyin. Özellikle negatif ortamlarda sık sık bulunuyorsanız size tarif ettiğim tuzlu suyu uygulayın.

Düzenli kitap okuyun: Her gün 10-15 sayfa kitap okuyun ve bilgi edinin. Bir espri ya da tarihten bir anekdot öğrenin. Diğer insanlarla vakit geçirirken öğrendiklerinizi paylaşmak, kendinizi dinletmek, eğlendirmek karşı tarafta cazibe uyandırmanın ve öz değeri yükseltmenin bir yoludur.

Ayna karşısında konuşma çalışması yapın: İletişim kurmakta zorlanıyorsanız ayna karşısında beden dili geliştirme ve konuşma egzersizleri yapın.

Hayır demeyi öğrenin: Hayır demek, insanların isteklerini size uymuyorsa reddetmek öz değerinizi yükseltir. Örneğin ilişkinizde istemediğiniz durumlarla karşılaşmanız karşınızdakinin size saygısının olmadığını gösterir. "Seninle ciddi düşünüyorum ama başka kadınlarla da birlikte vakit geçirmek istiyorum" diyen partnerinize direkt hayır deyin örneğin. Bunu yaparken de net olun, öfkelenmeyin, trip atmayın.

Açık olun ve mizaha başvurun: İletişimde açık olun, bazen size yöneltilen eleştiriler karşısında dalga geçin. Örneğin kayınvalideniz "Pişirdiğin yemek kötü olmuş" dediğinde gülerek "Ay gerçekten çok kötü olmuş, ben de inşallah bir gün sizin gibi yemek yapmayı öğreneceğim" deyin. Böyle bir cümle karşısında sinirlenmeniz kayınvalidenizin istediğini elde ettiğini gösterir, bunun yerine siz bu durumla dalga geçerseniz o bu durumdan asla zevk almayacaktır. Özetle size fırlatılan okları aynen iade edin, hem de eğlenceli bir yolla. İnsanlar etkileyebildikleri kişilere oynarlar. Siz öfke yerine mizahla karşı koyarsanız karşınızdakilerin gardını düşürmüş olursunuz.

5. BÖLÜM

VAZGEÇİLMEZLİĞİN SIRRI: AURAYI YÜKSELTMEK

Yüksek Aura Yüksek Cazibe Demektir

Hiç düşündünüz mü çok güzel kadınlar vardır ama ilişkilerinde mutlu değillerdir. Kalabalık bir kadın grubunun içinde fiziksel kusursuzluğuyla çok güzel bir kadın oturmaktadır ama asıl dikkat çeken, ilgiyi üzerinde toplayan fiziksel olarak çok güzel olmasa da diğeridir. Bu neden böyledir sahi?

"Güzel olduğum halde dikkat çekmiyorum, ben çok güzel bir kadınım çok beğeniliyorum ama hiç tercih edilen ve güzel ilişki yaşayan olmadım" diye bana yazan kadınların sayısı hiç de az değil. Fiziksel yönden kusursuz bir güzelliğe sahip olduğu halde aldatılan, terk edilen, kendisinden daha güzel olmayan kadınlara yönelen erkeklerin bu tercihlerinin arkasında ne var?

İz Bıraktığın Kadar Varsın kitabımda çapalardan, iz bırakmaktan, özel gecelerden bahsetmiş ve yine bu kitabın başında özellikle Hürrem Sultan'ın iz bırakma metotlarını anlatmıştım. İz bırakmak için çapalamaktan ve pek çok başka şeyden bahsettik ama iz bırakan kadınların başka yöntemleri de var. Kitabın bu bölümünde bu metotlardan da bahsedeceğiz.

Ruhsal ve zihinsel olarak güçlenmek için kendimizi tanımak, zayıf noktalarımızı güçlendirmek, yaşama yönelik anlam ve değer üretmek, sevmek, sevilmek kadar kendimizi yenileyecek, tazeleyecek ve kendi değerimizi kendimize anımsatacak bazı özel püf noktalarından ve özel bakımlardan bahsedeceğim özetle.

Bugün psikoloji de dahil olmak üzere pek çok alanda bütüncül yaklaşımların ne denli önemli olduğunun artık bilincindeyiz. Örneğin bir kanser hastalığının tedavi sürecinde ilaç ve diğer yöntemler kadar ruhsal açıdan da moral ve motivasyonun çok önemli olduğunu, depresyonda aktif bir yaşama kendimizi dahil etmenin zorlu süreçleri daha kolaylıkla atlatabilmemize yardımcı olacağını artık biliyoruz. Etkili ve cazibeli bir insan haline gelmek için sadece fiziksel güzelliğin yeterli olmadığının, kendinize özgüven ve cazibe katacak pek çok bileşenin var olduğunun farkındayız. Bu bölümde odaklanacağımız konular auranızı nasıl yükselteceğiniz, bedensel ve ruhsal bakım için bitkiler, yağlar, özel çaylar, kristallerden nasıl faydalanacağınız, renkler, kokularla hem kendinizi hem de yaşam alanlarınızın enerjisini nasıl yükselteceğiniz olacak.

İz bırakan kadınlar ilişkilerini yönetme sanatında sadece iletişim taktiklerine sığınmamışlar, bazı bitkilerden ve yağlardan da faydalanmışlardır. Neden bazı bitkilerden ve yağlardan faydalanmışlardır derseniz... Çünkü bu maddelerin insan üzerinde çekiciliği, libidoyu artıran, aurayı yükselten yanları ve uyarıcı özellikleri vardır. İlişki sırasında kullanılan yağlar ve karışımlar sırlardan biri örneğin, Hürrem Sultan'ın kullandığı bir tariften de bahsedeceğim. Kanuni, Hürrem'in afrodizyak gecelerinin öyle sevdalısıymış ki ondan başkasıyla cinsel ilişki yaşarken aynı hazzı alamıyor ve onunla birlikte olduğunda çok uyarıldığını ve daha farklı hissettiğini düşünüyormuş, aynı çapalanmadaki gibi...

Yüksek aura sadece partnerinizle aranızdaki çekimi artırmakla sınırlı kalmaz, sizin tüm yaşam hedeflerinize ulaşmada kullanabileceğiniz etkili bir temas kurma aracıdır. İş, okul ve sosyal hayatınızdaki etkinizi artırmak, hedeflerinize yürürken yaşamla kurduğunuz bağı ve iletişimi güçlendirmek, yaşamda size gerekenleri hayatınıza yönlendirmek için yüksek auraya ihtiyacınız vardır. Bir iş görüşmesinden, yeni bir karar almaya kadar pek çok farklı alanda size lazım olan özgüveni, kararlı duruşu, öz değeri size hatırlatır.

Auranızla temas kurmanız,
içsel gücünüzü keşfetmenin
kapısını aralar.

Bir yolculuğa çıkacağınızı hayal edin... Gitmeye niyetlendiğiniz yere varmak için bazı hazırlıklar yaparsınız. Uzun bir yolsa ve konaklayacaksanız kendinize bir bavul hazırlar ve size lazım olacak şeylerle doldurursunuz. Hayattaki yolculuğumuz da böyledir ancak bizler günlük telaşlarımızın arasında uzun vadeli yaşam planlarımızı ya da kendimizin uzun vadede olabileceği en iyi hali tasarlamayız ve her şeyi dağınık, spontane bir şekilde gelişigüzel yaşarız. İçsel gücümüzü ortaya çıkaracak kılavuzlardan yoksunuzdur, ruh halimizin farkında değilizdir, başımızı problemlerimizin arasına gömmüş ve sadece geçmişin yıkıcı etkileriyle yaşar dururuz. Bakışlarımızı karanlık geçmişten bugüne getirmemiz gerekir... Geleceği ancak bugünü fark edersek yeniden inşa edebiliriz, bugünü fark etmekse kendi gücünüzü elde etmenizle olur.

*Auranızı yükseltmek
yaşamınızın her alanında
dönüşümü sağlayacak gücü
size verir.*

Aura Nedir? Nasıl Yükseltilir?

Bazı insanların ışığı vardır. Muhakkak denk gelmişsinizdir böylelerine, girdiği yeri aydınlatan, tüm bakışları üzerinde toplayan, sempati duyduğumuz ve nedenini kavrayamasak da kendisine çekildiğimiz özel insanlar... Bazı insanların yanında kendinizi son derece rahat ve huzurlu hissederken bazılarının yanında hiç olmadığı kadar huzursuz hissedersiniz. Bazı insanları dinlerken bile çok yorulduğunuzu fark edersiniz, oysa bazılarıyla beraberken enerji dolarsınız.

Peki bu insanların sırrı nedir? Gerçekten de onlara has bir özellik midir bu? Yoksa öğrenilebilir bir şey midir?

*Her insan seçilmek ister,
seçilmek içinse yüksek bir
auraya sahip olmanız
gerekir.*

Evrendeki her şey atomlardan oluşur ve enerjinin farklı bir boyutudur, bizler de enerjiye sahip ve atomlardan oluşan canlılarız. Gözümüzle göremesek de vücudumuz, aslında sürekli çok sayıda hareket halinde bulunan enerji parçacıklarından oluşmuştur. Bu enerji parçacıklarının meydana getirdiği elektromanyetik alana aura adı verilir. Aura, bedenimizin içindeki artı ve eksi yüklerin akışından doğan koruyucu bir kalkandır. Dünya üzerinde yer alan canlı veya cansız her nesnenin aurası vardır. Hiçbir bilimsel çalışma, aurayı kesin olarak kanıtlamasa da, genel olarak, yaşayan her insanın çevresinde bir enerji alanı olduğu kabul edilir.

Aura, bizim gözümüzle göremediğimiz fakat hissedebildiğimiz ve bazı aletler yardımıyla gözlemlenebildiği ileri sürülen, bedenimizi ve etrafını saran enerji kalkanıdır. Bazı insanların bu enerji kalkanı çok parlak ve temizken bazılarınınki ise hissedilmeyecek kadar düşüktür. Aurası yüksek insanlar bir ortama girdikleri anda tüm gözler ona çevrilir, burada güzellikten değil auranın yüksek olmasından bahsediyorum. O kişiyle bir an evvel konuşmak isterler, dikkat o kişilere çevrilir, insanlar konuşurken bakışlar aniden onlara döner. Bir kafeye gidersiniz arkadaşlarınızla, belki de siz daha güzelsinizdir ama hep "o" arkadaşınızla tanışmak isterler. Aura bambaşka bir şeydir kısaca, fiziksel güzellikten çok daha farklıdır.

Örneğin çok kötü bir gün geçirdiniz ve dediniz ki kötü bir gün geçirdiğimi insanlara belli etmemeliyim. Ama içinizde yangınlar kopuyor, işte o zaman tüm enerjiniz düşmeye başlıyor. Bir söz vardır bilirsiniz bu sabah tersinden mi kalktın derler ya da her şeyim ters gidiyor derler. Burada ne olur? Siz günün başında çok negatif bir şey yaşadığınızda devamı gelir ve insanlar da size çekici değilmişsiniz, bugün sizinle konuşmak istemiyormuş gibi tavır yaparlar. Bazen herkesin böyle kötü giden günleri vardır ve üstüne üstlük insanlar da size kötü davranır çünkü auranız düşmeye başlar, o enerjiyi siz oluşturursunuz. Enerjiniz, çevrenizdeki bir insana, siz tek kelime etmeseniz bile, kızgın veya mutlu, perişan veya heyecanlı olduğunuzu "söyleyebilir". Aynı şekilde, bu duyguları başka bir kişiden de hissedebilirsiniz. Bu durum tamamen içsel bir şeydir, giyiminiz, makyajınız, beden dilinizin tamamen dışında, içinizden dışarıya yansıyan bir şeydir.

Eğer sağlam ve güçlü bir auranız varsa bir hastalığın ya da negatif bir enerjinin sizi etkilemesi güçtür. Auranızı güçlendirdiğinizde sizi aşağıya çekecek negatif alışverişlerden kurtulursunuz, özgüveniniz artar. Ayrıca güçlü bir aura hastalıklara karşı da bir kalkan etkisi görür. Kötü beslenme, spor ve egzersizden uzak yaşam, yorgunluk, uykusuzluk, stres, alkol, ilaçlar, sigara negatif düşünce ve davranışlar auranızı zayıflatır. Auranız zayıflamışsa negatif enerjilere ve hastalıklara karşı daha dayanıksız hale gelirsiniz. Ayrıca suçluluk, öfke, pişmanlık gibi duygusal yükler ya da etrafınızdaki insanlarla kuracağınız ilişkilerdeki yalan, dedikodu gibi durumlar da auranızı zayıflatır.

Hindu kutsal metinleri gibi eski tıp sistemleri, bu enerjinin yedi katmanda ifade edildiğine inanır. Her katmanın fiziksel, zihinsel, ruhsal ve duygusal sağlığınızın farklı bir unsuruyla ilişkili olduğu söylenir. Bu katmanların genel sağlığınızı etkilemek için birbirleriyle etkileşime girebileceği düşünülür.

Bu bölümde bahsedeceğim aura, bağlanma ve şemalarla da ilintili esasen. Şema dediğimizde aileniz ya da size bakım verenler size değersiz hissettirdiği için siz de hep sizi değersiz hissettiren insanları hayatınıza çekersiniz çünkü şemanız da, dolayısıyla auranız ve enerji alanınız da böyle çalışır.

Dışarıda yarattığınız dünya içinizdekilerin bir yansımasıdır. İçiniz değişirse dış dünyanız da değişir.

Aura Yükseltmenin Bazı Etkili Yolları

1. Suyun gücünden faydalanın: İnsanın aurasını en çok temizleyen şey sudur. Ama su ile temasınızda ne deterjan ne sabun ne şampuan hiçbir şey olmamalı, sadece temiz su kullanmalısınız. Sabah kalktığınızda önce ellerinizi, dirseklerinizi ve ensenizi güzelce ıslatın, suyun bedeninizdeki etkisini hissedin, kulağınız da akan suyun sesinde olsun. Sabah uyanır uyanmaz suyla temas etmek, akan suyun sizi arındırdığına odaklanmak, suyun sesini dinlemek auranızı yükseltir.

2. Kendinize sabah ritüeli tasarlayın: Ellerinizi, dirseklerinizi, ensenizi suyla yıkadıktan sonra aynanın karşısına geçin. Dik bir duruşla, gözlerinize bakarak şimdiye dek başardıklarınızı, üstesinden geldiklerinizi sesli bir şekilde söyleyin. Sabahları tuttuğunuz dilek defterinize kendinizle ilgili sevdiğiniz şeyleri ve diğer insanların sizde beğendiği olumlu özellikleri not ederek ya da yazdığınız notları okuyarak özgüveninizi tazeleyebilirsiniz. En sevdiğiniz kıyafetinizi giyin, hafif bir makyaj yapın, deodoran ve parfümünüzü sıkın. İlla dışarı çıkmak zorunda değilsiniz. Bedeninize iyi bakın ve güzelleşin. Kendinize güzel bir kahvaltı, vaktiniz kısıtlıysa yolda ya da işyerinizde yemek üzere zengin ve güzel bir sandviç hazırlayın. Zamanınız dar olabilir ama kendiniz için yapacağınız her şeye ufak bir dokunuş yapacak kadar vaktiniz muhakkak vardır, kendiniz için yapacağınız hiçbir şeyde özensiz davranmayın, masanıza, yaşam alanınıza çiçekler koyun. Kahvaltı tabağınızı süsleyin, değişik tarifler denemekten korkmayın, basit bir omleti bile yaparken ona katacağınız bir süsleme aslında kendinize sunacağınız bir teşekkürdür. Kendinize bol bol teşekkür edin. Kahvaltınızı yaparken güzel bir müzik açın. Çiçeklerinizi sevin, buhurdanlığınızda istediğiniz bir aromatik yağla evinizin kokusunu değiştirin.

3. Esneme ve egzersizi hayatınıza katın: Gün içinde bedenimiz hareketsizlikten ya da sürekli koşturmaktan yıpranır, tutulur ya da ağrır. Özellikle stresin hemen hepimizin hayatını işgal ettiği bir zamanda bedenimizi rahatlatmak eskisinden de önemli bir hale geldi. Özellikle aurayı yükselten egzersizlerden biri esneme hareketleri yapmaktır. Özel günlerde esneme hareketleri yapmak, yere eğilmeye çalışmak gibi hareketler beden kimyanızda özellikle hormonlarınızda denge sağlar, kan akışınız hızlanır ve enerjiniz yükselir. Esnerken belinizi bükerek öne eğilin, sonrasında sırtınızı geriye doğru bükün, geri açar gibi esneme hareketleri yapın. Kollarınızı kaldırıp en yükseğe erişmeye çalışır gibi yukarı uzatın, sağa ve sola bükülerek bedeninizin yan taraflarındaki alanları açmaya çalışın. Eğer yapabiliyorsanız internette temel yoga hareketlerini izleyerek basit derslerle evde esneme hareketlerinizi zenginleştirebilirsiniz.

4. "S" harfini yoğun olarak kullanın: Bir kadının sohbet ederken hafif düşük tonla konuşması, aşırı gürültülü konuşmaması, konuşurken "S" harfini baskın kullanması aurayı yükseltir ve cazibeyi artırır. Tatlı bir şekilde T ve S harflerini vurgulayarak konuşmanız gerekir. Bu iki harfin tınısı kulağımızda en çok kalıcı olan harflerdir. S ve T'leri vurguladığınızda etrafınızda oturanların da hafızasında iz bırakmış ve onlara enerjinizi kazımış olursunuz. Tatlı ve cazibeli konuşmada özellikle S ikinci olarak da T harfi önemlidir.

5.Yaşam alanınızda bitki yetiştirin: Evde bazı bitkileri yetiştirmek auranızı yükseltir. Özellikle yasemin, nergis, menekşe ve begonya çok özel bitkilerdir. Bu çiçeklerden en azından bir tanesi muhakkak evinizde olsun. Güne salonda başlıyorsanız orada durabilir çiçekler. Güne başladıktan sonra lütfen yatak odanızda durmayın, salonunuza ya da başka yere geçin. Yaşam alanınızı amacına uygun olarak kullanın. Bahsettiğim çiçekler insanın enerjisini ve aurasını temizler. Özellikle nergis çiçeği, çok depresifseniz, auranız çok düşükse ve çok çabuk mutsuz oluyorsanız size iyi gelecektir. Ayrıca evinize gelen birinin de kendisini iyi hissetmesini istiyorsanız nergisi mutlaka evinizde bulundurmaya çalışın. İri yapraklı büyük bitkiler evinize taze ve yüksek bir enerji verir. Salonunuzun uygun köşelerine yerleştireceğiniz kaktüs, benjamin ve salon palmiyesi bir ormanın dinginliğini ve havasını evinize taşıyacaktır.

6. Gülme egzersizi: Sabahları ayna karşısında gülme egzersizi yapmak auranızı yükseltir. Bir kalemi alın, kalemi dişlerinizin arasına sıkıştırarak gülün. Ağzınızda kalem varken iki üç dakika gülmek bütün yüz kaslarını çalıştırır, yüz kaslarının çalışması beyindeki bazı hormonları aktive eder ve auranızı yükseltir. Her sabah bu gülme egzersizini yapın.

7. Dinlemenin etkili gücünden yararlanın: Sosyalleştiğimizde genellikle kendi hikâyelerimizi anlatmak için can atarız, hatta çoğu zaman da karşımızdakini sözünü bitirmesi için bekler ve bir an evvel kendi anlatacaklarımızı paylaşmak isteriz. Oysa dinlemek iletişimin en etkili silahıdır ve iyi kulaklara sahip olmak aurayı yükseltir. Birini candan dinlemek karşı tarafta hem sempati uyandırır hem de cazibeyi artırır. Konuşurken de düşük bir ses tonuyla konuşmak, acele etmemek, arada gülümsemek ve karşı tarafın gözlerine bakmak karşımızdaki kişiyi etkiler. Düşük bir ses tonuyla, tane tane konuşmak dişil enerjinizi artırır. İlişkilerinizde özellikle ilk buluşmalarda konuşmaktan çok karşı tarafı konuşturmaya çalışın. İlk buluşmalarda karşı taraf dinlendiğini hissederse size daha çok bağlanır. Bağlamak istediğiniz kişiyi dikkatle dinleyin ve ona sorular sorun. Cevapları dinlerken de yüzünüze ilgilendiğinizi belli edecek ifadeler takının ve gülümseyin. Ne kadar kendinizden az bahsederseniz o kadar cazibeli olursunuz.

8. Ona ihtiyaç duyduğunuzu belli edin: Özellikle günümüzde güçlenen kadınlar dişil enerjilerini yitirmiş durumdalar. İş hayatına atılmak, ev geçimi, çocukların bakımı ve daha pek çok şeyi yürütmek zorunda kaldığımız bir çağda ne yazık ki kendi dişiliğimizi unutabiliyoruz. Oysa güçlü kadın olmak demek dişil enerjisine sahip çıkan, seksapelliğini koruyabilen, gerektiğinde sınır çizebilen kadın olmak demektir. Aynı zamanda dişil enerjiyi yükselten şeylerden bir diğeri de "Kimseye ihtiyacım yok, ben her şeyimi kendim halledebilirim" tavrından uzaklaşmaktır.

9. İyilik halini benimseyin: Mutlu bir insan olmak kişinin aurasını yükseltir. Hayattan keyif almayı bir ilişkiniz yokken de biliyor olmanız lazım. Mutluluk ve iyilik hali başkalarına bağlı olduğunda kolaylıkla kaybedilir ve sizler bu iyilik halini korumak için daima başkalarına bağımlı yaşamaya başlarsınız. Oysa kendi üretiminiz olan bir mutluluk halini korumak çok daha kolaydır. Elbette yaşamdaki iniş çıkışlar hepimizin zaman zaman dengesini bozabilir ama kendi başınıza kalabileceğiniz, kendi kendinize de keyif alabileceğiniz bir yaşam üretmek sizin elinizde.

10. Dansla güne başlayın: Sabahları dans etmek enerjinizi yükseltir. Sevdiğiniz ve enerjisi yüksek bir şarkı açın, sesi biraz yükseltin ve on dakika boyunca dans edin. Kollarınızı, kalçanızı, omuzlarınızı hareket ettirin, tüm bu bölgeler sizin dişil enerjinizin yoğunlaştığı bölgelerdendir. Enerjinizin çok yükseldiğini göreceksiniz.

11. Cildinizi parlatın: Kadınlarda cildi nemlendirmek çekiciliği ve cazibeyi artıran bir şeydir. Eğer auranız yüksek olsun istiyorsanız parlak bir cilde sahip olmak için dikkat edin. Nemlendiricinizi kullanın, cildiniz parlasın çünkü karşı taraftan bakıldığında bu çekicilik ve cazibeyle eşleştirilen bir şeydir. Sizin için özel biriyle buluştuğunuzda bu tarz parlatıcılar kullanın ya da cildinizi bolca nemlendirin. İnsanlar evrimsel olarak da cildi parlak kişilerden etkilenirler. Cildi parlak bir kadın gördüğümüzde o kadının daha doğurgan olduğunu, çekici olduğunu düşünürüz çünkü bu evrimsel olarak beynimize kodlanmıştır. Nemli ve parlak cilt kadın için östrojenle eşleştirilir ve yüksek östrojen yüksek doğurganlık demektir. Bu nedenle parlatıcı kullanmak çekim yaratır. Göğüskafesiniz, yüzünüz, özellikle şakak ve elmacıkkemikleriniz parlak olmalı. Ekstra çekicilik kazanmada, cazibe yaratmada ve seçilen kişi olmada cildin parlaklığı çok önemlidir.

12. Randevu takvimi için özel bir püf noktası: Önemli biriyle buluşacağınız zaman buluşmayı yumurtlama dönemine denk getirmeniz önemli bir püf noktasıdır, özellikle ilk buluşmalarınız için. Regīden sonra 12 ve 14. gün arasında buluşursanız vücudunuz özel bir koku salgılar ve bu koku özellikle erkekler tarafından hissedilen bir kokudur. Feromon dediğimiz bu kimyasal, canlılar arasındaki sosyal etkileşimi sağlar ve özellikle cinsellikte üreme ile ilgili karar verme mekanizmalarını yönetir. Koltuk altı, ter bezleri ve jenital bölgelerimizden salgılanan bu kokular aşk hormonu olarak da bilinir, karşı cinsi etkiler ve çekim yaratır. Bu dönemlerde evrimsel olarak kadına bir güzellik gelir, salgılanan östrojen nedeniyle yüz ve kalça gibi vücudun belli hatları yuvarlaklaşır ve karşı cinse daha seksi bir çağrışım yapar. Yani regīden sonra 12 ve 14. gün arasında özellikle ilk buluşmalarınızı yaparsanız, bu dönemde özel bir hormonal çekicilik kazanırsınız. Parfüm sıksanız dahi salgıladığınız bu özel koku erkekleri cezp eder.

13. Göğüskafesi bölgenizde turuncu kullanın: Kadında boyun ve göğsün bitişinin arası en cazibeli yerdir ve bu bölgeden enerji yayar. Bu bölgede özellikle turuncu bir şey takmak önemlidir, hem ilk buluşmalarda hem özel görüşmelerde karşı tarafın sizi çekici bulmasını ve tekrar görüşmek istemesini sağlar. Turuncu renk cazibeyi, çekiciliği, tekrar görüşme isteğini artırır. Pek çok büyük markanın logosunda turuncu kullandığına şahit olmuşsunuzdur, büyük süpermarketlerde reyonlarda da özellikle turuncu renk kullanılır. Turuncu insanları tekrar yanına çağıran bir renktir. Turuncu olan şey "Beni al..." der, o yüzden bedeninizdeki cazibeli bölgede turuncu taşımak etkilidir.

14. Hayatınıza suyu katın: Özellikle kadınlarda çekiciliğin ve auranın yükseltilmesi konusunda su çok önemli, vücudumuzun büyük bir kısmını da su oluşturuyor. Çekici ve dişil özelliklerimizle auramız suyla çok beslenir. Bu yüzden özellikle suyla ilgilenmek, buluşacağınız kişilerle su kenarında buluşmak, su sesi dinlemek sizi enerji açısından çok yükseltecektir. Özel biriyle buluşacaksanız deniz kenarında ya da suyun olduğu bir alanda buluşun, buluşmadan önce suyla daha çok vakit geçirin.

15. Tuzlu suyu ihmal etmeyin: Hayatta her şey enerjiden oluşur. Siz de enerjiden oluşuyorsunuz, atom parçaları da bedenimizde bulunuyorlar. Vücudumuzda da hayatta da hiçbir şey durağan değil, her şey sürekli hareket halinde. Bir tahta parçasının içinde bile hareket eden moleküller var, o yüzden her şeyin bir enerjisi var. Auramızı yaratan şey de bu enerji... Bu nedenle haftada bir yapacağınız tuzlu su çok önemli. *İz Bıraktığın Kadar Varsın* kitabımda bahsettiğim tuzlu su uygulamasını yapın. Alışveriş merkezi gibi çok elektrik yüklü yerlere giriyorsanız haftada iki kez de yapabilirsiniz.

Okurlarımdan o kadar fazla tuzlu su enerjimi dengeledi, çok iyi geldi mesajları alıyorum ki aslında inanın tuzlu su sizde olması gereken enerjiyi geri getiriyor. Ancak ne yazık ki bugün içinde koşturduğumuz yaşam enerjimizi bizden çalıyor. İlişkilerdeki bozulmalar, kadınların genel anlamda dişiliğini ve çekiciliğini kaybetmesi enerjinin bozulmasıyla ilgili bir durum.

Elektrik yükü kişinin sistemini bozuyor, kadın da dişiliğini kaybetmeye başlıyor.

Enerjinizi yükseltecek tuzlu suyu yapmak ve ilerleyen bölümde bahsedeceğim yağları kullanmak bu nedenle çok önemlidir. İnsanlar bugün olması gerekenden daha az çekici. Erkeklerin cinselliklerinde ve cinsel isteklerinde azalma var. Bu hormon dengemizle ve dengesiz elektrik yüklerinin sistemimizi bozmasıyla alakalı bir durumdur. Aslında siz güzelliğinizi kaybetmiyorsunuz ama enerjiniz düşüyor ve aşağı çekiliyor. Aura ve güzellik farklı şeylerdir, bir insan çok güzel olmasına rağmen aurası düşük olabilir ya da tam tersine güzel olmamasına rağmen aurasıyla herkesi etrafında pervane yapabilir. Herkes aurası yüksek kadının yanında olmak ister. İstenilen, çekici, seçilen kişi olmak; aurayı yükseltmek; tekrar görülme isteği uyandırmak ve birlikte olmak istenen kişi olmak hepimizin arzuladığı şeylerdir.

16. Tavrınızı yumuşatın: Özellikle kadınlarda yumuşak olmak, esnek davranabilmek, çok konuşmamak çok önemlidir. Dişilik, yumuşaklık ve esneklik demektir. Bunları özellikle vazgeçilmezlikte kullanacağız. Cazibeli kadınlar; sohbet ederken hafif flörtöz, hafif nazlı, gerektiğinde de sınır çizebilen ve hayır diyebilen kadınlardır. Sınır çizip hayır derler ama hafif de flörtöz olurlar aslında. Cilveli olmak size enerjisel bir güç katar. Güler yüzlü olmak, sohbet ederken karşıdakinin gözlerine bakmak, konuşurken karşı tarafı hem istiyormuş hem istemiyormuş gibi yapmak, tatlı tatlı sözler söylemek ama bazı isteklerini istemiyorsak da hafif hafif geri çekilmek önemlidir. Buradaki dengeyi kurmak gerekir, tatlı bir dişiliğiniz olmalı. Tamamen dişi, tamamen seksi olmamalısınız, bu da sizi aşırı vamp bir kadın haline getirir. Karşınızdaki tatlı konuşmuyor olabilir, içinizden gelmiyor olabilir ama eğer asık suratla durursanız, dişilik enerjiniz düşer. Gülmek de dişilik enerjisiyle çok alakalıdır.

Gülen, sohbet eden, hafif yandan bakışlar atan, parlayan, tatlı tatlı yürüyen, ellerini kullanan insanın bir cazibesi vardır. Huzur, mutluluk, neşe verici, komik bir insan olun. Espriler, fıkralar öğrenin komik olmaya odaklanın. Komiklik, bazı şeyleri dalgaya alıyor olmak insanları çok etkiler ve diğerlerinin sizinle daha çok vakit geçirme isteğini tetikler.

Kadınların hem dişiliği, hem seksiliği, hem masumiyeti bir arada tutması gerekir. Bu da aurayı çok yükselten bir şeydir, hem dişi olacaksınız seksiliğiniz olacak ama çok akıllı da olmayacaksınız yani bir yanınız saf olacak. Siz kimseye kandırılabilir tarafınızı göstermediğinizde insanlar sizden uzaklaşmaya başlar, özellikle erkekler. Zeki olmak güzel bir şeydir, ben de hayatımın çoğunu okuyarak geçiriyorum, çalışıyorum. Bir erkekle birlikteyken de okuyun, kendinizi geliştirin ama bazen bir şeyleri bilemeyin, yapamayın. Bazı noktalarda gücü hayatınızdaki erkeğe teslim edin, bu karşı tarafta sizi daha çekici hale getirir ve insanlar sizin için bir şeyler yapmak ister.

Çok zeki olmak ve çok zeki görünmeye çalışmak birbirinden farklı şeylerdir. Kadın beyni erkek beyninden farklı bir şekilde ve daha fazla organize olacak şekilde evrilmiştir. Çünkü bebek bakımı ve yuvayı organize etme becerileriyle donatılmış kadınlar evrimsel açıdan çok daha fazla uyum yeteneğine sahiptir. Kadınlar olarak çok zeki olabiliriz, daha organize varlıklar olabiliriz ama çokbilmiş, her şeyi bilen bir tavra bürünmemeliyiz. Biliyorum çok akıllısınız, kendinizi çok geliştiriyorsunuz ama bunları çok göze sokarak göstermeyin. Dişillik edilgenlikle ilgilidir, aktif taraf erkek olmalı. Dişillik alıcı olmaktır, sürekli bir şeyleri göstermeye ya da vermeye çalışmak sizi eril bir kadın haline getirir.

Günümüzde çalışan kadınların haklı olarak düştüğü tuzaklardan biri de budur. Kendini savunmak zorunda kalan, para kazanmaya çalışan pek çok kadın erilleşir, belki de zorlu yaşamın bir yan etkisi olarak... Oysa dişil tarafımızı sabote ettiğimizin farkında olmayız ve bu dengesizlik haliyle özel ilişkilerimize yansır. Erkek bir ilişkide kendi gücünü gösteremediğinde -bahsettiğim tamamen eril enerjiyle alakalı- ilişkiden uzaklaşmak ister ya da aldatır. Bu nedenle dişil yönden auranızı beslemeniz hayati önem taşır.

17. Gizemli olun: Giyiminizde dengeyi ayarlayın. Çok abartılı makyaj yapmayın, çok açık giyinmeyin yani üstünüz açıksa altına pantolon giyin ya da etek giydiyseniz üstünüz daha kapalı olsun. Eğer tesettürlüyseniz mutlaka renkleri eşarplarınızda, iğnelerinizde kullanın. Sosyal medyaya da çok açık fotoğraflar koymayın. Modelseniz görselliğiniz çok ön planda olmak zorundadır o ayrı. Çekicilik bakımından bedeni fazlasıyla ve cüretkâr bir şekilde göstermek kişinin cazibesini ve gizemini yok eden bir şeydir. Yani çok açıklıkla dikkat çekmektense hiç dikkat çekmemek daha iyidir. Buradaki denge çok önemli, dişilikte gizem daima saklanmalı. İlişkide bağlılığı besleyen en önemli bileşen bu gizem ve merak uyandırma halidir.

Çok açık giyinmek aurayı düşürür çünkü auranın içinde biraz gizemli olmak vardır. Bazı bölgelerin kapalı olması aurayı yükseltir. Hafif bir dekolteniz olabilir mesela göğüs bölgeniz açıksa bacaklar biraz daha kapalı olabilir. Aşırı açıklık düşünülenin aksine çekiciliği azaltır, dişilik enerjisi yerine sadece anlık bir haz duygusunu tetiklersiniz. Oysa biz en başından beri daha derin ve uzun soluklu etkiler yaratmanın peşinde olmalıyız. Gizem uyandıran, karşımızdakini sürükleyen, merak ettiren ve düşündüren bir kadın haline gelmeliyiz. Profesyonel işiniz değilse sosyal medyaya ya da farklı yerlere çok açık fotoğraflarınızı koymayın, hatta hayatınızla ilgili çok fazla şey de paylaşmamaya dikkat edin.

18. Ara sıra gelgitler yapın: Sürekli bir şeyler belirtip vazgeçiyor gibi, hem istiyor hem istemiyormuşsunuz gibi yapın. Hep bir şeyleriniz belirsiz olsun. Kadınlar bir şeyleri garantide tutmak isterler; ne zaman mesaj atacak, akşam mesaj attı, iyi geceler dedi, sabah demedi diye düşünürler. Tanışır tanışmaz yaza program yapmaya çalışırlar ve fazla aceleci davranırlar. Bunları da yapmamak gerekir, ilişkide hep bir belirsizlik hali olmalı. Karşı taraftan gelen beklentiler de belirsiz bırakılmalı, örneğin "Yaza birlikte tatile gider miyiz?" diye sorduğunda gülümseyerek "Bilmem, bakarız, benim programım hiç belli değil" diyebilirsiniz. Unutmayın avcı sürekli av peşinde olmalı.

19. İlk tanışmada çapalama yapın: Biriyle tanıştınız ve el sıkışacaksınız. İlk temas burada çok önemlidir, birinin elini tutmak en çok enerji aktaran şeylerden biridir. Birinin elini tutarken, partnerinizin elini tutarken, ilk tanıştığınız kişilerle el sıkışırken çapalama yapın. Merhaba derken mutlaka elinizi karşı tarafın elinin ortasına hafifçe bastırarak deyin, elinizi çekerken de hafifçe çekin. Böylece karşıdaki kişiden enerji alır ve ona da enerji verirsiniz. Bir kadın birinin elini sıktığında mutlaka ondan daha yumuşak bir şekilde sıkması gerekir, ortaya bastırıp sonra geri çekeceksiniz. Birinin elini tuttuğunuz zaman da elinizin kuru olmaması yani hafif nemli olması önemlidir çünkü elinizin nemli olması dişil enerjinizin yüksek olduğu mesajını verir ve çekiciliği gösterir. Avuç içleri de birini çapalarken enerji akışının daha iyi sağlanması için nemli olmalıdır. Ayrıca nemli eller hafızada daha çok iz bırakır.

20. Yaşamınızı zenginleştirin: Hayatınızın merkezinde birden fazla alan olmalı. Asla hayatınızın merkezinde ilişki olmamalı. Flört ettiğiniz kişi sizi daima meşgul bulmalı, her zaman meşguliyetinizi, müsait olmadığınız zamanları, arkadaşlarınızla olduğunuzu söyleyeceksiniz. Özel hayatınıza dair her şeyi flört ettiğiniz kişiye anlatmayın, ailenize, arkadaşlarınıza kırılsanız dahi bu tarz problemlerden sürekli bahsetmeyin. Zayıflıklarınızı karşı tarafa göstermeyin. İnsanlarla tartışmalarınızı, arkadaşınızın sizin arkanızdan bir iş çevirdiğini ya da ailenizin size negatif bir şey yaptığını anlatmamaya çalışın. Çok kötü bir durum olmadıkça bunu yapmamak önemlidir. Aşırı ilgi göstermeyin, karşı tarafı sizinle birlikteyken çok mutlu hissettirmeyi amaçlayın. Ama sonrasında üst üste arayıp, sıkboğaz etmeyin. Unutmayın kaçan daima kovalanır.

21. Kendinize değer katın: Çirkin şansı denen şeyi duymuşsunuzdur, hatta bazen halk arasında "Allah çirkin şansı versin" derler. Çirkin insan neden şanslıdır? Çünkü güzel insan güzelliğine çok güvenir ve farklı özelliklerine yatırım yapmaz. Güzelliği sebebiyle çocukluğu boyunca pohpohlanmış insanlar genelde kişiliğine, eğitimine yatırım yapmazlar çünkü onlar için ellerindeki güzellik silahı insanları etkilemek için yeterlidir. Oysa ilişkilerde cazibe uyandırmak ve uzun soluklu birliktelikler yaşamak için sadece fiziksel donanımımız yeterli olmaz. Zengin bir düşünce dünyasına sahip olmak, kültürlü olmak, sohbetinizle zevk vermek, eğlendirmek, güldürmek ve daha pek çok şey ilişkilerde muhabbetinizi artırmak için önemlidir. Kendini güzel bulmayan pek çok insan bir şeyleri elde etmek için karaktere, sohbete, tatlı dile, iletişim becerilerine daha çok önem verirler. Buna önem verdiğiniz zaman auranız yükselir, özgüvenli bir duruş sergilersiniz.

Bedel Ödetmeyle Aurayı Yükseltme

İlişkiler baştan sona sürprizlerle doludur. Her zaman işler beklediğimiz gibi gitmez, bazen tadımızı kaçıracak olaylarla karşılaşırız. Bu gibi durumlarda üzgün, kızgın olmak hiçbir kadına yakışmaz. Bir şeye öfkelendiğinizde sonucu bağırmak, çağırmak, kırılmak, şiddet olmamalıdır, bu kadına cazibe katmaz aksine cazibeyi azaltır. Bu yüzden sessiz olup geri çekilmek gerekir. İşte burada bedel ödetme devreye girer...

Örneğin partneriniz dışarı çıktı, saat ikide onu aradınız ve açmadı. Eğer size saat dörtte dönüyorsa siz de bu durumu taklit edeceksiniz. Eğer iki saat boyunca size dönmediyse ilk aramasında onu bekletin ve bedel ödetin. İki saatten biraz daha az ya da fazla bir süre bekleyin ve öyle geri dönün. Telefonu asla gergin bir modda açmayın, tatlı bir şekilde konuşun, neredeydin, ne yapıyordun diye sorgulamayın, o bir önceki açmayışını unutun. İlk çalmada açmadın ya da sen neredesin demeyin, tripli konuşmayın. Böyle yaparak ona şunu öğretirsiniz, eğer sen benim telefonumu açmazsan sen de bana anında ulaşamazsın. Sözlerle değil tam net olmayan, belirsiz bir davranış ile öğretin bunu. Bunu eşinize de yapabilirsiniz. Siz de onu bekletin ama aradım ulaşamadım demeyin, zaten eğer yanlış bir şey yapıyorsa size doğruyu söylemeyecektir. Tam tersine anlattığım şekilde davranmanız onda kaybetme korkusunu tetikleyecektir. Suçlu bir insan sizin ona tepki göstermenizi, hatta belki bağırıp çağırmanızı bekler, oysa siz tam tersine hafif geri çekilmiş bir pozisyonda tatlı bir şekilde iletişim kurarsanız kafası karışacaktır. Sizin neden böyle davrandığınızı bir yere oturtamadığı gibi içinde alarm zillerinin çalmasına neden olacaktır.

Söz verilen saatten geç aradığında da aynı taktiği uygulayın. Örneğin size, ben seni akşam sekiz gibi arayacağım deyip on ikide aradıysa telefonu açmayın. Sabah gördüm uyumuşum canım deyip, tüm gece aramasını beklediğiniz imajını vermeyin. Gündüz aramayıp gece arayanları hiç açmayın. Gece aramak genellikle cinsellik amacıyladır, o yüzden gece aramalarına cevap vermeyin. Sizi dokuzda arayıp, onda buluşalım dediğinde müsait olmadığınızı söyleyin. Bunlar gizem uyandıran ve size değer katan davranışlardır. Eğer bir insan sizinle program yapmak istiyorsa bir gün öncesinden ya da en azından o günün sabahından haber vermeli, dokuzda arayıp program yapmamalı.

Ya da bir erkekle plan yaptınız akşam için fakat o planı erteledi ve size yarın yapalım dedi, bu ilk seferde kabul edilebilir. Tekrar yaparsa benim bu haftam dolu deyin. Erkek burada şunu hissetmeli: Ben onunla olan buluşmamı önemsemezsem onu bir hafta göremeyebilirim çünkü programı çok dolu. Dolu değilse bile dolu demelisiniz, en kötü şey her günü boş olan insandır. Bugün ekti yarın boş, yarın ekti öbür gün boş olmamalı... Her an her şeye hazır olmak sizi değersizleştirir. Bu durumda uzun bir ilişki dahi olsa benim başka programım var deyip partnerinizle hemen program yapmaya soyunmayın.

İlişkilerinizde daima "Tek odak noktam sen değilsin, seninle buluşmadığımda benim başka programlarım oluyor"u göstermelisiniz. Böylelikle benimle program yapmak isteyen çok insan var alt mesajını vermiş olursunuz. Sesli biçimde bunları söylemeseniz de bu mesajlar çok etkilidir. Erkekler sözlerden daha çok davranışlardan anlar. Bunlar aslında bir nevi bedeldir, bu şekilde onların hareketini yönlendirmiş, bununla birlikte cazibenizi de artırmış olursunuz.

Tahmin edilebilir
olduğunuzda kolay
yönetilebilir olursunuz ve
cazibeniz düşer.

Şehir dışına arkadaşlarıyla tatile çıktıysa beklentisi nedir? Siz devamlı onu arayacaksınız, merak edip kıskanacaksınız... Şehir dışına tatile gidiyorsa normalde aradığınızdan daha az arayın, şaşırtmak ve beklenenin dışında hareket edebilmek çok büyük bir güçtür. Âşık olan erkeklere baktığınızda kadınların hep beklemedik şekilde hareket ettiğini görürsünüz. Çok saf, masum, güvenilir ama bir yandan da çok belirsiz olmanız lazım. Tahmin edilebilir olmak sizi kolayca yönetilebilir bir hale getirir ve bu da cazibenizi düşürür.

Buluştuğunuzda eğer çok tripliyse, zaten bir hafta sonra buluştuğunuz için surat asıyorsa gidin yanına tatlı bir öpücük kondurun yanağına ve "Sen biraz gerginsin, biraz sakinleş biz yine buluşuruz" deyin. Öfkeli anlarda birinin üzerine gitmemek, sizinleyken tüm kötü halini kusmasına izin vermemek ve buluşmayı yarıda bırakıp çekilmek de önemlidir.

Yine sizi bir iki saatliğine görmek istiyor, saat dokuzda aramış geleyim mi diyorsa kabul etmeyin çünkü belli ki cinsellik amacıyla geliyor. Evde yapılacak bir saatlik görüşmeleri kabul etmeyin, her erkek bunu cinsellik dürtüsüyle teklif edebilir ancak önemli olan sizin tavrınızdır. Kolay erişilir olmak size puan kaybettirir.

Biriyle yemek için buluştuğunuzda ne seversin, ne yiyelim dediğinde sen bilirsin demeyin, ne istediğinizde net olun. Et seviyorum ya da balık seviyorum deyin. Ben çiçek almayı seviyorum, ben hediye almaktan hoşlanırım gibi ifadeler netlik gösterir. Bir erkek size ne kadar yatırım yaparsa (sadece maddi olarak değil) size o kadar âşık olur. Dengeyi kurmak önemli, muhtaç olmayın ama isteyin. Sizin kendi hayatınızı idame ettirecek gücünüz var ama bir erkeğin sizin için bir şeyler yapıyor olması önemlidir, karşıdaki kişiyi takdir etmek de çok önemlidir. Karşı tarafa bizim için değerli olduğunu, önemli olduğunu, ona güvendiğimizi sıklıkla hatırlatın.

Afrodizyak Yağlarla Cinsel Aurayı Yükseltme

Hürrem Sultan hali ve tavrıyla birlikte kendine özel bakım kürleriyle ve bakım ritüelleriyle de bilinirdi. Özellikle sarayda her türden bitkisel yağlar, özel karışımlar hem saray mutfağında hem de diğer pek çok alanda kullanılır, özel olarak en kalitelileri çeşitli şehirlerden özellikle getirtilirdi.

Aromaterapi, sağlığı ve esenliği teşvik etmek için doğal bitki özlerini kullanan bütünsel bir iyileştirme yoludur. Bazen buna uçucu yağ tedavisi denir. Aromaterapi, vücut, zihin ve ruhu iyileştirmek için tıbbi olarak aromatik esansiyel yağları kullanır. Eklem ağrılarından uykusuzluğa kadar pek çok sorunda bu yağlardan faydalanırız aslında, tıbbi olarak herkese önerilmemesi ve çok dikkatli olunması gerektiği dile getirilmekle birlikte destekleyici olarak bu yağlara başvurabiliriz.

Geçmişten bugüne kullanılan afrodizyak etkiye sahip olan yani cinsel isteği uyandıran ve çekim yaratan pek çok formül vardır. Bunlardan biri de afrodizyak yağlardır. Feromonların karşı tarafta nasıl bir çekim yarattığından söz etmiştim. Feromonlar bu özel afrodizyak yağlarla birleştiğindeyse cinsel çekimi daha da artırırlar.

Uçucu yağlar auranızı temizlemek, sizi rahatlatmak ve hatta sizi içeriden iyileştirerek vücudunuzu canlandırmak için kullanılabilir. Ayrıca, kayıp enerjiyi yeniden kazanmanıza, cinsel istek ve uyarılma sorunlarına neden olabilecek (fiziksel veya duygusal gibi) temel sorunları çözmenize yardımcı olabilirler. Ayrıca cinsel dürtünüzü uyaran ve kan akışını iyileştiren doğal afrodizyaklar olarak da işlev görürler. Seks hayatınıza renk katmak veya libidonuzu geliştirmek istiyorsanız yatak odanızda uçucu yağlardan faydalanabilirsiniz.

Bazı bitkiler yüzyıllardır erkek ve kadın cinsel isteğini, performansını ve zevkini artırmak için kullanılmıştır. Gülyağı, lavanta yağı, ylang ylang yağı ve çok etkili bir yöntemle kullanacağınız yasemin yağı afrodizyak etkisi yüksek olan yağlardandır. Bu yağların çok ağır kokuları olduğundan çok dikkatli ve ölçülü kullanmalısınız ve her zaman temiz tene uygulamalısınız. Bunlar hem aurayı yükselten hem de kadınlığı, dişiliğinizi artıran yağlardır.

Bu yağlar uyarıcı etkileri ve yaydıkları kokuyla hafıza üzerinde çok kalıcı bir etki yaratırlar. Kokunun beyinde algılandığı ve diğer bölgelere dağıtıldığı alan, hafıza merkezine çok yakındır. Bu yüzden koku ile hafıza arasında çok sağlam bir bağ oluşmuştur. Hafıza merkezi aynı zamanda duyguların da işlendiği bir yerdir. Bu yüzden duygular, anılar ve kokular birbiriyle birlikte işlenir. Yani aklınıza bir anı geldiğinde, o anda ne hissettiğinizi hatırlamanız ve burnunuza o ortamın kokusunun gelmesi bu sayede olur.

Koku alma duyumuz, burnun arkasında yer alan koku alma ampulünün sinir uçlarını uyarır ve bu da, beynin limbik sistem adı verilen ve libidomuzu tetikleyen ilgili bölümünü uyarır. Uçucu yağlar sihirli bir etkiyle hormon üretimini kontrol eden endokrin bezinin yöneticisi hipofiz bezini uyarır. Hipofiz bezinin hareketsizliği düşük cinsel dürtüye neden olabilir. Bu uyarıcı etki ise hem sizi hem de karşı tarafı ateşler. Afrodizyak yağlarda bulunan doğal kokular, cinsel çekicilik söz konusu olduğunda kilit bir önem taşır. Bazı kokular kadınlar için aşırı derecede afrodizyak etkisi yaratırken, bazıları da erkekleri büyüleyecek kadar iyidir. Tek yapmanız gereken bu "gizli" yatak odası yardımcılarının gücüne başvurmaktır.

Sabahları güne başladıktan sonra kendiniz için tasarladığınız sabah ritüelinizi yerine getirip günlük duşunuzu alın ve tuzlu suyunuzu yapın. Biliyorsunuz ki yaşamın içinde birçok enerji bozucu şey var ve bedenimiz de elektrik enerjisiyle çalışıyor. Bedeninizde biriken fazla elektrik yükü enerjinizi, auranızı yani tüm sisteminizi bozar. O yüzden yapmamız gereken şeylerden biri eğer çok elektrik yüklü bir yerde çalışıyorsanız haftada bir ya da iki kez tuzlu su yapmaktır.

Günlük duşunuzu aldıktan ve tuzlu suyunuzu yaptıktan sonra gülyağını kulak arkasına bir damla olacak şekilde sürün. Dirsek içlerine birer damla ylang ylang yağı, ayrıca diz arkalarına ve bacak içlerine çok az lavanta yağı sürebilirsiniz.

Aromatik yağların güçlü özelliklerine gelirsek:

Ylang ylang: En güçlü afrodizyaklardan biri olarak kabul edilen ylang ylang, libidoyu ve çekiciliği artırır. Size enerji verir, erotizmi yoğunlaştırır ve cinselliğinizde cesareti artırır. Bu önemli yağ, iktidarsızlık ve düşük libido sorunlarıyla uğraşanlara yardımcı olabilecek faydalar içerir. Sinir sistemini ve doğrudan endokrin sistemi uyarır.

Gülyağı: Afrodizyak gülyağı deneyiminizin yoğunlaşmasını ve aynı zamanda dengelenmenizi sağlar. Dişil cazibenizi artırarak partnerinizi sarmalar ve size yönelik bağlanma duygularını tetikler. Şehvetli kokulardan biridir.

Lavanta: Afrodizyak lavanta kan akışını hızlandırır, uyarılmayı ve daha çok zevk almayı sağlar.

Bunların dışında yatak odanızda kullanabileceğiniz bazı doğal yağlar da vardır. Bu yağları buhurdanlıkla kullanarak odanızın atmosferini büyüleyici hale getirebilirsiniz.

Sandal ağacı: Tatlı, odunsu egzotik bir kokusu olan sandal ağacı duygusal yoğunlaşmaya ve odaklanmaya yardımcı olur. Sakinlik, dinginlik verir ve rahatlatıcı etkilere sahiptir. Özellikle gergin bir gün geçirdiğini düşündüğünüz partnerinizi rahatlatmak için çok etkili olacaktır.

Neroli yağı: Acı portakal ya da turunç diye bildiğimiz meyveden elde edilen bu yağ mental olarak rahatlatıcı etkilere sahiptir. Depresif, karamsar duyguları yatıştırır ve rahatlamayı sağlar.

Portakal yağı: Gerginliği azaltıcı ve zindelik verici etkilere sahiptir. Aynı zamanda kaslarda rahatlamaya yardımcı olacağından bu yağla partnerinize masaj da yapabilirsiniz.

Paçuli: Paçuli, sizi daha güçlü ve arzulu hissettirir, cinsel arzuyu zirveye taşır ve samimi anlarınızda sakinleştirici bir atmosfer yaratma gücüne sahiptir. Paçuli yağı ayrıca kaygıyı azaltmaya ve duyularınızla daha fazla bağlantı kurmanıza yardımcı olur.

Aura Yükseltici Hürrem Banyosu

Gülsuyu ve gülyağı Osmanlı saraylarının vazgeçilmezlerindendi. Şerbetlere, lokumlara, cilt bakım kremlerine, banyo sularına eklenen gülyağı hem bedensel hem de ruhsal zindelik için olmazsa olmazdı. Gülyağı yüksek bir enerji verici ve aura yükselticidir. Hürrem Sultan'ın hem çekiciliğinin hem de güzelliğinin sırlarından birisi de güldür...

Hürrem Sultan'ın bakım sırları yüzyıllar boyunca hep merak konusu olmuştur. Şimdi bu sırlardan bahsederek aura yükseltici bir banyonun inceliklerini anlatalım.

- **Keselenin:** Hürrem banyosunun en önemli adımlarından biri keselenmektir. O dönemlerde beyaz ve pürüzsüz bir cilde sahip olmak en önemli güzellik nişanesi olduğundan kadınlar sıklıkla kese yapar, ciltteki ölü tabakayı arındırır ve cildi canlı, sağlıklı tutmaya çabalarlardı. Osmanlı haremindeki kadınlar banyoda uzun saatler geçirirlerdi.

- **Gülsuyunun şifası:** Harem kadınlarının, cilt temizliği için kullandıkları ürünlerin başında gülsuyu gelirdi. Gül suyu, Osmanlı sarayında açık ara en çok tüketilen bakım ve güzellik malzemesiydi. Kadınlar, yüzlerini gülsuyu ile yıkar, güzel kokmak için gülyağı sürerlerdi. Bel bölgesine gülyağı süren Hürrem Sultan'ın yüksek aurasının ve etrafına yaydığı afrodizyak havanın bundan kaynaklandığına inanılırdı. Hamam ve keseye eşlik eden başka yağlar da muhakkak kullanılırdı. Bunlar arasında bademyağı, zeytinyağı da sayılabilir.
- **Kil maskesi:** Banyo esnasında haremdekiler yüzlerine kil maskesi yaparlar ve ışıltılı bir görünüm elde etmeye çalışırlardı. Bugün artık biz kadınlar sayısız cilt bakım ürününe ve yöntemine ulaşabiliyoruz ama yine de en sağlıklı ve doğal yöntemlerle bakım yapmaktan vazgeçmemeliyiz. Mümkün olan en doğal ve sağlıklı kil maskesini edinin ve uygulama şekline dikkat ederek maskenizi yapın.
- **Saç bakımı:** Sarayda kadınlar uzun saçlarıyla salınırlarken elbette saç bakımları için gerekeni yapmayı da ihmal etmezlerdi. Saçı nemlendirmek ve yumuşatmak için yine doğal yağlardan faydalanılırdı. Saç rengini değiştirmek için kına, papatya suyu kullanılırken, parlatmak içinse zeytinyağı ve bademyağından faydalanırlardı. Siz de evinizde kullandığınız şampuanınızın içine birkaç çay kaşığı saf zeytinyağı ilave edebilirsiniz. İyice çalkaladıktan sonra saçlarınızı yıkayabilirsiniz, iyice

durulamayı unutmayın. Ayrıca haftada bir saç maskesi yaparken maskenize bir tatlı kaşığı süzme bal katmak, saçlarınızın daha parlak ve yumuşak olmasını sağlar.

- **Lavanta iksiri:** Hürrem'in lavantayla ayaklarını ovdurduğu da anlatılanlar arasındadır. Bütün bedenimizin yükünü çeken ayaklarımızın bakımı için bir bardak kaynar suda bir tatlı kaşığı lavantayı bekletin. Ayaklarınızı sokabileceğiniz bir kova ya da ufak ayak leğenine ılık su ekleyerek ayak banyonuzu hazırlayın. Dilerseniz birkaç damla lavanta yağı da ekleyebilirsiniz. Suya ayrıca biraz deniz tuzu ilave ederek enerjinizin dengelenmesini de sağlayabilirsiniz.

- **Saray bohçası:** Her banyodan sonra sarayda serin şerbetler içilir, içsel olarak da detoks yapılırdı. Gül, demirhindi, hibiskus, ayva, gelincik ve daha pek çok şerbet saray mutfağının baş tacıydı. Banyodan sonra kendinize bitkisel karışımlarla yapacağınız çayla siz de içsel detoksunuzu sağlayabilirsiniz. Kuru papatya, melisa ve gül yapraklarından yapacağınız karışımı sıcak suda biraz beklettikten sonra süzün ve için. Tüm bu bitkiler aynı zamanda sakinleştirici ve rahatlatıcıdırlar. Dilerseniz tatlandırmak için içine bir çay kaşığı bal, karanfil ve tarçın çubuğu atabilirsiniz. Karanfil ve tarçın aynı zamanda afrodizyak etkilere sahiptir, ancak aşırı kullanmanın zararlı olacağını unutmayın. Çayınızı içerken size iyi gelecek bir müzik açabilir ya da su sesi dinleyebilirsiniz.

- **Güzel bir uyku için lavantalı yastık:** Kaliteli uyku bedensel ve ruhsal sağlık için çok çok önemlidir. Uyumadan önce yastığınıza damlatacağınız bir damla lavanta yağı da hem stresinizi yatıştırmaya hem de daha kaliteli ve derin bir uyku uyumanıza yardımcı olacaktır. Kuru lavanta çiçeklerini bir keseye koyup yastık kılıfınızın içinde de tutabilirsiniz.

Kristallerle Aura Yükseltme

Kristaller, çeşitli rahatsızlıklar için vücudu bütünsel olarak tedavi etmeye yardımcı olmak için yüzyıllardır kullanılmıştır ve bu minerallerin kullanımı, kötü enerjiyi temizlemek için kullanıldığı söylenen Mısır zamanlarına kadar uzanır. Mısır'la birlikte Antik Yunan, Hindistan, Mezopotamya ve Çin dahil olmak üzere birçok eski kültür, kristallerin iyileştirici özelliklere sahip olduğuna inanıyordu.

Bugün bilimsel olarak henüz elimizde kesinlik olmasa da tamamlayıcı bir iyileşme metodu olarak kristallerden faydalanıyoruz. Öyle ki dünyada ünlü pek çok ünlü isim de yaşamlarına kristalleri katmış durumdalar. Madonna'dan Victoria Beckham'a, Miranda Kerr'den Kathy Perry'ye kadar pek çok dünya starı kristalleri evlerinde ve üzerlerinde özellikle taşıdıklarını vurguluyorlar.

Kristaller, bilezikler ve kolyeler gibi değerli taşlar ve mineralleri takmak, çalıştığınız ve uyuduğunuz odaya kristaller yerleştirmek veya yedi çakrayı uyarmak şeklinde kullanılabilir. Bu taşlar hem enerji alanınızı temizlemek hem auranızı yükseltmek için çeşitli etkiler yaratırlar. Bu etkiler arındırma, enerji yükseltme ve dengeleme olarak sayılabilir. Bazı insanlar kristallerin iyi enerji akışını desteklediğini ve fiziksel ve duygusal faydalar için vücudunuzu ve zihninizi negatif enerjiden kurtarmaya yardımcı olduğunu da iddia ederler. Çeşitli masaj ve SPA merkezlerinde kasları rahatlatmak ve zihinsel rahatlamayı güçlendirmek için de yine bu taşlardan faydalanılır.

Kristallerle çalışmanın temelindeki en güçlü etki derin bir bağlantı kurma isteğidir. Bu hem kendi özünüze uzanan yolda derinleşmenizi sağlar hem de yaşamla ilgili kararlarınızı ve niyetlerinizi güçlendirir. Bağ kurmanın insan için ne kadar önemli olduğunu bu kitabın en başından beri vurguluyoruz. Bağ kurmak sadece insanlarla sınırlı kalmaz, içinde yaşadığımız doğayla, kendi ruhumuzla, içsel çağrılarımızla da bağlanmak ve bütünleşmek isteriz. Bu bizi dengeye taşır.

Bir yürüyüşe çıktığımızda yürüdüğümüz ormanla, yanı başında seyrine daldığımız denizin mavisiyle, çıplak ayaklarımızla yürüdüğümüz kumsalla, ilgilendiğimiz ve büyüttüğümüz çiçeklerle temas kurmak, onların alanlarını deneyimlemek bize başka başka kapılar açar ve bizi genişletir. Dünyanın sadece bizimle ya da sevdiğimiz insanlarla sınırlı olmadığını bilmek, canlı cansız her şeyle bu dünyada bir bütün olarak bir arada bulunduğumuzun farkında olmak bizi dengeler ve farkındalığımızı artırır.

Kristallerin iyileştirici faydaları, ağırlıklı olarak zihinsel esenlik alanımızı sarar, sükûnet, pozitiflik ve odaklanma duygularını artırır. Kristallerin, yaşamınızın farklı alanlarına uyum sağlayabilen, şekil ve renklerinin yanı sıra türlerinin de özel enerjilere sahip oldukları bilinir.

Çeşitli özelliklerine göre bazı kristaller:

Pembe Kuvars: Pembe kuvars, kalbin enerjisini açmaya ve iyileştirmeye yardımcı olan koşulsuz bir sevgi taşıdır. Başkalarının size ve sizin kendinize sevgiyle bağlanmanızı sağlar. İçinizin bağışlanmasını teşvik eder. Pembe kuvars sevgi, güzellik ve şefkat titreşimleri yayar. Evrendeki en güçlü enerjiyi yani sevgiyi besleyen, destekleyen ve hissetmenizi sağlayan iyi hissettiren bir taştır. Pembe kuvarsı kolye olarak göğüskafesinizde taşıyabilirsiniz. Gülyağıyla birlikte etkisini daha da artıracaktır.

Aventurin: Aventurin, kendinizden şüphe duyma duygularının üstesinden gelmenize yardımcı olur. Yeni fırsatların farkında olmanız için kalbin enerjisini açar. Kendine güveni, öz değeri ve iyimserliği artırmaya yardımcı olur. Zihin ve enerji alanı açıldıkça, sizi çevreleyen sonsuz bolluğu ve fırsatları görebilirsiniz. Yaşamınızda bolluk ve bereketin çoğalmasını sağlar. Fiziksel ve ruhsal canlılık verir. Aura enerjinizi temizler. Bu taşlardan yapılmış bileklikleri kullanabilirsiniz.

Kaplan Gözü: Kaplan gözü, tüm topraklama taşlarının en enerjik olanıdır. Sağlığı, kişisel gücü, iradeyi ve zihinsel berraklığı teşvik eder. Bu kristal fiziksel bedene güç, dayanıklılık ve enerji verir. Yaratıcı ifadeyi geliştirir ve kişinin kendi ideal gerçekliğini yaratma konusunda daha özgüvenli ve yetenekli hissetmesini sağlar. Özellikle yeni bir iş kuracaksanız, iş hayatınızda bir terfi için çalışıyorsanız, ellerinizle bir şeyler üretiyor ya da yazıyorsanız bu taşı kullanabilirsiniz. Bu taşın kullanımı antik çağlara kadar uzanır. Odaklanma kolaylığı sağlar ve cesaret veren bir taştır. Uykusuzluğa karşı da iyi gelen bu taş zihinsel sakinlik konusunda da son derece etkilidir. Parlak rengi nedeniyle güneş taşı olarak bilinen kaplan gözü taşı bütün dikkatleri üzerine çeker. Bu taşı yüzük ya da bileklik olarak üzerinizde taşıyarak aynı zamanda cazibe yaratabilirsiniz.

Ametist: Ametist taşı, etki bakımından en güçlü taşlardan biridir. Kuvars grubu ailesine aittir ve kuvars taşının mor renkli olan türüdür. Ametist, enerji yüklü bir taştır. Olumlu etkileri oldukça fazladır. Bu taşı kullanan çoğu kişi üzerinde olumlu, iyileştirici etkiler yapar. Sürekli üzerinizde taşıyabileceğiniz, diğer taşlarla da uyumlu bir kristaldir. Negatif elektrik yüklü bir taştır, bu sebeple pozitif enerjiyi kendisine çeker, ortamdaki olumsuz enerjiyi ise olumlu enerjiye çevirir. Bileklik, kolye olarak üzerinizde taşıyabilirsiniz. Aynı zamanda evinizde, yatak odanızda ametist bulundurmak yaşam alanınızın enerjisini de yükseltir. Mor rengiyle aynı zamanda cinsel yönden auranızı güçlendirir.

Beyaz Kuvars: Kuvars taşı, eşsiz helezonik spiralli kristal formu sebebi ile gezegendeki en enerji verici taşlardan biri olarak kabul edilir. Bu taş enerjiyi tutar, toplar, boşaltır, düzenler, pozitife çevirir. Kuvars taşını elinizde tutmak biyomanyetik alanınızı genişletir. Ayrıca büyük beyaz kuvars kristallerini yaşam alanınızda kullanmak çevrenizdeki enerjiyi temizler. Duygusal olarak sizi dengeler, konsantrasyonu artırır. Herhangi bir konuda karar verirken bu taştan faydalanabilirsiniz. Kristal kuvars taşının iyileştirici özelliklerinin etki etmesi için tene temas etmesi ve sahibinin üzerinde olması gerekmektedir. Takı olarak en iyi seçim kristal kuvars boncuklarından yapılmış kuvars taşı bileklik takmaktır.

Ay Taşı: Ay taşı değişimi, kalıpları ve iç döngüleri işlemeye yardımcı olur. Sezgiyi geliştirdiğine ve kullanıcının iç bilgeliğine erişmesine yardımcı olduğuna inanılır. Kullanan kişiyi sakinleştirir ve cesaretlendirir, yaşamın doğal ritimlerini öğretir ve duyguları dengeler. Ay taşı aynı zamanda aşk taşıdır. Ay taşı Romalılar tarafından yaklaşık 2000 yıl boyunca takı yapımında kullanılmıştır. Yaydığı ışıkla sevgiyi açığa çıkarttığı düşünüldüğünden Hindistan'da geleneksel bir düğün hediyesi olarak verilir. Küpe, bileklik ve kolye olarak kullanılabilir.

Obsidyen: Siyah obsidyen, auranızı negatif enerjilerden koruyan bir kalkan görevi görür. Obsidyenin yansıtıcı doğası aynı zamanda dersleri yansıtmak için bir ayna veya ekran görevi görür veya olumsuz eğilimleri görmeye zorlar. Obsidyen taşı, auradaki tıkanmaları temizleyici özelliğe sahiptir ve güçlü bir psişik koruma taşıdır. Bileklik olarak üstünüzde ya da çalışma masanızda kullanabilirsiniz.

Siyah Turmalin: Negatif enerjiyi sizden uzak tutacak koruyucu bir taştır. Zihinsel, duygusal ve fiziksel denge anlamında, sizi her türlü olumsuzluktan korumaya yardımcı olur. Ayrıca, alanınızın pozitif kalması için fazla enerjiyi sizden uzaklaştırır. Siyah taşlar, temel ihtiyaçlarınızı ve enerji akışınızı karşılayan özel taşlardır. Turmalin taşı kolye, yüzük, bileklik gibi takılarda ve tespihlerde kullanılır. Ayrıca evinizde kullanacağınız iri turmalin kristaller evinizi negatif enerjiden arındırır.

6. BÖLÜM

CAZİBE YARATMAK VE VAZGEÇİLMEZ OLMAK İÇİN İHTİYACINIZ OLAN HER ŞEY

Bu bölümün amacı, gerçek benliğinizle ve ilişki kurduğunuz her şeyle daha derin bir bağ kurmanızı sağlamaktır. Genellikle çatışma çözme metotlarımızdan biri dış dünyayı çözümlemek yani iletişim sorunu yaşadığımız insanları, zorlandığımız durumları değiştirmeye çalışmaktır. Bakışlarımızın kendimize değil tamamen dışarıya yöneltmekse değişimi güçleştirir. Arzu edilen değişimi elde edememekse iyilik halimizi ve dengemizi bozar. Zaman zaman suçlama, pişmanlık, kendine acıma ya da çaresizlik gibi duygulara takılıp kalırız. Oysa dünyayı şekillendiren bizim ona sunduğumuz bakıştır.

Siz dünyaya nasıl bakarsanız, dünya da size öyle bakar...

Bu bölümde aktaracağım metotları uygulamaya başlamadan önce tamamen kendinize odaklanmanızı ve mümkünse dış dünyayla olan çatışmalarınızı biraz rafa kaldırmanızı istiyorum. En derin isteklerinize, yaşadığınız dünyayla en derin iletişime ve aranızdaki güçlü bağlantıya odaklanmanızı istiyorum.

Çünkü derinleşmek için sessizlik gereklidir...

Bolluk ve Bereket İçin Aura Yükseltme

Kimi insanların el attığı işler büyür, berekete boğulur. Kimisi de neye el atsa kurur. Peki, bu neden böyledir?

Bereket de aslında yaşamımızdaki pek çok zihinsel şablon gibi zihninize olumsuz şemalarla kaydolmuş olabilir. Yoksulluk geçirmiş, çocukluğunda maddi anlamda zorluklarla karşılaşmış insanların bereket bilincine geçmesi zor olabilir. Eğer çocukluğunuzda aileniz sizi büyütürken finansal refahlarında sıkıntı çekmişlerse siz de bu şablonu kendinize almış olabilirsiniz.

Hiçbir zaman yeteri kadarına sahip olmadığınızı düşünmek, elinizdekileri kaybetme korkusu duymak, gerekli yerlerde gerekli yatırımları yapmamak, hep başkalarını kazandığı için suçlamak ve sürekli yokluk içinde olduğunu düşünmek kıtlık bilincinin göstergeleridir. Kıtlık bilincine daima korku, memnuniyetsizlik ve kaygı eşlik eder. Bu kaygı, memnuniyetsizlik ve korku da elinizdekini çoğaltamamanın nedenlerinden biri olabilir.

Her şeyin bir aurası olduğu gibi paranın da bir aurası vardır. Nasıl ki kendinizde cazibeyi artırmak için yükseltici çalışmalar yapıyorsanız bereketinizi ve paranızı çoğaltmak için de çalışmalar yapabilirsiniz. Bolluk ve bereket auranızı artırmak için:

- **Güç, başarı ve bolluk bereket için 21 günlük özel çapalama yapın:**

Sessiz ve yalnız kalabileceğiniz bir ortam yaratın.

Tamamen içsel dünyanıza odaklanmaya çalışın. Günlük hayatınızla ilgili bazı düşünceler zihninizden gelip geçecektir, takılmayın ve hepsinin akıp gittiğini izleyin.

Kendinizi çok güçlü hissettiğiniz bir ana odaklanın ve kendinize bir cümle ya da bir kelime seçin. "Güçlüyüm" ya da

"Başarılıyım" kelimelerini ya da "Her şeyi yapabilirim", "Bolluk ve bereketle doluyum" gibi tüm bunları ifade eden tek bir cümle seçebilirsiniz. Bu kelime ya da cümle sözel tetikleyici olarak çalışacaktır. Kendinizi güçlü hissettiğiniz ana odaklandığınızda zihninizde kendinizi tasvir ettiğiniz güçlü imajınız da size görsel bir tetikleyici imge olacaktır. Kendinizi dimdik dururken, çok güçlü hissederken hayal edin, bu sizin güç imajınız olarak çalışacak.

O ana derinleşerek odaklanın ve bu güçlülük duygusunu vücudunuzun en yoğun hangi bölgesinde hissediyorsanız oraya odaklanmaya devam edin. Örneğin güçlü durduğunuz anın içindeyken en çok kalbinizde mi hissettiniz bu duyguyu, kollarınızda mı? Bu bölgeyi keşfedin.

Kendi kendinize düşünmeye devam ederken bu güçlülük hissinin tüm vücudunuza yayıldığını hissedin. Örneğin kalbinizden başlayan bu güçlülük duygusu karnınıza, bacaklarınıza, ellerinize ve gözlerinize kadar yayılsın. Bu duyguya bir renk verin, pembe ya da mor rengin her yerinize yayıldığını hissedin.

Bu yayılma tamamlandıktan sonra karşınızda bir çember hayal edin. Bu çemberin karşısındayken kendinizin en güçlü halini imgelemeye devam edin. Duygunuzun en yoğun olduğu anda seçtiğiniz cümle ya da kelimeyi sesli olarak tekrarlayın ve güç çemberinin içine girin. Seçtiğiniz rengin çemberi de sardığını ve bütünleştiğinizi hayal edin.

Çemberin içindeyken bir çember daha düşünün. Bu ikinci çember sizin daha da güçlü olduğunuz çember olsun yani sizin potansiyelinizin en güçlü hali. Bu çembere de girerek daha da güçlendiğinizi hayal edin. En yüksek güç çemberinde kendinizi izleyin ve içerideyken "Çok güçlüyüm", "Başarılıyım", "Zirvedeyim", "Bereketle dolup taşıyorum" gibi seçtiğiniz sözel tetikleyicinizi tekrarlayın.

İkinci çemberin içinde arzuladığınız en güçlü ana ulaştığınızda avuç içinizde seçtiğiniz bölgeyi çapalayın ve bu çapalamayı 21 gün boyunca yapın.

Kendinizi güçlü hissetmeniz gereken ya da zayıf hissettiğiniz bir anda seçtiğiniz kelimeyi söyleyin ve avuç içinizde sıktığınız bölgeyi tekrar sıkın.

Güçlü bir duruş sergilemek istediğiniz yerlerde seçtiğiniz renkte bir kıyafet giymeyi unutmayın. Bu renk sizin güçlülük hatırlatıcınız olacak. Bu çapayı ayrıca başarı için kullanabilirsiniz.

- **Evinizde ve işyerinizde aura yükselten bitkiler bulundurun:**

Evinizde bereket ve bolluk için iri yapraklı ve yuvarlak hatlı renkli çiçekler bulundurun. Orkide refah, lüks ve bereketin sembollerinden biridir. Özellikle beyaz, mor ve turuncu renkte orkideler bulunduğunuz yerdeki çekim enerjisini yükseltir.

Yine yuvarlak hatları nedeniyle tercih edebileceğiniz bir diğer çiçek para bitkisidir. Bu küçük ağaççık bereketle ilişkilendirilir.

Nergis Uzakdoğu'da şansla bağdaştırılır. Sonbaharda çiçek açar ve zarif, yumuşak görünümüyle olumlu enerjiler verir ve bolluk bilincinde kalmanızı sağlar.

Bolluk ve bereket için yetiştirebileceğiniz bir diğer çiçek Çin'de uğurlu sayılan şans bambusudur. Sadece suyla dolu bir bambu vazosunda evinizin ya da işyerinizin en ferah yerine yerleştirebilirsiniz.

İyi şans, bereket ve zenginlik için yetiştirebileceğiniz bir diğer bitki kauçuktur. Feng Shui'de bu saydığımız özelliklerinden dolayı yetiştirilmesi önerilen bu bitki parlak ve iri yapraklarıyla evinizde olumlu enerjileri tetikler ve varlığıyla kendini hatırlatır.

- **Bolluk ve bereket kristallerinden faydalanın:**

Sitrin kristali altını çağrıştıran renginden dolayı zenginliğin, bereket ve bolluğun sembollerinden biri olarak kabul edilir. İri bir sitrin kristalini işyerinizde masanızda, evinizde gözünüzün gördüğü bir yerde tutmak sizin bolluk ve bereket bilincinde kalmanızı sağlar. Tüccar taşı olarak da bilinen sitrin maddi anlamdaki tıkanıklıkları açar, para akışınızı kolaylaştırır ve size işlerinizde gereken özgüven ve cesareti sağlar.

Bereket ve para enerjisi veren bir diğer taş da pirittir, yine dükkânınızın ya da evinizin görünür bir yerinde kullanabilirsiniz.

Kehribar da sarı ve kahverengi yapısından dolayı altınla ilişkilendirilen bir diğer taştır. Eski zamanlarda bereketi çektiği düşünülen bu taş kasalarda kullanılırmış.

Kaplan gözü bolluk bereket bilincine erişmede yardımınıza koşacak bir diğer kristaldir. Özellikle finansal anlamda bir şeyler planlarken, işinizi büyütme üzerine çalışmalara odaklanırken bu taşı kullanmak, evinizde, işyerinizde ve üzerinizde bulundurmak size ihtiyacınız olan itici gücü hatırlatacaktır.

- **Logonuzda ve tasarımlarınızda turuncu kullanın:**

Enerjik ve dinamik bir renk olan turuncu pek çok markanın logosunda kullandığı bir renktir dikkat ederseniz, hatta turuncuyu marketlerde reyonlarda sıkça görmeniz de mümkündür. Turuncu sosyal etkileşimi canlandıran etkili bir renktir ve çekim yaratması nedeniyle ünlü markalar tarafından tercih edilir. Turuncu psikolojik olarak davet eden, seçilmeyi isteyen bir renktir ve bu nedenle bir cazibe merkezi yaratır. Turuncu aynı zamanda iştahın rengidir, uyarıcı dinamik bir renk olduğu için algının seçilen konuya odaklanmasını sağlar.

- **Dekorasyonunuzda bolluk ve berekete yer açın:**

İçinde yaşadığınız mekânın aurası size de yansır. Mümkün mertebe ferah ve az eşya olan ortamlar yaratmaya çalışın. Dağınıklığı engellemek için kapaklı dolaplar kullanın ya da daha ucuz olan bez raflardan faydalanın. Uzakdoğu, yaşam alanlarındaki düzen ve tertibe hayli önem veren bir kültüre sahiptir. Muhtemelen Feng Shui, Wabi Sabi ya da diğer farklı Uzakdoğu yaşam öğretilerini duymuşsunuzdur. Bu öğretiler sadece mekânın düzenlenmesiyle ilgilenmezler, onların asıl hedefi zihninizi ve ruhunuzu yeniden organize etmektir.

Örneğin Wabi Sabi felsefesinde doğaya ve doğal olana büyük bir hayranlık vardır. Doğa, zahmetsiz ve gösterişten uzak bir halde, içerisinde sonsuz sayıda güzellik barındırır. Etrafımızdaki bu doğal güzelliğin farkına varmak zorlamadan, mükemmellik saplantısına kapılmadan kendimizin en iyi haline odaklanmamıza yardımcı olur.

Sadece mekânlarda değil dolaplarınızda, çanta ve cüzdanınızda, masalarınızın üstünde dağınıklığı ve kalabalığı engelleyin. Eşyalarınız da amacına uygun kullanılmalı.

Uzakdoğu öğretisi Tao'da boşluk çok önemlidir. Hatta ünlü *Tao Te Ching* kitabında Lao Tzu şöyle der:

"Bir tekerlek yapmak için otuz çubuk alırız
Ama arabanın dayanağı ortadaki boşluktadır.
Bir çamur topağından çanak yaparız
Ama çanağa iş gördüren ortasındaki boşluktur.
Oda için kapılar, pencereler yaparız
Ama odayı yaşanır yapan boş yerlerdir.
Böylece varoluş işe yarıyorsa,
Onu işe yaratan boş oluşudur."

Uzakdoğu'da boşluk yararlı bir amaca hizmet etmek için kullanılır. Evinizde eski ve fazla eşya bulundurmayın, yaşam alanlarınızda ferahlığa izin verin. Gereksiz biriktirmek ve evinizin odalarını ya da işyerinizi amacının dışında kullanmak mekânın enerjisini bozar ve sizin odaklanmanızı da zorlaştırır. Salonda vakit geçirirken dinlenmek, uzanmak ya da televizyon izlemek istersiniz veya evinizdeki boş odada elektrik süpürgeniz, ütü masanız ve kullanmadığınız eşyalarınız için bir depo gibi kullanırsınız. Salonunuzda fazladan bir eşyayı tutmak salonu amacı dışında kullanmaktır. Eğer eviniz buna müsait değilse bazı özel çözümlerle bu karmaşayı çözümleyebilirsiniz.

Yeniliğin hayatımıza dolması için boşluk açılmalıdır, bu her anlamda böyledir aslında. Evren dolma-boşalma prensibi üzerine kuruludur. Siz hayatınızda, zihninizde, ruhunuzda ne kadar yer açarsanız güzellikler de o kadar yaşamınıza dolar.

Evinizin ve Yaşam Alanınızın Aurasını Yükseltme

Kimi insanların evine gittiğinizde içinizde çiçeklerin açtığını hissedersiniz, içinize bir ferahlık hissi yayılır. Bu sadece evin aydınlatması ya da dekoruyla ilgili bir durum değildir. Tıpkı bedenimiz gibi yaşam alanlarımızın da bir aurası vardır ve küçük dokunuşlarla evinizin ve yatak odanızın aurasını yükseltebilirsiniz.

Yaşam alanınızın aurasını artırmak için:

- **Pozitif düşünce ve duyguya odaklanın:**

Yaşamda pozitife odaklanmak sanki dünyada hiçbir şey ters gitmiyor ya da kötü hissetseniz de sanki mutluymuşsunuz gibi davranmak anlamına gelmez. Olumlu bir psikolojide kalmanın en etkili yolu yaşamı tüm zorluklarına rağmen kabullenme ve devam edebilme gücünü bulma becerisini geliştirmektir.

Temas ettiğiniz alanlarda iz bırakırsınız, mekânın da zihninizde, hafızanızda derin etkileri vardır ve bu karşılıklı bir etkileşimdir. Bu nedenle mümkün mertebe dokunduğunuz alanlarda olumlu etkiler bırakmaya odaklanın.

Yaşam alanınızda aura düşüren en önemli şeylerden biri negatif konuşmalar yapmak, negatif duygu durumlarında bulunmaktır. Birileri hakkında kötü konuşmak, dedikodu yapmak hem sizi aşağıya çeker hem de bu düşük enerji yaşam alanınıza yayılır.

Tartışma ya da gerginlik barındıran konuşmaları yaşam alanlarınızda yapmayın. Çünkü ruh haliniz mekâna siner ve siz o olumsuz duyguda daha uzun süreler kalırsınız. Gerginliği tırmandırmak isteyen birisiyle karşı karşıya kaldığınızda da bunu o an yapmak istemediğinizi söyleyebilirsiniz.

- **Yatak odanızın aurasını yükseltin:**

Yatak odanızın aurasını artırmanın etkili bir yolu odanıza güneş ışığının girmesini sağlamaktır. Güneş hem bedeninizin hem de evinizin aurasını yükseltir. Sevdiğiniz insanla en özel anlarınızı paylaştığınız bu yeri bol bol havalandırın.

Yatak odanızdaki her eşyanın mümkün mertebe yeni olmasına dikkat edin, yatak odanızda ikinci el eşya bulundurmayın. Gereksiz her türlü eşyayı çıkarın ve başka bir odada tutun. Dolabınızın, çekmecelerinizin içinin düzenli ve temiz olmasını sağlayın. Bazanın altında mümkünse eşya biriktirmeyin.

Yatak odanızda ayna bulundurmayın ya da varsa yatağınızın tam karşısında olmamasına özen gösterin. Ayna hem cinsel auranızı düşürür hem de aldatma enerjisini tetikler.

Yatak odanıza akvaryum ya da suyla ilgili imgeler bulundu-ran resimler koymayın. Suyun aura yükseltici etkilerinden hep söz ediyoruz ama yatak odanızda su ile ilgili resimler ya da nes-neler auranızı düşürür.

Yatak odanızdaki eşyaların yuvarlak hatlı olmasına dikkat edin, keskin uçlu eşyalar sertlikle ilgili çağrışımlar yayar ve sert bir enerji verir.

Aydınlatma için yatak odanızda tepeden değil abajur aydın-latması kullanın. Aşırı sert ışık duygusal açıdan tetikleyici ve rahatsız edici etkiler verir. Yorucu ve gerginliği tetikleyen be-yaz ışık yerine güneş ışığına yakın doğal ışıklar kullanın. Voltajı yüksek güçlü ışıklar yerine daha yumuşak minik spotlar ya da aydınlatıcılar tercih edin, minik abajurlar ve tavana yansıtmalı lambalar kullanabilirsiniz.

Yatak odanızda tercih edeceğiniz nevresimlerde açık sarılar, açık pembeler, uçuk lilalar ve mor gibi pastel renkleri tercih edin. Mor, eflatun ve kırmızıyı enerjinizi yükseltmesi nedeniyle özellikle muhakkak kullanın. Yine bu renk objeleri yatak oda-nızda özellikle bulundurmak aurayı yükseltir.

Yatak odanızda resim bulundurmayın. Eşinizle, sevgiliniz-le çektirdiğiniz fotoğrafları koymak isteyebilirsiniz ama fotoğ-raf enerjiyi düşürür. Sizin dışınızda başka bir görsel yansıtıcı olmamalı.

Yatak odanızda mümkünse çiçek bulundurmayın.

Yatak odanızı amacına uygun kullanın, uyandıktan sonraki işlerinizi salonda ya da evinizin başka bir odasında yapın.

- **Uygun kristalleri evinizde kullanın:**

Ametist ile negatif enerjiyi evinizden uzaklaştırın. Morun çe-şitli tonlarında kristal bir yapıda olan ametist taşı, bulunduğu ortamdaki negatif enerjiyi pozitife dönüştürmesiyle bilinir. Aynı zamanda da renkleriyle ve görünümüyle oldukça şık ve asil bir taştır.

Renk renk değişik formülleriyle kristal minerallerden oluşan kuvars taşı, gücün ve kuvvetin simgesidir. Özellikle beyni uyararak ruhsal dengelenmeyi sağlamasıyla ve zihni güçlendirmesiyle ünlü olan kuvars taşı ortamdaki radyasyonu da emer.

Yatak odanızda kullanabileceğiniz kristallerden biri de pembe kuvarstır. Yumuşak ve şefkatli enerjisiyle kuvars yatak odanızda sevgi ve bağlılık duygularını yüceltir. Pembe kuvarsla birlikte kullanabileceğiniz bir diğer aşk kristali yeşil aventürindir. Yaşamınıza daha fazla aşk ve sevgi çekmenize yardımcı olur, bu kristali komodininizin başında bulundurabilirsiniz ya da bu taşlardan yapılmış dekoratif eşyaları yatak odanıza dahil edebilirsiniz.

Kaya tuzu ve Himalaya tuzunun hammaddesi olarak da bilinen halit taşı, bünyesine dahil olan minerallerle farklı renklere bürünür. Son yıllarda tuz lambası olarak kullanılan bu taş saçtığı ışıkla evin enerjisini tamamen değiştirir. Topraklama ve havayı iyonize etme etkisine sahip olan tuz lambasını yatak odasına veya televizyonun yanına koyarak ev dekorasyonuna özgün bir görünüm kazandırabilir ve enerjiyi yükseltebilirsiniz.

- **Aura yükselten bitkilerle daha fazla haşır neşir olun:**

İri yapraklı ve büyük bitkiler beslemek, aloe vera büyütmek, varsa balkonunuzda biber, domates yetiştirmek, bahçenize meyve ağacı, limon, mandalina dikmek, saksıda olsa da çam büyütmek, yine bahçenize zeytin ağacı dikmek olumlu enerjiler verir.

- **Evinizde aromatik yağlar ve tütsüler kullanın:**

Yaşam alanınızın temiz ve düzenli olması kadar güzel kokması da önemlidir. Evinizi bol bol havalandırmak, özellikle uyanır uyanmaz yatak odanızın pencerelerini açmak, eve gün ışığının dolmasını sağlamak mekânın havasını değiştirir ve aurasını direkt olarak yükseltir.

Sabah ritüelinize başlamadan önce hafif bir kokuyla zihninizi ve ruhunuzu canlandırabilirsiniz. Kokunun çok güçlü bir hafızaya sahip olduğunu söylemiştik, özellikle kendi içinize yöneldiğiniz ve derinleşeceğiniz zaman aralıklarında, meditasyon yaparken kokulardan mutlaka faydalanın. Bunun için fresh, fazla ağır olmayan yağ ya da tütsüleri tercih edebilirsiniz. Çam kokusu, sandal ağacı, biberiye hem zihninizi canlandırır hem de bulunduğunuz mekânın havasını değiştirir.

Dişil Auranı Yükselt, Fark Edilen Ol

Aurası yüksek insanlar bizi daima yükseltirler ve onların yanında kendimizi iyi hissederiz. Kişilik özelliği bakımından özgüveni yüksek, sınırlarını çizebilen, gerektiğinde hayır diyebilen, öz değerinin farkında olan, rahatsız olduğu ortamlardan kolaylıkla uzaklaşabilen insanların aurası yüksektir.

Aurası yüksek insanlar olumlu düşünme yeteneğine sahiptir, kendi halinden memnundur. Duruşuyla, tavrıyla etkileyicidirler. Negatif düşüncelerden kolay kolay etkilenmezler, çünkü onlar kendi değerlerine güvenirler.

Auranızın düşük olduğunun bazı işaretleri şunlar olabilir:

- İlişkilerinizde çabuk vazgeçilirsiniz.
- Her ilişkiniz yarım kalır.

- Uzun zamandır yalnızsınızdır.
- Kimsenin dikkatini çekemediğinizi düşünürsünüz.
- Değersiz hissedersiniz.
- Birkaç görüşmeden sonra insanlar sizinle vakit geçirmek istemezler.

Dişil auranızı yükseltmenin yollarına gelirsek, genel olarak auranızı yükseltmenin bazı yollarıyla aynı olsa da tamamen dişil enerjinize odaklanmak istediğinizde izlemeniz gereken yollar:

- **Yasemin yağıyla aura yükselten çapalama yapın:**

Yasemin, duygularınızı, hormonal sisteminizi dengeleyen, vücudu toksinlerden arındıran ve etrafınıza sizi cinsel açıdan çekici kılan feromonlar yayan güçlü notalar içerir. Yasemin yağı, ruh halinizi iyileştiren, auranızı yükselten ve endokrin sisteminize enerji veren uyarıcılara sahip olduğundan, özellikle kadınlar için yararlıdır. Bunların hepsi cinsel dürtünüzü iyileştirmeye yöneliktir.

Timüs bezinin bağışıklık için ne denli önemli olduğunu artık biliyoruz. Soluk borusunun önünde, tiroit bezinin hemen altında yer alan timüs bezi hem bağışıklığımız için hem de ruhsal dayanıklılığımız için çok önemli bir bezdir. Bu bezi uyarmak çeşitli hormonların salgılanmasını sağlayarak bizi daha iyi hissettirir. Timüs bezini basit bir yolla uyarmak mümkündür, elinizle ya da parmaklarınızla göğüskafesinizin tam üstüne birkaç dakika vurarak beden kimyanızda değişimlere yol açabilirsiniz. Bu değişimler sinir sistemini yatıştırırken beyin fonksiyonlarını hızlandırır. Bu da belirgin bir rahatlama duygusu yaratır.

Dişil enerji açısından bir kadının en önemli bölgesi, kalp atımının da duyulduğu bölgedir. Bu bölgede çok enteresan bir çekicilik alanı vardır. Bu bölgeye yasemin yağı ile yapacağınız çapalama auranızı yükseltir.

Göğüskafesi bölgenize bir iki damla yasemin yağını sürün. 3-5 dakika boyunca bu gölgeye parmaklarınızla dairesel hareketlerle masaj yapın, masaj esnasında gözlerinizi kapatıp yasemin yağının kokusunu da içinize çekin. Bu oval hareket sonrasında birkaç dakika boyunca parmaklarınızla bu bölgeye vurmaya başlayın. Vurduktan sonra yükselme gibi bir duygu hissedebilirsiniz. Hissi anlamak için şu an bu satırları okurken de ufak bir deneme yapabilirsiniz. Vururken ses çıkartın, sesinizin titrediğini fark edin. Haftada bir ya da iki kez, özel günlerinizde, ilk buluşmalarınızda, sevgilinizle buluşacağınızda, çok önemli bir iş toplantınız olduğunda bu çapayı yapabilirsiniz. Özellikle kadınların uygulaması gereken bu yöntemle dişiliğinizi artırmanız mümkün.

Çapayı yaparken kendinizi çok güzel bir anda, durumda, sevdiğiniz bir kıyafetle hayal edin. Çok mutlusunuz, çok güzel bir yerdesiniz. Huzurlu hissettiğiniz bir anının içinde bunu yapmanızı istiyorum. Bu bölgeye hafifçe vurarak en mutlu olduğunuz anı düşünerek bir buçuk iki dakika boyunca bu hareketi yapmaya devam edin. Bu hayali beş duyu organını birden çalıştıracak şekilde kurmanız iyi olur.

- **Kendinizle ilişkinizi düzenleyin:**

Dişilik auranızı yükseltmenin ilk adımı kendinizi sevmek ve bunu kendinize hatırlatmaktır. Kendinize verdiğiniz öz değerin yüksek olması diğer insanlara da yansır. Aura bizim davranışlarla pek de tanımlayamadığımız bir şeydir, insanda değişik bir çekicilik yaratır. Kişiyi çekim merkezi haline getirir. Kendinizle olan içsel diyaloğunuzu olumluya çevirmek, bedeninize gereken öz bakımı vermek güçlü bir aura yükselticidir.

• Dilek defterinize her gün yazın:

Dilek defterinize şimdi dek elde ettiğiniz başarıları, kazanımlarınızı, kendinizde takdir ettiğiniz şeyleri yazın. Bunu her sabah yapmak ve kendinize tekrar hatırlatmak önemlidir çünkü kalıplaşmış kendinize yönelik yıkıcı düşünceleri köklerinden sökmek için bu tekrara ihtiyacınız vardır. Şimdiye dek kazandıklarınızı ve başardıklarınızı not etmenizi sıklıkla vurguluyorum. Bu dişil enerji için de çok önemlidir.

• Turuncu giyinin, turuncu kullanın:

Bir konuda harekete geçmek istediğinizde turuncu giyinin, işyerinizin tabelasında ya da logosunda turuncu kullanın. Bir iş toplantısına ya da ilk kez buluşacağınız kişiye turuncuyla vereceğiniz mesaj dişil auranızın yüksek olduğudur. Turuncu sıcak bir renktir ve karşı tarafta "alma" isteği yaratır.

• Edilgen alma enerjisine kendinizi açın:

Muhtaçlık duygusu yerine "İhtiyaç duyabilirim" duygusunu geliştirin ve yardıma ihtiyacınız olduğu anlarda insanlardan yardım isteyin. Bu aynı zamanda dişilik enerjinizi yükseltmek için önemlidir, kadın olarak erkekten bir şey talep etmek sizi daha hatırlanır kılar. Erkekler yatırım yaptıkları kadınları unutmazlar. Ona kendisini iyi hissetmesi için izin verin ve alan açın.

• Dişilik enerjisi yüksek kadınlarla vakit geçirin:

Enerji bulaşıcıdır, mutsuz bir insanla birlikteyken siz de mutsuz olursunuz. Kastettiğim size gerçek manada ihtiyacı olan birine sırtınızı dönmek değildir. Ancak sürekli şikâyet eden, hayata karşı karamsar bakış açılarına sahip olan, sizi yoran, kötü davranan, maniple eden insanlarla bir arada olmayın. Bu sizin auranızı da düşürür. Kadınların kadınlarla daha çok vakit geçirmesi dişilik aurasını yükseltir. Sık sık bir araya gelin, sohbet edin ve bolca gülün. Kahkaha ve gülmek en güçlü aura yükselticidir.

Evet, hayat yorucudur, zorlayıcıdır ancak kendinize nefes alabileceğiniz ortamları yaratmak için gayret edin.

- **Dinlemeye kendinizi açın ve olumlu beden diline yönelin:**

İlk buluşmalarınızda daha çok dinleyin, kendinizi çok övmek ve sürekli kendinizden bahsetmek dişilik auranızı düşürür. Her anlamda almaya açık olmak dişil yönünüzün ne kadar güçlü olduğunun mesajını verir. Sivri köşeler yerine daha yumuşak olmayı seçin.

Diyalog halindeyken karşınızdakinin gözlerine bakın, bazen başınızı eğin ve göz temasını sürdürün. Elbette dik bakışlardan bahsetmiyoruz, sevecen bakışlarla bakın. Bazen öne doğru eğilin, bacak bacak üstüne atarken yana dönerek bunu yapın. Beden dilinizle daima olumlu mesajlar verin.

- **Hayatınıza suyun gücünü katın:**

Tuzlu su yapmak, suyla ilgilenmek, su sesi dinlemek dişi aurayı yükseltir.

Dişil enerjiyi yükseltmek için:

1 litre suya 2 çorba kaşığı tuz koyulur. Enerji akışının sağ omuzdan olmasından kaynaklı sağ omuzdan sol omza doğru aşağıya doğru uygulanır. Haftada 1 kez uygulanması önerilir.

Bol su içmek dişil enerjiyi artırır. Gün içinde en azından 2 litre su içmeye özen gösterin. Alkali su içmekse dişilik enerjisini dengeler. Alkali su enerjinizi nötrler ve üreme organlarıyla ilgili sorunları kolayca iyileştirir. Bunun için 2 litre suya 1 yemek kaşığı karbonat atın ya da yarım limon sıkın. Her gün taze olarak hazırlayın.

- **Ellerinize özen gösterin:**

Ellerinizi kullanmak, konuşurken avuç içlerini açmak dişilik auranızı yükseltir. Elleriniz özellikle daima bakımlı olsun. Bir kadının en önemli bölgesi elleridir, ürettiğiniz, bir şeyler yarattığınız ellerinize gereken özeni gösterin.

- **Güçlü iletişim stratejileri geliştirin:**

Biriyle tanıştığınızda ismini sorun ve ona ismiyle hitap edin. Bu çok önemli bir şeydir, insanların bazı özel bilgilerini hatırlamak auranızı yükseltir.

Biriyle önemli bir şey konuşurken başka bir şeyle, telefonunuzla meşgul olmayın. Güçlü iletişim metotlarını benimsemek dişil auranızı yükseltir. Birini telefonla ararken 3-4 kereden fazla çaldırmayın. Aşırı ısrar, uzun mesajlar auranızı düşürür.

- **Toprakla ve bitkilerle vakit geçirin:**

Bitkilerle uğraşmak, aynı zamanda toprakla haşır neşir olmak bereket, yaratıcılık ve dengelenme enerjisi verir. Denge ve yaratıcılık dişil auranın yüksek olduğunun işaretleridir. Eğer mümkünse bir saksıda sebze yetiştirin, nane, maydanoz, süs biberi ya da çeri domates yetiştirebilirsiniz. Bu sebzeleri yetiştirmek hem sizi deşarj eder hem de yetiştirdiğiniz bitkileri yemek, sofranıza katmak çok kıymetli bir histir.

Oturma odanızda çiçek bakmak, çiçek bakımıyla ilgilenmek dişil enerjinizi yükseltir. Varsa balkonunuzda gül ve sardunya yetiştirin. Yine salonunuzda yeşilin farklı tonlarındaki büyük çiçekler bulundurabilirsiniz. Benjamin, yuka, barış çiçeği, orkide, menekşe ve renkli çiçeklere sahip bitkilerle hem kendinizin hem de bulunduğunuz yerin dişil enerjisini artırabilirsiniz.

- **Dişil enerjiyi yükselten kristalleri kullanın:**

Larimar sevgi ve barış taşıdır. Bu mavi kristal vücuda dişil enerjiyi geri kazandırır ve doğa ana ile bağlantı kurmanıza yardımcı olur. Aynı zamanda hormonları uyumlu hale getirmede işe yarar ve sizi dengeye getirir.

Dişiliğin en güçlü yanı sevgi ve alıcılıktır. Pembe kuvarsın gücü size yaşamınızda gereken yumuşaklığı, sevgi enerjisini ve uyumu getirir. Pembe kuvars taşı, koşulsuz sevgi ve şefkat yayar. Tutkulu bir kırmızı taştan daha etkili olabilecek pembe kuvarsın rengi; kadınsı yönünüzle iletişim kurar, her şeyi kapsayan sevgiyi ve benliğin kabulü ile dişil doğanızı güçlendirir.

Karnelyan dişil enerjiyi artıran bir diğer taştır. Bu muhteşem turuncu taş, sakral çakra ile bağlantılıdır. Bu çakra, gövdenin tabanında bulunur ve dişilik organlarıyla ilgilidir. Bu alan aynı zamanda yaratıcılıkla da ilgili olduğundan, karnelyan taşı, size motivasyon ve yaratıcılık verir.

Dişil doğanın güçlü özelliklerinden biri de sezgidir. Ay taşı, sezginizi yükseltmek için mükemmeldir. Hayat yolunuzu sorguluyorsanız, verdiğiniz her karara mantığınız hükmediyorsa, akıl yürütmek yerine sezginizin size rehberlik etmesine izin vermeniz gerekebilir. Ay taşı ile dişil doğanızın sezgisel yönünü kuvvetlendirebilirsiniz.

İlk Buluşma İçin Aura Yükseltme

İlk buluşmalar özeldir ve arzu ettiğiniz etkiyi alabilmek için altın vuruşu gerektirir. Uzun zamandır flört ettiğiniz kişiyle bir araya geleceğiniz o özel buluşma için yapacaklarınız:

- **Özel buluşma öncesi aura yükseltme çapalaması yapın:**
    - ✔ Gece uyumadan ya da sabah tuzlu suyunuzu yapın.
    - ✔ Günlük sabah ritüellerinizi yerine getirin.
    - ✔ Dilek defterinizi okuyun.
    - ✔ 5-6 dakika boyunca hafif bir müzik ya da su sesi eşliğinde bağdaş kurarak oturun.
    - ✔ Bir damla yasemin yağı alarak göğüs bölgenize sürün ve hafif vuruşlar yapın.
    - ✔ Vuruşlarınızı yaparken kendinizi en iyi halinizle hissedin. Güzel koku, güzel atmosfer, güzel hisler içinde kalmaya devam edin ve vuruşlarınıza devam edin.

- **Kısmet açıcı özel bir çapalama yapın:**

İlk buluşmalardan önce ya da hâlâ yalnızsanız yapabileceğiniz özel bir çapalamada sıra... Enerjinizi yükseltmek ve kısmetinizi açmak için ellerinizi birkaç dakika birbirine sürtün, ısıtın ve 1 litreye 2 çorba kaşığı tuz eklenmiş kâsedeki su üzerinde ellerinizi 5 dakika boyunca tutun.

Kayatuzunu alın ve gülsuyuyla ıslatın. Kol içlerinize, bacaklarınızda dizlerin arkasına, koltuk altlarına ve boynunuza sürün. Bu esnada ayaklarınız tuzlu suyun içinde olabilir. Biraz bekleyin ve sonra duş alın.

Ayrıca üzerinizde aşk enerjisi yayan pembe kuvars, sadakat ve cömertlik sembolü kehribar ya da özgüven veren labradorit taşıyabilir, yaşam alanınızda görünür bir yere koyabilirsiniz.

- **İlk buluşmada turuncu giyin:**

Birini ikna etmek istediğinizde en güçlü silahlarınızdan biri de turuncudur. İlk buluşmalarda turuncu bir fular bağlamak, turuncu bir aksesuvar kullanmak iz bırakmada çok etkilidir. Turuncu sizi daha çekici ve ilişkiye daha yatkın biri imaja büründürür. Turuncu aktif enerjisiyle çok önemli bir renktir ve karşı tarafta sizi tekrar görme isteği uyandırır. Çekiciliği uyandırır.

- **Çekim yaratan kristalleri kullanın:**

Mor renkli ametist dişiliği ve seksapelliği çağrıştırmasından dolayı yüksek enerjili bir taştır. Bu taşlardan yapılmış küpe ve bileklikler takabilirsiniz.

Turuncu sarı rengiyle derinliği ve ateşi çağrıştıran kehribarı ilk buluşmalarınızda göğüskafesinizde kolye olarak kullanabilirsiniz. Dişil enerjileri artıran bu kristal ileriye dönük bir ilişki arzusundaysanız bu isteğinizin güçlü bir ifadesi olacaktır ve bağlılık sağlayacaktır.

Yakut aşk enerjisini yayan bir diğer kristaldir ancak bu kristal güçlü bir kadın imajını da karşı tarafa geçirir. Kendinizi zayıf hissettiğiniz bir zamandaysanız kullanmanız önerilebilir ancak çok gerekmedikçe bu güçlü taşı kullanmayın. Arzu uyandırdığı kadar erkekleri korkutabilir de.

Sınav, Mülakat ve İş Görüşmeleri İçin Aura Yükseltme

- **Çapalama yapın:**

Yukarıda anlattığım güç, başarı ve bolluk bereket için 21 günlük özel çapalama yapın. Çapalamayı yaparken seçeceğiniz sözcükleri ihtiyaç duyduğunuz şekilde yeniden düzenleyebilirsiniz. Örneğin "Ben başarılıyım", "Ben yetenekliyim", "Kendime güvenim tam" gibi cümlelerle kendinize telkin etmek istediğiniz motivasyonla bu çapalamayı iş görüşmesine ya da sınava gitmeden önce yapabilirsiniz.

- **Turuncu giyin:**

Turuncunun albenisini çokça anlattık. Özellikle bir iş görüşmesine girmeden önce muhakkak turuncu bir aksesuvar kullanın. Bu bir fular ya da kolye, küpe olabilir ya da dengeleyecek şekilde turuncunun tonlarını barındıran giysiler giyebilirsiniz.

- **Tuzlu su yapın:**

Bedeninizdeki elektriği dengelemek ve topraklanmak için tuzlu su yapın. Görüşme ya da sınav sabahı mutlaka biraz suyla vakit geçirin, yolda su sesi dinleyin. Suyun gücü zihninizi kaygıdan, bedeninizi negatif enerjiden arındıracaktır.

- **Doğada vakit geçirin:**

Önemli görüşmelerden önce doğada vakit geçirmek, toprakla ve ağaçlarla haşır neşir olmak hem auranızı yükseltir hem de stresinizi yatıştırır.

Var Olan İlişkinizde Bağlanma İçin Bazı Özel Yollar

- **Misk adaçayı yağıyla bağlanma çapası yapın:**

Evliliğinizde azalan ilgiyi artırmak, uzaklaşan partnerinizi yaşamınıza geri çekmek kısaca bağlanmayı güçlendirmek için özel bir çapa yapabilirsiniz. Size bağlanmasını istediğiniz ama bir türlü kendinize bağlayamadığınız ya da size bağlılığından şüphe duyduğunuz birisine misk adaçayı yağıyla çapalama yapabilirsiniz.

Biliyorsunuz oksitosin bağlılık hormonudur ve sarılma, dokunma, sevgilimizle yakınlaşma yaşadığımızda iki tarafta da bu hormon salgılanır. Aşk hormonları arasında sayılan oksitosin tabiri caizse sevdiğiniz kişiyi evcilleştirmenin ve size âşık etmenin etkili bir silahıdır. Özellikle ense bölgesine bu yağla çapa yapmak hem etkilidir hem de keskin kokusuyla iz bırakır.

Partnerinizle buluşmadan önce ense kökünüze bir damla misk adaçayı yağı sürün. Kendinizi çok güzel bir anın içinde hayal edin, güzel anıları zihninize getirin. Bu anıları canlandırırken beş duyunuzu harekete geçirin. Mümkünse kendi parfümünüzü çok çok az sıkın ki adaçayının kokusu partnerinize ulaşsın. Partnerinizle yan yana geldiğinizde elinize de bir damla yine bu yağdan alın. Güzel bir anın içindeyken, partnerinizin avucunun içine, omzuna, ense bölgesine üçer saniye bası uygulayın.

Üzerinize turuncu ve sarı tonlarındaki kristallerden kolye, küpe takabilirsiniz. Güneş taşı, akik, jasper kristallerini seçebilirsiniz.

Özel Geceler İçin Lavanta Yağıyla Çapalama

Birazdan anlatacağım bu özel yöntem sadece kadınlar için ve sadece çok özel günlerde kullanmak üzere...

Bu yöntemle hayatınızdaki erkek sizinle cinsel birliktelikte yaşadığında aldığı hazzı başka bir yerde bulamayacak çünkü ona ekstra bir uyarıcı vermiş olacaksınız. Ayrıca birlikteliğiniz sırasında yapacağınız çapalamayla etkisini katlamanız da mümkün.

Özel bir gece hazırlığındaysanız yukarıda bahsettiğim üç afrodizyak yağı bedeninizde önerdiğim yerlere sürün. Gülyağını kulak arkası ya da boyun arkasına, ylang ylang yağını dirsek içine sürün. Birer damla kullanmanız yeterli. Dizlerinizin arkasına da önerdiğim gibi lavanta yağını sürün. Özel bir geceye has olarak özellikle lavanta yağını ekstradan bacak içlerine ve cinsel bölgenize sürüp birliktelik öncesi hafifçe masaj yapın.

Aslında burada en etkili yol şudur:

Parmak ucunuza ya da bir tampona bir iki damlayı geçmeyecek şekilde lavanta yağı damlatın. Eğer tampon kullanacaksanız tamponu vajinanıza yerleştirdikten sonra 10-15 dakika bekleyin, parmak ucunuza damlatacaksanız yine parmağınızla vajinanızın içine yağı yedirin. Kullanacağınız yağın iyi kalitede olmasına dikkat edin.

Hafif bir yanma hissedebilirsiniz ama sizin yanmayı hissettiğiniz gibi ilişkinin içerisinde partneriniz de onu yoğun bir uyarılma olarak hissedecek. Bu yöntemi sadece cinsel birlikteliklerden önce olacak şekilde uygulamanız gerektiğini unutmayın. Bu uçucu yağlar farklı bir uyarılma sağlar, bu uyarılma alışıldık bir ilişkide ortaya çıkmaz.

Şimdi gelelim bu esnada yapacağınız çapaya...

Çok mutlusunuz, birbirinizi seviyor, öpücükler konduruyorsunuz. Çok güzel bir anın içindeyken partnerinizin avuç içini hafif çapalayın, hafif baskılar yapın. Ense ve omuz kısmına da hafif baskılarla çapalamaya devam edin.

Bağımlılıktan Kurtulmak İçin Özel Bir Çapa: Bağımlılık Çapası

Alkol, sigara ve madde kullanımı gibi bağımlılıklarla mücadelede en önemli nokta öncelikle psikiyatrik desteğe başvurmaktır. Ayrıca bütünsel olarak destek olacak bu çapa metodunu da uygulayabilirsiniz.

Gözlerinizi kapatın. Hangi maddeye bağımlılığınız varsa kendinizi o maddeyi içerken hayal edin. Örneğin sigara bağımlılığından kurtulmak istiyorsunuz. Kendinizi üst üste sigara içerken hayal edin. Hiç nefes almadan, mideniz bulanıncaya kadar o sigarayı içtiğinizi hayal edin.

Midenizdeki bulantıya ve tiksinti duygusuna odaklanın. O kadar çok sigara içiyorsunuz ki kusmak ve boğulmak üzeresiniz, sanki 100 tane sigarayı aynı anda içiyorsunuz ve aşırı şekilde tiksinti hissediyorsunuz. Kokusunu, tadını her şeyini duyumsayın.

Benzer şekilde alkol için çapalama yapıyorsanız, şişelerce alkol içtiğinizi ve kendinizi berbat hissettiğinizi hayal edin. O anda hissettiğiniz tiksinti duygusuna iyice odaklanın. Ağzınıza gelen acı tada, midenizdeki bulantıya, uzaklaştığınız keyif duygusuna iyice odaklanın.

Artık tek bir sigara ya da bir yudum alkol dahi bile içmek istemeyene kadar devam edin. Bu odaklanma anında koltuk altına yakın bölüme hafifçe beşer saniye baskı uygulayın. Bunu 10-15 dakika boyunca ve 21 gün tekrarlayın.

Sonrasında sigara, alkol ya da herhangi bir madde kullanma isteği geldiğinde koltuk altınızda bası uyguladığınız yere ve o tiksinti duygusuna odaklanarak yine aynı bölgeyi baskılayın. Bu çapalamada en güçlü duygunuz tiksintidir, bu güçlü tiksinti duygusunu yoğun bir şekilde hissedene kadar içinde kalmanız önemlidir.

SON SÖZ

Bağlanmadan şemalara, zihin ve beden bütünleşmesinden aura yükseltmeye kadar uzanan iyi hissetmek, cazibe yaratmak, ışığınızı artırmak ve vazgeçilmez olmak için izleyeceğiniz yolları adım adım izledik.

Hayat ertelenemeyecek kadar kısa ve değerli. Her anın farkında olmak, değerini bilmek, geçmişin yüklerinden ve ıstırabından kurtulup geleceğe güvenle bağlanmak elinizde...

Doğanızın gücünü ele almak, huzurlu ve uyumlu ilişkiler kurmak elinizde... Hayatınıza anlam katmak, değerli ve özgüvenli hissetmek artık elinizde... Cazibe yaratmak, ışıltınızı çoğaltmak ve onu korumak artık elinizde...

Eşsiz doğanızın, olumlu özelliklerinizin, güçlü yanlarınızın farkında olun.

En büyük gücün içinizden doğan güç olduğunu hiç unutmayın.

Vazgeçilmezliğin sırrı, içinizden doğan bu güçte saklıdır.

ESRA EZMECİ

SÜT LEKESİ

Her insan lekeli midir?

Ne zaman bulaştı bu lekeler bize?

Habil ile Kabil zamanında mı?

Bir yara mıdır bu leke, bir nişan mıdır yoksa?

Masum, saf ve temiz olarak dünyaya gözlerini açan insanoğlu, neden bu dünyayı yaşanmaz kıldı?

İnsan kötülükle mi doğar, sonra mı kötü olur?

Bir bebek, başka bebeği gördüğünde neden rahatsız olur, neden onu tırmalar, canını yakar?

SÜT LEKESİ insanın içsesi olmaya aday bir roman.

Kimseye söylemediklerimize, yalnızken kendimize bile fısıldayamadıklarımıza, aklımızdan bile geçiremediklerimize ışık tutuyor.

Acı içinde kıvranırken gelen mutluluğu, karanlık içinde boğulurken yanan ışığı, çaresizlik içinde debelenirken yanı başınızdaki çareyi göreceksiniz.

Sadece iyiyi ve güçlüyü değil, kötüyü ve zayıfı da anlayacak, önyargılarınızdan rahatsız olacaksınız.

Uzman Psikolog
ESRA EZMECİ

Düştüğünde Kalkarsan *Hayat Güzeldir*

Yaşanmamış bir hayattan daha üzücü ne olabilir?
Yaşam size ne getirir bilemezsiniz ama sizden ne götüreceğini siz belirlersiniz.
İnsanız. Yanlışlarımızla doğrularımızla, başarılarımızla başarısızlıklarımızla, sevdiklerimizle sevemediklerimizle, yaptığımız ve var olduğumuz her şeyde her an gelişiyor ve büyüyoruz. Bazen canımız o kadar acıyor ki hayata küsüp büyümeyi ve gelişmeyi unutuyoruz. Oysa varlığımızın en anlamlı kısmı hatalarımızdan, tecrübelerimizden ders alarak gelişmek, ilerlemek ve en büyük besinimiz sevgiye her zaman yer açmaktır. Unutmayın, hiçbir zaman, bir daha sevemeyecek, yeni bir hedefin peşine düşemeyecek, yeni hayaller kuramayacak kadar yaşlanmayacaksınız. Hâlâ nefes alıyorken yaşamdan istediğinizi alın.

Neden yanlış kişiye âşık oluruz?
Neden kimseye hayır diyemeyiz?
Neden ilişki kurmaktan ve bağlanmaktan korkarız?
İlişkilerde kaybettiren davranışlar nelerdir?
Sevdiğiniz kişiyi evliliğe nasıl ikna edersiniz?
Nasıl kendiniz olursunuz?
Özgüven nasıl kazanılır?
Geçmiş travmalarla nasıl başa çıkılır?
Hayatınızı nasıl değiştirirsiniz?
Mutluluk yanılsaması nedir? Neden hep mutsuz hissederiz?

Uzman Psikolog

ESRA EZMECİ

Kararı Ben Veririm

Her yeni ilişki temiz bir defterdir. Yaşadıkça yepyeni bir hikâyenin yazılıyor olduğunu bile düşünürsünüz. Ancak sonra bir de bakarsınız ki defter aslında boş değil... Çocukluk anıları, travmalar, eski ilişkilerin yaraları, paternler, inançlar, kalıplar, alışkanlıklar, takıntılar, korkular, endişeler, beklentiler, kompleksler ve daha neler neler...

İşte tam da bu noktada karışır işler.

Çünkü artık ilişki sizden emek ister. Üstelik de en çok kendinize emek veriyor olmanızı ister. Hiçbir ilişki, akıntıya kapılıp gitmek değildir, kürekleri güvenle elde tutmaya devam etmektir.

Ne isteyip ne istemediğinizin kararını kendiniz veremediğiniz sürece yaşanan şey bir sürüncemeden fazlası sayılmaz.

Unutmayın ki kimse sizi mutsuz edemez, ancak siz buna izin verirsiniz. O halde mutsuzluktan yakınmayı bırakın. Hayatınızda neyin olmasına, neyin olmamasına sebep olduğunuz gerçeğine uyanın. İlişkisini yöneten, hayatını da yönetir kuşkusuz. Ancak bunun için kim olduğunuzla yüzleşmelisinizdir önce...

Nasıl mı?

Tabii ki bir karar vererek...

Bu kitabı okumakla kalmayıp Uzman Psikolog Esra Ezmeci'nin sayısız danışmanlık hizmetinden sonra incelikle üzerinde durup çalışarak sistematikleştirdiği önerilerini uygulamaya da karar verdiğinizde, hayatınızda gerçek bir temiz sayfa açabildiğinizi deneyimleyeceksiniz.

Uzman Psikolog
ESRA EZMECİ

Kadınlar Sıcak Erkekler Soğuk Sever

İlişkilerin doğası karmaşıktır. İnişleri çıkışları vardır. Kadınla erkek arasında işler her zaman yolunda gitmeyebilir, tıpkı hayat gibi... İlişkiler bazen sıcaktır, içinizi ısıtır, bazen soğuktur ürpertir.

Her ilişkinin kendince bir ritmi vardır ve hep değişkendir. Kadınla erkeğin doğası birbirine hiç benzemez. Problem çözme becerileri, yalnızlıkla başa çıkma yolları, ilişkiden beklentileri, iletişim modelleri, cinselliğe bakışları ve motivasyonları çok farklıdır.

Bir kadını elde etmenin yolu ondan uzak durmak yerine ona ilgi göstermekken, bir erkeği elde etmek için dozu iyi ayarlanmış mesafelere ihtiyaç vardır.

Çok satan *Düştüğünde Kalkarsan Hayat Güzeldir*, *Kararı Ben Veririm* ve *Süt Lekesi* kitaplarının yazarı Uzman Psikolog Esra Ezmeci, bu kez kadın erkek ilişkilerinin doğasını ve dinamiklerini enine boyuna yatırıyor masaya. Sunduğu basit ve etkili önermelerle kadın erkek ilişkilerinde yaşanan kısırdöngüleri kırmak hiç de zor değil...

Uzman Psikolog
ESRA EZMECİ

İz Bıraktığın Kadar Varsın

Kusursuz bir bütün için harikulade parçalar gerekir. Tıkır tıkır işleyen bir sistem ancak böyle yürür, bir kovandaki arıları ya da devasa bir karınca yuvasını düşünün. İlişkiler de böyledir, hiçbir şey tek başına tüm ilişkiyi ayakta tutmaya yetmez.

Fırtınaya yakalanmış bir tekneye yelkenler tek başına yardımcı olamaz, sağlam bir motor, belki devreye girmesi gereken kürekler ve güvertede teknenin seyrini sağlayan hünerli birkaç insan lazımdır.

Bu bir keşif yolculuğu olacak, yelkenlerinizi ayarlayın, birazdan rüzgâr onları şişirecek ve gitmeye korktuğunuz yabancı kıyılara sürükleneceksiniz. Korkmayın, bu yabancı topraklar aslında şimdiye dek ayak basmadığınız kendi kıyılarınız olacak...

Uzman Psikolog Esra Ezmeci bu kez cinsellikten çapalamaya, eril ve dişil enerjilerden iletişime iz bırakmanın ve vazgeçilmez olmanın yollarını anlatıyor. İlişkilerde cesaretin ve özgür doğanızı hissettirebilmenin fark yaratan, devrimci yollarını incelikle tarif ediyor.

Tarih nice korkak insan hikâyesiyle doludur ama biz hiçbirinin adını duymamışızdır. Cesur olduğunuz kadar iz bırakırsınız ve iz bıraktığınız kadar yaşarsınız...